SOB A LUZ DOS SEUS OLHOS

Chris Melo

SOB A LUZ DOS SEUS OLHOS

FÁBRICA231

Copyright © 2016 *by* Chris Melo

FÁBRICA231
O selo de entretenimento da Editora Rocco Ltda.

Direitos desta edição reservados à
EDITORA ROCCO LTDA.
Av. Presidente Wilson, 231 – 8º andar
20030-021 – Rio de Janeiro – RJ
Tel.: (21) 3525-2000 – Fax: (21) 3525-2001
rocco@rocco.com.br
www.rocco.com.br

Printed in Brazil/Impresso no Brasil

CIP-Brasil. Catalogação na fonte.
Sindicato Nacional dos Editores de Livros, RJ.

M472s   Melo, Chris
         Sob a luz dos seus olhos / Chris Melo.
       – 1ª ed. – Rio de Janeiro: Fábrica231, 2016.

        ISBN 978-85-68432-34-1

        1. Romance brasileiro. I. Título.

15-24216   CDD-869.93
                          CDU-821.134.3(81)-3

*Às minhas queridas filhas, para que jamais se esqueçam
de que o impossível existe apenas
para aqueles que desistiram.*

*À minha querida mãe, para que jamais se esqueça
de que tudo aconteceu porque
ela acreditou primeiro.*

Como traduzir o silêncio do encontro real entre nós dois? Dificílimo contar. Olhei para você fixamente por uns instantes. Tais momentos são meus segredos. Houve o que se chama de comunhão perfeita. Eu chamo isto de estado agudo de felicidade.

Clarice Lispector, *Água viva*

*E que a minha loucura seja perdoada.
Porque metade de mim é amor
E a outra metade também...*

Oswaldo Montenegro, "Metade"

Esta é a nossa vida, a parte que vale a pena ser contada.
Toda a transformação que um ser humano sofreu porque disse sim,
toda a magia que só existiu porque, em um dia qualquer,
nossos olhos se cruzaram.

1

Get Back
Volte

(The Beatles)

Já é tarde da noite e eu ainda estou no trabalho. Não tenho nada urgente para fazer, mas o temporal acabou ilhando alguns de nós. Vejo desanimada a chuva pela janela. A cidade está um caos por causa dos alagamentos e, embora eu não more muito longe daqui, prefiro esperar. Olho em volta procurando algo para espantar o tédio. Tento ler, organizar as gavetas, adiantar o trabalho, mas não consigo me concentrar em nada por muito tempo. Estou com fome, por isso resolvo pegar um café com leite na máquina. Demoro o máximo que posso no trajeto de volta à minha sala. Sento, tiro os sapatos e resolvo ler alguns e-mails. Lembro-me de dar uma olhadinha no meu endereço pessoal, apesar de não usá-lo com frequência, a caixa de entrada deve estar lotada de propagandas e mensagens com vírus. Sempre digo que preciso tirar meu e-mail de tantos sites cadastrados, mas a preguiça ou a falta de tempo me impedem de fazer essa limpeza.

Para minha surpresa, entre os muitos e-mails sem importância, há um que me faz derrubar o copo no chão. Pego a caixa de lenços e, muito nervosa, seco o piso encharcado.

Há alguns anos deixei de esperar notícias dele. Estou totalmente habituada aos meus dias óbvios, alinhados e perfeitamente quadrados, aos meus horários rígidos e noites previsíveis. Juro que estou! Está tudo bem, e por mais que eu saiba que estar apenas bem pode parecer pouco e, não ser o sonho de infância de ninguém, também sei que não é de todo ruim.

Aprendi a gostar do que me tornei. Tenho um emprego bacana como editora de uma revista e finalmente consegui publicar um livro. Com 29 anos, sou independente e são poucos os meus problemas.

Com o passar do tempo, fui parando de analisar minha vida, de me perguntar se era boa ou não. Apenas vivo, um dia de cada vez, sem planos ou expectativas. Uma rotina sem novidades se tornou confortável para mim, e eu adoraria poder continuar assim. De verdade.

O problema é que receber esse e-mail me tira da mesmice e me obriga a sair do conforto do cotidiano. Ler esse nome me faz sentir coisas que eu finjo nunca ter sentido. Faz meu peito ficar apertado e minhas mãos cobertas de suor. Sei que parece meio adolescente ou até mesmo infantil, mas leve em consideração a minha vida sem surpresas, geometricamente definida, sem graça.

Será que ele está de mudança e achou meu endereço perdido em um velho caderno? Ainda que fosse o caso, qual interesse uma pessoa como a que ele se tornou teria em relembrar alguém como eu?

Continuo parada, espreitando o computador pelo canto do olho, como se ele fosse capaz de me questionar caso percebesse que o encaro sem ação. Olhar esse nome é ter que olhar para mim antes de ser o que sou hoje. Olhar todos os planos mirabolantes que tive que largar pelo meio do caminho. É ter que lembrar que estar apenas bem talvez não seja o suficiente.

Os dias, os feitos e os fatos fizeram de mim uma mulher séria, confiante e segura. A "pequena Lisa" alegre que um dia eu fui agora está trancada em uma caixa com todas as outras lembranças, e, por mais que eu a ame, não há mais espaço para ela na minha vida.

Abro a mensagem. Fala sobre uma visita ao Brasil, mais especificamente ao Rio de Janeiro. Em poucas linhas, ele explica que estará abarrotado de trabalho, mas que deseja me ver.

Antes de ler, imaginei diversas reações possíveis, mas não fui capaz de prever que sentiria tanta raiva. Talvez não fosse raiva pura, e sim o acúmulo de sentimentos que tenho guardado tão profundamente em mim. Não tenho certeza, mas dói, irrita e teima em querer escapar pelos meus olhos.

Depois de quase seis anos de absoluto silêncio, não esperava mais nenhuma forma de reaproximação, muito menos uma desse tipo. O que ele espera com essas linhas? Que eu me junte a um grupo de fãs? Que largue tudo para encontrá-lo? Só porque ele decidiu que seria assim?

Moro em São Paulo, tenho um trabalho, amigos e uma vida que pode não ser a de um astro, mas é a minha.

Ando pela sala enquanto tento me convencer de que meus dias estão repletos de compromissos inadiáveis. O que ele espera ouvir? Nossas vidas tomaram rumos tão distintos que o mais natural é deixar tudo como está: eu fingindo, inclusive para mim, que não o conheço; ele, no mundo.

Volto à mesa e penso no que responder. O que vou dizer? Que estou ocupada demais para uma visita? Respondo com frieza ou como uma velha amiga? Devo culpá-lo por toda a falta que ele fez? Seria absurdamente injusto, já que nunca deixei que ele soubesse da imensa solidão que se instalou em minha vida depois do que tivemos. Eu mal permito que eu mesma note essa solidão.

Decido que não quero remexer nessa história. Custou-me muito superar o passado e reencontrar a paz. Decido não responder.

A chuva continua, mesmo assim vou embora. Entre uma batida e outra, o compasso do meu coração se atrapalha. Saio meio pálida, sem ao menos me despedir.

Chego em casa ainda atordoada. Ter ficado parada no trânsito não ajudou muito. Cada gota de chuva que via escorrendo no vidro da janela ou música que ouvia no rádio tornavam as lembranças mais fortes.

Tomo um banho rápido e me deito na esperança de aquietar o espírito. O sono não vem logo. Reviro na cama até arrancar o lençol do colchão. A cabeça está cheia demais para desligar. Com muito custo, o cansaço me vence e acabo dormindo um sono agitado, inquieto, sem descanso. Acordo várias vezes ao longo da noite. Simplesmente não posso acreditar que ele está de volta na minha vida.

Acordo com o corpo todo dolorido. O interfone toca sem parar, e eu só desejo voltar a dormir e tentar retomar o sono do ponto onde o barulho irritante me tirou.

– Oi – atendo.

– Bom-dia, Elisa. Tem uma amiga sua aqui. Ela disse que se chama Carolina.

– Ah! Carol... Caramba... Desculpe, pode deixá-la subir – digo.

O porteiro é novo e não sabe ainda que a Carol tem passe livre para a minha casa.

Carol é minha melhor amiga. Ela tem o maior sorriso do mundo, a pele mais dourada que conheço, jeito de praia e cabelos encaracolados. É linda, ainda mais por dentro. Carol é médica, vive de plantão e por isso nos vemos de vez em quando. A filha e o marido a deixam ocupada mesmo em seus dias de folga, mas mantemos contato por telefone e por e-mail. Ela é uma daquelas pessoas com as quais eu não preciso falar muito, ela fala por nós duas. E eu adoro! A gente se conheceu no hospital há cinco anos. Eu tinha voltado ao Brasil havia algum tempo e ela era residente. Sua amizade foi crucial, e ainda é. Carolina sempre esteve por perto. Sempre.

– Credo! Você está um caco – ela diz arregalando os olhos.

– Você é sempre tão gentil, Carol – reclamo.

– O que houve? Pesadelos?

– Quase isso. Cadê a Bel?

– Com o pai. Eu te falei que hoje seria um dia de amigas – responde ela, entrando e jogando a bolsa no sofá.

– A Bel é minha amiga. Ela nunca diz que estou um caco.

– Talvez seja porque ela tem 3 anos. Vai se trocar, vai.

Combinamos este encontro há alguns dias e eu me lembrava dele até ontem à tarde. Depois de uma noite maldormida, confesso não ter pique nenhum para sair e ter um dia de mulherzinha recheado de compras e tagarelices.

Saio do banho e não sei o que vestir, São Paulo anda quente feito o inferno. O dia nem começou e já está muito calor. Coloco o vestido mais leve que encontro, uma sandália baixa e tento me animar. Procuro as chaves em cima da mesa, pego a bolsa e paro por um segundo olhando o notebook, que está entre as minhas coisas.

– Tudo bem? – diz Carol tentando me tirar do transe.

– Sim, claro, só não dormi direito. Estou com os pensamentos afetados.

– Faz uns bons anos que não vejo esse olhar perdido. Quer conversar? Aconteceu alguma coisa?

– Nem começa... Eu estou bem. Pare de fantasiar! Um café e estarei nova em folha – sorrio e disfarço.

Como só uma boa amiga faria, ela finge acreditar e muda completamente de assunto.

Apesar do calor infernal, as horas passam rápidas e agradáveis. O número inacreditável de palavras que Carol é capaz de dizer por minuto faz todo o tempo que passo com ela parecer breve, ligeiramente confuso e delicioso.

Claro que preciso escapar de alguns olhares preocupados e me forçar a fazer cara de feliz. Não quero preocupá-la, nem há motivo para isso. Carrego sozinha aquele pequeno pedaço do meu passado e, embora minha amiga tenha acompanhado o resultado da minha passagem pela Inglaterra, nunca contei muitos detalhes sobre o que realmente aconteceu e muito menos quem estava envolvido.

Chego em casa ao fim do dia transpirando, com o pé dolorido e vermelha de sol. Fecho a porta jogando as sacolas pelo caminho e arranco a roupa mesmo antes de chegar ao banheiro. Entro na água fria, que faz minha pele quente arrepiar. Lembro-me da sensação oposta dos banhos que tomei em Londres. A pele sempre gelada e úmida agradecia a água escaldante. Essas recordações estão cada vez mais fortes, como se parte do meu cérebro reanimasse devagar, trazendo um flash a cada nova situação.

Coloco uma roupa de dormir e não tenho vontade de comer. Acabo mordiscando uma maçã e sigo para a sala. Vejo o notebook esquecido em cima da mesa e penso em tudo o que senti no dia anterior. Confesso que me sinto um pouco envergonhada. Agora, de cabeça fria, de banho tomado e sem a surpresa de rever aquele nome, tudo parece um exagero.

Responderia o e-mail. Diria que minha vida está complicada, cheia de compromissos e que portanto seria impossível largar tudo para viajar. Ficaria para uma próxima vez. Uma resposta madura, gentil e distante.

O que eu não previ é que haveria uma nova mensagem.

Lisa,

Esta é a segunda mensagem que envio. A princípio, pensei que este e-mail poderia não existir mais. Depois, me dei conta de que a mensagem não voltou e que isso deveria indicar que ele ainda está ativo. Enfim, não sei... Continuarei tentando.

Caso tenha recebido, responda. Fale comigo.

Saudades,
Paul.

Seis anos deixaram de existir. As lembranças que surgiam aos poucos agora me assolam de tão rápidas. Escuto a voz dele me chamando de Lisa, carregando bem no som do *S* por causa do sotaque tão bonito. A voz vibrante, forte, quase vigorosa demais para um mortal. A palavra "saudades" escrita em português, o jeito que ele me forçava a conversar depois de muito silêncio dizendo apenas "fale comigo". Ele sabe que ainda não existe a menor possibilidade de eu conseguir esconder alguma coisa depois de ouvir isso, principalmente porque essa frase sempre vinha acompanhada de um olhar que dizia "confie em mim".

Olho para fora, respiro fundo e tento recuperar o fôlego. Não estou mais diante daqueles olhos azuis encantadores nem estou em Londres vivendo uma página à parte do meu livro *vida real*. Fecho o notebook sem desligá-lo.

Vou até a varanda e sinto o ar quente no rosto. Não consigo parar de me perguntar "por quê?".

Na época, eu tinha acabado de completar 23 anos, estava em outro país e me sentia em um universo paralelo no qual tudo era romanticamente possível. Delírios são perfeitamente aceitáveis, certo? Acreditar que um sonho poderia se tornar realidade bem no meio da minha vida combinava com tudo o que aconteceu. Eu tinha a idade perfeita, estava na cidade ideal e Paul caía como uma luva no papel de príncipe.

Passei os anos seguintes cuidando da vida, tratando de me tornar alguém, crescendo. De vez em quando, seu nome ainda cruza meu caminho. Mas até o fato de saber parte da vida dele pelo olhar e palavras de estranhos não me incomoda mais. É claro que é muito estranho ouvir sobre ele sempre em meio a tanto alvoroço e glamour. O mesmo cara que mordia meu cachorro-quente sem pedir agora veste roupa de grife, é o novo rosto de campanhas caras de perfumes finos e aparece em um monte de revistas.

A campainha toca me arrancando dos meus pensamentos e das minhas lamúrias.

– Cadu? – digo ao abrir a porta.

– Não te vi o dia todo.

— Saí com a Carol, desculpe não ter ligado.
— Muitas compras? – ele debocha.

Cadu tem a expressão jocosa mais bonita que eu conheço. Ele é meu vizinho há dois anos e nossa ligação foi imediata. De sorriso fácil, ele é gentil e lindo de tirar o fôlego. Além disso, é inteligente sem ser arrogante, o que é raro. Nós temos muita afinidade, trabalhamos na mesma área, embora ele ensine e eu escreva.

Nossas conversas, nossas reflexões, nosso gosto por vinho e proximidade geográfica nos tornaram mais do que amigos e menos do que namorados. Nada sério, mas sempre nos demos tão bem que nunca precisamos de explicações ou qualquer tipo de rótulo. Ter o Cadu na minha vida é bom e calmo. Depois do furacão, ele foi a brisa de que eu precisava.

Ele vai entrando com uma travessa e uma garrafa na mão. Beija de leve meu ombro, o que, estranhamente, me deixa sem jeito.

— Você já vai dormir? Pensei que pudesse estar com fome.
— Estou cansada, não dormi direito e esse calor me deixa com mais sede do que fome.
— Muito calor mesmo. A cidade parece que vai entrar em ebulição.
— E o ar-condicionado deve estar com algum problema. Tive que dormir com as janelas abertas.

Esse é o tipo de conversa mais frequente entre mim e Cadu: trivialidades do cotidiano, meteorologia e gastronomia. Mas também falamos sobre livros, filmes, peças teatrais e exposições. De fora, ninguém ousaria dizer que há uma distância entre nós. Parece que todas as nossas afinidades nos fazem perfeitos um para o outro. O que as pessoas não percebem é que conversas sobre o tempo não significam nada, não aproximam ninguém e não criam intimidade. Falar sobre medos, vergonhas, fantasias e sonhos – até os mais ridículos –, isso sim abre portas e convida o outro a nos conhecer e a fazer parte de nossas vidas. A questão é que eu não sei falar de mim, a maior parte das pessoas não sabe.

Enquanto falamos banalidades, eu só consigo pensar em como ele está bonito e como a presença dele, tão comum na minha vida, parece incômoda agora.

– Mais lasanha? – ele interrompe.

– Não, obrigada, mas está uma delícia. Você é ótimo na cozinha. Só que hoje me empanturrei de doce, chega de carboidratos pra mim.

– Você não precisa se preocupar com isso – diz com olhar de súplica.

Coro. Não estou no clima para paqueras, mas como rejeitar aqueles olhos doces e negros pousados em mim?

Sorrio de leve e ele tira os pratos da mesa.

– Pensei em assistir a um filme, mas você parece cansada. Acho que sua amiga deixou você esgotada.

– Verdade. Desculpe, podemos deixar para amanhã?

Ele aperta meu queixo e dá aquela piscadinha que só ele sabe.

– Claro, já vou indo. Se quiser correr amanhã, a gente se vê.

– Se eu tiver forças – falo fazendo cara de quem estará com muita preguiça para corridas no parque.

– Certo. Boa-noite, Liz.

– Durma bem, Cadu.

Já estava fechando a porta quando ele se vira novamente para mim.

– Liz? Tem certeza de que é só cansaço?

– Sim. Por quê?

– Você falou menos do que costuma. Parece pensativa... Algum problema?

– Não, nada. Cansaço e uns e-mails que preciso responder.

– E-mails? – diz, intrigado.

– Nem tente entender – respondo sorrindo para aliviar o clima.

Acho que ele gosta do meu tom, porque também sorri e aceita minha resposta brincalhona, mas muito sincera. Depois de uma nova piscadela, ele vai embora pela escada de emergência.

Que dia longo! Não passa muito das nove horas, mas já parece madrugada. Deito nas almofadas do sofá e relembro uma vez mais daqueles olhos: um, escuro como a noite; o outro, azul, como eu nem recordava mais.

Acordo com o sol entrando pela porta da sacada, que deixei aberta por causa do calor. Continuo deitada por um tempo, aproveitando o ritmo lento do domingo. É inevitável voltar a pensar nos dois dias anteriores. Engraçado como tudo parece distante. De repente sinto como se tivesse me tornado espectadora da minha própria vida. Tudo parece estar exatamente igual, mas eu não estou. Nos últimos dias, precisei camuflar tudo o que pensava para poder encenar minha rotina. Quero voltar para o conforto dos meus dias iguais, mas já não sei se isso é possível.

Talvez minhas expectativas estejam elevadas e aqueles e-mails não signifiquem absolutamente nada.

Levanto e vou direto para o chuveiro. Penso melhor no banho. Todo mundo tem um canto no qual se sente bem, confortável, onde se torna fácil conversar consigo mesmo. O meu lugar de reflexão é o chuveiro. A água é um remédio na minha vida.

Com os pensamentos organizados, sento na sacada e olho a cidade. O dia está espetacular. O contraste dos prédios com o parque, do cimento com as pessoas, do cinza com o céu azul deixa tudo mais interessante. São Paulo é bonita, mesmo que você tenha que procurar a beleza nela.

Dou uma olhada no meu apartamento e me encho de satisfação. É simples, em cores claras, bem decorado e charmoso. Cada centímetro do lugar, aos poucos, se tornou reflexo da minha personalidade. Foi com muito esforço que transformei essas paredes em um lar, a muito custo consegui me sentir bem tão longe, neste lugar que, em tão pouco tempo, se tornou minha casa. O tamanho da cama demorou a me parecer confortável, o barulho da rua há pouco parou de incomodar, e me acostumei a deixar de esperar que houvesse neve se acumulando na minha janela.

Não posso jogar tudo fora agora. Não posso voltar a um tempo que já ficou para trás. Resolvo aproveitar a quietude para encarar novamente o notebook. Não poderia ter um dia ou paisagem melhor para fazer isso.

P. R.,

Estou tendo alucinações ou recebi duas mensagens suas em menos de 48 horas? Desculpe o sarcasmo, mas após seis anos de absoluto silêncio entre nós, acredito que tenho esse pequeno direito.

Este endereço ainda existe e, é claro, continua sendo meu. Demorei para responder porque, honestamente, eu não sabia o que dizer. Depois de todo esse tempo, confesso que estou confusa.

Desculpe...

A minha vida anda bem agitada, e sair de São Paulo agora não me parece possível. Espero que entenda.

Tudo de melhor,
E. C.

Pronto! Respondido. Sem reler, revisar, nada! Sentei, escrevi, enviei e entrei em pânico. Agora não tem volta. Está feito. Cá estou eu retomando contato com um passado que julgava enterrado. Lá estou eu em Londres novamente.

Sei que talvez não seja compreensível o que para mim significa voltar a ter contato com essa parte da vida e com uma pessoa que foi capaz de me virar de cabeça para baixo. Eu poderia contar como foi, de uma hora para outra, deixar de me sentir sozinha, dizer como era apaixonante admirar cada detalhe daquela personalidade tão marcante, como me sentia lisonjeada por ver os olhos dele sempre grudados em mim ou – o mais importante de tudo – contar como descobri que amar, às vezes, é abrir mão, e que por mais que essa sentença pareça linda, na verdade, ela é cruel.

Mas eu não sei falar de mim, não sei contar de maneira eficaz. Então venha, eu vou te levar comigo. Eu vou te mostrar.

2
Don't You Remember?
Você não se lembra?

(Adele)

Seis anos antes

Parada na plataforma, olhando no mapa do metrô aquele emaranhado de estações, pergunto-me quanto tempo ainda levarei para chegar à estação de trem. Após treze horas de voo, imaginar mais duas horas entocada num trem é de enlouquecer. Parece mais uma viagem para o Japão. Se não tivesse inventado de vir antes e passar duas semanas de férias em York, já teria chegado. Mas logo quando soube da possibilidade de fazer esta viagem à Inglaterra, York me veio à cabeça. Eu já tinha ouvido falar da cidade medieval, localizada ao norte do país, e de suas muralhas do século XIII. Não sei o tipo de conexão que as pessoas possuem com os livros, mas eu sempre os imagino como testemunhos de pessoas e lugares que eu jamais conheceria se não fosse através deles, sempre leio como se estivesse abrindo uma garrafa e retirando dela a mensagem secreta que, em algum momento, foi lançada ao mar, na esperança das ondas encontrarem seu destino. Na infância, eu imaginava um mundo paralelo no qual as histórias eram reais. Uma terra distante com garotos com asas, presentes de gregos, semideuses e batalhas épicas. Um lugar que abriga perfeitamente os bruxos, as fadas e todos os outros mocinhos e vilões. Tudo o que a humanidade vive e os jornais não dão conta de registrar. É por tudo isso, que meu coração me levou a colocar os pés na Terra de Robinson Crusoé, que há séculos nos faz pensar sobre a sua – e também a nossa – "ilha de desespero". Foi meu coração que criou o pensamento brincalhão sobre alguém ter deixado cair uma varinha em The Shambles, enquanto o Beco Diagonal existia por ali, nas gravações baseadas nos romances de Harry Potter. Escolher visitar York, foi como poder comprar uma passagem para visitar um pedacinho do mundo dos sonhos que todo amante de livros carrega dentro de si. E quem seria louco de não esticar os dedos para tocar na pontinha do mundo de fantasia? Por isso, guardo o cansaço, respiro fundo e volto – feliz – a arrastar as malas pela estação. Viajo mais uma hora e meia de metrô até chegar à estação ferroviária. O cansaço não me deixa curtir muito. Comecei a viagem empolgada, tirando foto de tudo: da despedida dos amigos e dos pais no aeroporto, da passagem pela alfândega, do visto no passaporte, do jantar no avião. Escutando música na minha noite insone sobre o Atlântico, eu estava no auge da euforia, mas ao chegar a Portugal, para pegar o voo que me levaria a Londres, comecei a entregar os pontos. Andei tanto no aeroporto que já estava com uma bolha em cada pé. Como São Paulo sobrevive com um aeroporto tão compacto se Lisboa precisa de um tão grande? Levei 23 minutos do saguão principal até meu portão de embarque. Andando em ritmo acelerado. Sem exagero.

Entro no trem e agradeço por ser tão confortável, muito melhor do que a classe econômica do avião. Estico as pernas, apoio meu casaco na janela e fecho os olhos, tentando dormir.

Meu estômago dói e me lembro de que não como há muitas horas. Relutante, procuro o serviço de bordo. Compro um lanche e um suco. Só consigo comer metade porque o lanche tem um gosto estranho, difícil de descrever, parece carne com geleia. Volto a tentar dormir, mas a ansiedade e o medo de perder o desembarque não me deixam descansar direito.

Finalmente: York! Saio da estação com o mapa que fiz no Brasil. Sei que não preciso de outra condução já que o hotel está a algumas quadras. Fico tentada a pegar um táxi, mas sinto vergonha. Parece ser bem perto.

Reúno o resto de força que ainda tenho e saio carregando minha bagagem pela cidade. Já são nove da noite, mas parece fim de tarde. Não resisto e paro alguns instantes só para observar como o céu está lindo, todo pintado de azul-escuro e salpicado de nuvens rosadas.

Chego ao cruzamento e me sinto perdida com os carros circulando pela direita. Naquele momento, decido sempre olhar com atenção para os dois lados antes de atravessar, sendo a rua de mão única ou não.

Olho mais adiante e vejo um dos portais da cidade rodeado pelos muros. Estonteante! No mesmo momento agradeço por poder conhecer um lugar que, para mim, até então, era apenas cenário de livro épico. Aquilo é real, embora meus olhos ainda duvidem.

Continuo admirando tudo ao meu redor até avistar o hotel: o convento mais antigo em atividade da Inglaterra que, além de suas funções religiosas, serve de abrigo para turistas, estudantes e quem mais precisar de seus serviços. Além da hospedagem, o hotel tem um restaurante que serve almoço e chá da tarde, e também há uma sala de conferência. Sei de tudo isso porque pesquisei na internet, mas confesso que olhando de fora me parece mais um prédio doméstico e familiar.

Assim que atravesso a imensa porta de entrada, encontro um pequeno balcão com um funcionário que me conduz até o quarto que ocuparei por duas semanas. Como recebi uma bolsa parcial, pagarei apenas metade em uma das acomodações mais modestas, sem banheiro. Isso me deixa um pouco preocupada, mas logo me tranquilizo quando o senhor alto, magro e de voz grave abre a porta e me mostra o lugar. É amplo, muito limpo e agradável. A cama é de solteiro, mas percebo que é um pouco mais larga do que o normal. Bem ao lado, há uma mesa com um telefone, um radiorrelógio, uma chaleira elétrica, saquinhos de chá e chocolate em pó, biscoitos e potinhos de leite minúsculos, o que me faz refletir sobre sua real utilidade. O homem me passa instruções e os horários do hotel, me entrega as chaves e sai educadamente. Estranho como entendi todo o inglês. Percebo que o sotaque limpo dos britânicos facilitará muito a minha vida de estrangeira.

Abro as malas e inspiro com prazer o cheiro de roupas limpas. Separo um jeans justo, uma camiseta roxa e um casaco preto. Saio em busca do banheiro mais próximo e vejo uma placa num quarto depois do meu.

É um banheiro bem grande, dividido por dois setores. Um só com o vaso sanitário e o outro com a lavanderia e o quarto de banho. Entro na lavanderia e abro mais uma porta. Dou de cara com uma banheira que só se vê em filmes dos anos 1950. Ela está bem em frente a duas janelas enormes com cortinas brancas transparentes que dão vista para a cidade. Sobre o piso verde-esmeralda, há uma cadeira e um aparador. Não poderia ser mais inusitado. A cada novidade, eu me sinto um pouco mais distante da realidade, como se estivesse sendo carregada para um mundo de fantasia.

Abro as torneiras, atenta ao aviso de cuidado, pois a água de uma delas é realmente escaldante. Enquanto a banheira enche, tiro a roupa, colocando tudo cuidadosamente sobre a cadeira. Mergulho um dos pés e me alegro ao sentir a temperatura da água. Apesar de ser verão, está muito frio. Deito e deixo cada pedacinho do meu corpo sentir o prazer do conforto. Afasto de leve um dos lados da cortina e olho a cidade.

Acabei de completar 23 anos, sou estagiária de uma editora britânica que tem uma filial em São Paulo. Resolvi me inscrever no projeto de intercâmbio, mesmo sabendo da dificuldade do processo de seleção. A partir de então, comecei a guardar dinheiro para a viagem, pois sabia que o meu salário não seria suficiente. Quando me chamaram para dizer que eu tinha sido escolhida, mal acreditei.

Quando meus pais se separaram, quis me afastar um pouco. Não que eles me causem problemas, pelo contrário, cuidam tanto de mim que me sinto um incômodo. Esta é a chance de mostrar que estou bem, que me sinto amada o suficiente, e que a vida segue.

Quando contei a eles sobre o programa de intercâmbio e que moraria em Londres por um ano, eles ficaram aflitos. É compreensível. Foi necessário amadurecer a ideia, e por fim acabaram aceitando, concluíram que seria um passo importante para minha carreira e para minha vida.

Minha vontade era fazer tudo por minha conta, mas tive que agradecer o dinheiro que depositaram na minha conta para ajudar com as despesas. Meus pais não são ricos, mas têm bons empregos, e eu sou filha única, por isso não tenho motivos para bancar a rebelde.

Sinto vontade de terminar logo o banho e sair, ver um pouco da cidade, comer algo quente e beber alguma coisa. Mas a água morna me prende e me convida a permanecer inerte pensando na minha vida.

Abro os olhos e vejo que a rua está quase vazia. Decidida, pulo fora da banheira e me enrolo na toalha. Visto a roupa depressa e vou para o quarto. Coloco as botas por cima da calça, puxando o zíper até o joelho, fecho o casaco e saio.

Paro por um instante mentalizando o caminho, porque o hotel é um verdadeiro labirinto, parece ter sido ampliado aos poucos e sem muita lógica.

Chego ao hall, desacelerando o passo por conta do extremo silêncio do local. As luzes estão apagadas e a porta da frente trancada. Como assim? Sei que estou hospedada em um convento, mas não estava nos meus planos seguir os horários das freiras. Ando na ponta dos pés, procurando alguém, até esbarrar com o homem que me atendeu horas antes. Arranho a garganta criando coragem para soltar meu inglês carregado de sotaque e pergunto se posso sair. Ele responde que posso usar minha chave na porta lateral do hotel para entrar e sair quando a recepção estiver fechada. Olho para o chaveiro e finalmente entendo o motivo de haver duas chaves. Todos os hóspedes possuem a chave do quarto e a da entrada lateral. Ele me acompanha até a porta para que eu não me perca pelo caminho. Senhor gentil, hotel estranho.

Está muito frio. Muito mesmo. Se isso é o verão, preciso voltar ao Brasil antes do inverno.

Fecho um pouco mais o casaco e começo a andar. A cidade está vazia, o céu enfim escureceu. Olho o relógio, passa um pouco das dez da noite, cedo para quem vive em São Paulo.

Atravesso a rua e sigo em direção ao portal. Ando uma quadra e meia e entro num pub de portas e janelas pretas, mobília escura e cheiro de menta. Uma garçonete limpa as mesas. Noto que é a única que está ocupada. Sento na primeira mesa que vejo, uma pequena com lugar para duas pessoas. Olho a cadeira vazia e me dou conta de como essa jornada será solitária.

– Você tem que pedir no bar, tá? – a garçonete informa enquanto limpa a mesa ao lado.

– Ahn, desculpe, eu... – gaguejo sem graça.

– Tem que pedir no bar. Não servimos na mesa.

Ótimo! Nem precisei abrir a boca para mostrar que sou estrangeira. Chego ao caixa e olho o cardápio, minha boca enche d'água. Começo a pedir e o balconista me explica que a cozinha fecha às 21 horas. Depois disso, só vendem saquinhos de batatas e bebidas, ou seja, saída inútil. Se soubesse, teria ficado no hotel tomando chá com biscoitos ou, quem sabe, dez potinhos minúsculos de leite. Mas já estou aqui, então resolvo curtir. Compro um pacote de batatas e uma cerveja pequena, que por sinal é bem grande. Não sou fã de cerveja, mas me recuso a tomar um suco com batatinhas na minha primeira noite na Inglaterra.

Dentre as quinze opções, escolho a mais escura, fraca e adocicada do balcão, que me é servida com uma mangueira. Acho legal. Tiro o casaco já me preparando para enfrentar o copo, sento a uma mesa diferente da primeira, uma mais próxima da janela, em uma parte mais iluminada do bar. Reparo no grupo da mesa do canto: vários rapazes, todos altos, magros, claros e de olhos pequenos. Talvez os ingleses sejam como japoneses para os brasileiros, ou quem sabe o excesso de ar pressurizado tenha causado alguma sequela temporária que me impossibilite distinguir maiores detalhes. Noto que sou a única mulher no bar. Constrangida, eu só desejo devorar tudo o que comprei e sumir daqui. E se eu estiver infringindo algum tipo de norma ou bons costumes?

Quando estou prestes a me levantar e largar a cerveja pela metade em cima da mesa, um grupo de mulheres tagarelas entra no bar, inundando o lugar de risos e gritinhos.

Percebo que seria impossível eu estar infringindo qualquer coisa, muito menos os bons costumes. Relaxo. Olho novamente para o primeiro grupo e percebo os olhares interessados nas recém-chegadas. Todos olham na direção da mesa barulhenta, menos um. Para minha surpresa, encontro seus olhos azuis focados em mim. Baixo os meus imediatamente, como se tivesse sido pega fazendo algum tipo de travessura. Finjo não perceber e escondo o rosto no copo. Ele continua me olhando enquanto alguns dos rapazes saem da mesa e se juntam às moças. Parece que se conhecem, pois o volume da conversa aumenta consideravelmente, refletindo a empolgação.

Ainda me sinto vigiada, e isso me causa um misto de prazer e constrangimento. Sem saber direito como agir, pego o casaco e vou embora. Começo a andar depressa e vou fechando o casaco ao mesmo tempo. Pareço um pouco mais estabanada do que o normal, e o casaco com mais botões do que antes. Beber sem comer realmente é uma péssima ideia.

– Ei! Ei, moça! – ouço ao longe.
Olho pra trás e vejo os mesmos olhos azuis.
– Espere – ele insiste.
Aperto o passo.
Ai, Deus! Meu primeiro dia aqui e já estou encrencada. Agora tenho certeza de que entrei no bar errado. Ando mais rápido e ele começa a correr gritando:
– Suas chaves, suas chaves! Ei, suas chaves!
Paro embaraçada.
Sinto o rosto esquentar apesar do frio congelante. Forço uma expressão de desculpas meio desajeitada e me viro com um sorriso constrangido.
– Boa corredora – ele diz, ofegante.
– Desculpe. – Vergonha, vergonha, vergonha.
– As chaves caíram do bolso do seu casaco.
– Obrigada.
– Chegou hoje?
– Tão óbvio assim? – Vergonha, muita.
– Um pouco... – ele sorri.
Não sei se é a proximidade dele ou o ar gelado, mas meu cérebro volta a perceber detalhes. O rapaz é um espetáculo de bonito. Não aquela beleza de revista que preza a boa forma, olhares forçados e cabelos arrumados. Ele é alto, magro, tem um cigarro entre os dedos, a gola do casaco está levantada à *la* James Dean e não há dois fios de cabelo virados para o mesmo lado. A essa pequena distância, ele me parece perfeito.
– Ah! Desculpe, tenho que ir. Vinte e quatro horas sem dormir, sem comer, e ainda por cima a cerveja começou a fazer efeito. Obrigada pelas chaves – gaga mais uma vez. Deve ser uma nova característica sendo revelada.
Saio andando e percebo que ele continua parado me olhando. Viro de leve e aceno. Ele retribui e continua parado. Não olho mais.

Chego ao hotel e tiro as botas antes de subir as escadas. O assoalho já é bastante barulhento. Arranco as roupas, lavo o rosto, me visto e deito. Não tenho tempo nem para me maldizer por ter sido tão ridícula, só dá tempo de relembrar aqueles olhos e cair no sono de vez.

Depois de dormir dez horas e meia, acordo renovada, mas com uma leve dor de cabeça. Cumpro o ritual da manhã e desço em busca do café. Claro que meu longuíssimo sono de beleza me fez perder o horário do bufê, então compro qualquer coisa que possa me manter de pé até o almoço.

Tenho o dia todo livre e o céu está ensolarado, o que revigora o ânimo de qualquer um. Estou vestida com legging, camiseta de personagem em quadrinho, tênis e óculos escuros. Penso em subir e me trocar, mas desisto. Ninguém me conhece aqui, tudo bem andar com um rabo de cavalo balançando e roupas de correr no parque. Estou de férias, não preciso estar maquiada e sem olheiras.

Assim que abro a porta, questiono a camiseta de manga curta, pois, embora haja sol, o vento está geladíssimo. Resolvo sair daquele jeito mesmo. Estou decidida a andar até não aguentar mais, então o ar frio pode até ser oportuno.

Coloco os óculos para diminuir a luz que incomoda meus olhos. Que tipo de pessoa fica de ressaca com pouco mais de meio copo de cerveja? É ridículo.

Sigo a mesma direção da noite anterior, passo em frente ao pub, dou uma leve sacudida na cabeça para afastar as lembranças e continuo meu desbravamento turístico.

York é incrível! Do alto das muralhas, enxergo todas as cores da cidade. Decididamente, é um lugar dos sonhos: repleto de jardins e flores, rios cristalinos, arquitetura encantadora, além de ser muito limpo. Parece que há pessoas escondidas só esperando você passar para apagar seus rastros se for preciso. Tudo para a cidade ficar impecável.

Ando até o forte, passeio por The Shambles, como *fish and chips* e já estou com o rosto corado quando decido parar. Tenho dúvidas se a origem da vermelhidão é a longa caminhada ou o vento que, de tão gelado, parece trincar meu rosto.

Paro na ponte sobre o rio Ouse e admiro a vista: o céu azul sem uma nuvem, a água refletindo o sol, os patos andando na margem do rio. Ergo o olhar e avisto pequenos prédios com sacadas de frente para o rio. Nada mal morar em um lugar assim, eu viveria feliz andando por essas ruas, lendo em uma dessas varandas e tendo como testemunha o silêncio e os ares de York.

Olho a outra margem e me perco admirando as fachadas dos bares e restaurantes, as mesas externas apinhadas de pessoas que aproveitam o sol. Parece até que estamos vivendo o dia mais quente e agradável do ano.

Paro de observar a paisagem ao me deparar com uma figura alta, esguia e de cabelos desgrenhados. Ele está de jeans, All Star, camiseta branca por baixo e uma camisa xadrez de manga curta. Desta vez não consigo ver os olhos azuis, que estão cobertos por um par de óculos escuros do mesmo modelo do meu. A maneira displicente que ele está sentado, as pernas esticadas com um pé sobre o outro, os braços cruzados sobre o peito, o jeito que o sol faz seu cabelo brilhar, tudo é um convite para os olhos. E, como eu não tenho nada melhor para fazer, permaneço concentrada na minha belíssima obsessão. Engulo seco, e ele parece perceber minha fixação, pois me olha. Continuo parada encarando, não consigo nem quero parar de olhar. Alguém esbarra em mim e me tira do transe. Volto a olhar. Ele se endireita na cadeira e sorri para mim. Sorrio de volta.

Espero alguns segundos, mas como ele não faz nenhum movimento que denuncie algum desejo de vir em minha direção, aceno e vou embora frustrada. Conversar seria bom, estou cansada de só ouvir. Decido ligar para casa. Após um "minicurso intensivo" com um dos taxistas que estavam no ponto em frente à cabine telefônica, finalmente consigo fazer a ligação. Levo uma bronca por ter demorado tanto, mas depois de contar minha odisseia sou perdoada. Como a ligação é internacional, não consigo satisfazer por completo minha ânsia de conversar. Volto ao hotel, guardo as compras que fiz no mercado: biscoitos, chocolates, suco, água mineral e salgadinhos. Um kit de emergência.

Tomo banho, visto um agasalho leve, coloco os fones de ouvido e acabo adormecendo. Sonho que corro em um parque por entre as árvores, de vez em quando um raio de sol me atinge, fazendo meus olhos brilharem. Eu sorrio como uma criança brincando de pega-pega. Sei que alguém corre atrás de mim, mas não olho para ver quem é. Chegando a uma clareira de grama alta, paro por um segundo e sinto um empurrão suave e firme na cintura. Quando me dou conta, estou no chão sobre o corpo dele. Abro os olhos e ele me beija. Acordo com a respiração acelerada. Qual é o tamanho da carência de uma pessoa para fazê-la pegar um simples desconhecido e grudá-lo em seu inconsciente?

A verdade é que eu tive alguns namorados, mas nada muito sério. Não sou romântica, nunca fui. Por isso estou levemente chocada com o sonho. Não combina comigo sonhar com bonitões desconhecidos.

Levanto e arranco os fones. Olho pela janela. Já está escuro. Que tédio... Preciso que a noite passe depressa, o meu sábado será bem agitado e não terei tempo de ficar com a cabeça vazia, porque certamente esse é o meu problema. Não ter no que pensar está me fazendo pensar no que não devo.

Os próximos dias são agitados. O micro-ônibus passa sempre no mesmo horário, me leva junto com outros turistas e estudantes para viagens incríveis, para desvendar diversos recantos de York e arredores. O grupo é formado por famílias e jovens como eu. É sempre muito bom conhecer pessoas novas, mas meu desejo de conversar ainda não foi completamente saciado.

Devoro todas as histórias e fotografo até a sombra das árvores. Com os dias cheios, eu realmente não tenho tempo de pensar em nada, mas as noites vêm e me fazem sonhar.

Os cenários sempre mudam: um casarão antigo, um parque, o rio Ouse, São Paulo. Mas os personagens são sempre os mesmos: eu e ele. Sempre em situações íntimas, felizes e amigáveis, como se nos conhecêssemos desde sempre. Mas o fato é que eu nem sei quem ele é. Não sei sequer seu nome. Eu o vi duas vezes e de relance. Por favor... Não é nada, não significa nada. Mas alguma parte do meu cérebro ignora tudo isso e parece apreciar brincar com a imagem dele. É estranho, mas talvez seja apenas a sua aparência, tão diferente da dos caras com quem eu já saí e tão comum para um inglês, que me faça usá-lo como objeto para minha carência.

Hora de arrumar as malas. Minha passagem por York pode ser resumida em três palavras: história, frio e sonhos. Junto minhas coisas, lanço um olhar de despedida para meu quarto aconchegante e fecho a porta. Dentro do velho elevador, olho o chaveiro e não consigo conter o sorriso.

Chego à estação dez minutos antes do horário. Comprei o bilhete com dois dias de antecedência para garantir. Fico desanimada ao ver que preciso esperar, mas como tenho pavor de me atrapalhar com a pontualidade inglesa, espero sem tirar os olhos do relógio.

O trem chega e me espanto ao ver que não atrasou nem um mísero segundo. Arrasto a bagagem e me aproximo, esperando que pare. Confiro o bilhete mais uma vez para ter certeza de que é mesmo o meu trem. Subo o primeiro degrau e, quando puxo a bagagem, vejo que o peso é maior do que o esperado. A pequena mala de cima cai, me abaixo para pegá-la, mas alguém a devolve para mim antes que eu a alcance. Levanto a cabeça e encaro os mesmos olhos azuis. Será que existe alguma outra pessoa capaz de me ajudar?

– Oi de novo – ele diz sorrindo de canto.

– Obrigada de novo – respondo baixinho.

– Sem problemas. Tenha cuidado em Londres, eu não estarei lá pra te socorrer.

Silêncio. Eu sempre fico muda – ou gaga – quando surpreendida, e realmente pensei que ele pegaria o mesmo trem que eu. O funcionário pega minha bagagem num misto de boa vontade e pressa. Meu salvador desce o degrau e acena. Aceno de volta e entro.

Sento à janela e fico olhando o rapaz louro e alto parado na plataforma. Ele é apenas um desconhecido, mas para mim aquela cena foi como uma despedida, como se nos importássemos um com o outro. Ele também fica me olhando com as mãos nos bolsos. O trem parte.

Durante a viagem, penso em York com saudade, pois já me sentia ambientada. Conhecia as ruas, o comércio e até algumas pessoas, mas agora cá estou eu seguindo para o novo mais uma vez. Em Londres, as coisas serão bem diferentes: terei um emprego de meio período e morarei com uma família desconhecida, que me alugou um dos quartos de sua casa enorme. Aliás, eu não sei muito bem por que eles fizeram isso. A casa fica a oeste da cidade, uma região bem valorizada e, pelas fotos, parece bem grande e bonita. Não há a menor possibilidade de que eles dependam do pouco dinheiro que cobram pela hospedagem e pelas refeições. Essa família já abrigou outro estudante e foi indicada pela editora em que trabalho. Meus pais se sentiram confiantes e eu gostei, pois a casa fica perto de onde vou trabalhar.

Enquanto meus pensamentos rodopiam, a cena da plataforma surge uma vez mais. Fecho os olhos tentando reter sua imagem marcante. Permaneço assim até adormecer. Sem sonhos desta vez.

3

All Around the World
Pelo mundo todo

(Oasis)

Depois de tirar fotos da estação, decido pegar um táxi. Está chovendo e eu já provei do meu espírito aventureiro o suficiente. Não quero chegar à casa dos Hendsen com a aparência que cheguei a York: descabelada, dolorida e com vontade de dormir o resto do dia.

Após uma curta viagem, o taxista para e coloca minhas malas em frente à casa que será meu lar por um ano. Toco a campainha e sou recebida pela sra. Hendsen, uma mulher de rosto cheio, bochechas rosadas e cabelos curtos.

– Bem-vinda – ela me recepciona.

– Obrigada – digo com gentileza.

– Fez boa viagem?

– Sim, sra. Hendsen.

– Pode me chamar de Anne, meu bem. Vamos morar juntas, você não precisa me tratar com tanta formalidade – diz ela me lançando um olhar amistoso.

Dois empregados entram pela porta com toda a minha bagagem, imagino que colocarão em meu quarto. Não me sinto muito à vontade, não estou acostumada a ter empregados e me parece estranho ter alguém me servindo sem eu ter tempo ao menos de agradecer.

Quando entramos, me deparo com uma sala que poderia estar em qualquer revista de decoração, é estonteante, quase um exagero de tão perfeita. Pergunto-me se alguém realmente vive ali. As almofadas estão intactas, como se ninguém nunca tivesse encostado nelas, o tapete parece nunca ter sentido peso algum e o ar cheira a rosas.

– Vou mostrar o seu quarto, espero que goste – diz Anne subindo a escada.

– Tenho certeza de que vou – deixo escapar.

Anne me mostra os cômodos da casa: sala de estar, jantar e TV, escritório, biblioteca. Subimos o primeiro lance de escadas e vejo quatro portas fechadas.

– A do final do corredor é o meu quarto e do meu marido. As outras duas portas são os quartos dos garotos, mas eles estão fora. Aqui é um banheiro.

Permaneço em silêncio, meio perdida e sem saber como farei para me encaixar naquela casa.

No final do corredor, há outra escada, bem menor que a primeira. Ela vai subindo e eu a sigo. Assim que chegamos ao alto, ela abre a porta e anuncia:

– Este aqui é o seu.

– Uau – é o máximo que consigo dizer.

Minhas malas já estão ao lado da cama. O quarto ocupa o sótão todo. O teto inclinado segue a linha do telhado e faz o quarto parecer um grande chalé. Eu só posso estar sonhando. De frente para a porta, bem ao fundo, está a cama, uma gigantesca cama. Como se o tamanho não fosse suficiente para chamar a atenção, tem ainda um lindo dossel sobre ela. Está arrumada com almofadas floridas e uma colcha lilás.

A mobília é toda branca, e a união de tantos detalhes deixa o quarto com cara de que vai receber uma noiva. Cada uma das duas paredes laterais tem três pequenas janelas, cobertas apenas por cortinas finas combinando com o dossel. Todo esse tule deixa o quarto iluminado, amplo e gracioso. À direita, uma poltrona convidativa e um frigobar. No lado oposto, uma escrivaninha recheada de blocos de papel e canetas coloridas. Logo acima, um quadro de recados com pequenos ímãs em formato de margaridas.

– É para você dar seu toque pessoal. Colocar fotos de casa, poemas, essas coisas. Gostou?

Fico sem palavras e a abraço. Ela retribui meio sem jeito, mas com carinho.

– Obrigada, o quarto é incrível – falo tentando me recompor.

– Quando soube que nos mudaríamos pra cá, quis fazer esse cantinho para nossos hóspedes. Assim que tive a notícia de que a primeira dona seria você, quis deixá-lo com o ar mais jovial. Acho que me empolguei porque nunca pude fazer um quarto de menina.

– Me emocionei porque lembra muito o meu quarto no Brasil. Claro que o meu é uma versão menor, mais simples, mas os detalhes: o mural, a escrivaninha...

Quase choro. Sinto falta de casa. Ela percebe e me mostra a porta que leva ao banheiro dizendo para eu relaxar, trocar aquela roupa úmida e descer para o almoço.

Tomo um banho rápido para garantir que não deixarei ninguém me esperando. Ao ouvir meus passos na escada, Anne acena me chamando.

– Estamos aqui, venha.

– O cheiro está bom – tento ser gentil.

– Estamos terminando o almoço.

– Posso ajudar? – ofereço.

– Claro!

Começo a me sentir mais confortável. Noto que a vida não será cheia de cerimônias. Vejo os dois empregados que pegaram minhas malas e aproveito para agradecer.

– Então, Elisa, me fale sobre você – Anne convida.

– Sou filha única, formada em Letras, fiz 23 anos uma semana antes de vir pra cá.

– Quero saber coisas sobre você. Por exemplo, qual é sua cor preferida?

– Ah! Bem, não sei se tenho uma preferida – respondo surpresa, ligeiramente em dúvida sobre a importância disso.

– Isso é muito bom, Elisa. Muito bom – Anne solta uma risada simpática e eu fico sem entender.

– E a senhora? O que tem pra me contar? – pergunto fazendo minha cara marota e enfiando um tomate-cereja na boca.

– Conheço meu marido há trinta anos, tenho dois filhos. Philip tem 19 anos e estuda Jornalismo. Paul tem 22, se formou em Artes Cênicas e está viajando por aí com alguma peça de teatro. São diferentes, mas amigos, o que me deixa muito feliz. Quando somos mães, falar de si é falar dos filhos.

Acho bonito como os olhos dela brilham ao mencionar os filhos. Sinto falta dos meus pais e de como a gente sempre arruma um jeito de se entender, mesmo quando temos opiniões diferentes demais ou quando nos magoamos sem querer.

O sr. Thomas Hendsen chega para o almoço e enfim posso conhecê-lo. É um homem sério, mas gentil. Fico feliz ao ver a naturalidade com que sou tratada e como me sinto bem naquela casa e com aquelas pessoas.

O dia transcorre tranquilo. Passo a maior parte do tempo em meu quarto, colocando o papo em dia com minha mãe e meus amigos, pois agora que tenho internet gratuita fica bem mais fácil me comunicar com o Brasil. Desfaço as malas apreciando a vista. De um lado, posso ver a entrada da casa e um bom pedaço do bairro; do outro, o incrível jardim dos Hendsen. Não é muito grande, mas é de um colorido intenso e quente, contrastando com o céu, que está cinza na maior parte do tempo. Ligo para o escritório da editora e combino de aparecer no dia seguinte às nove da manhã.

Penso em sair, mas estou tão acomodada no meu "quarto/chalé de princesa" que a preguiça impera. Meu estômago ronca e desço para procurar algo pra comer. Escuto Anne ao telefone. Ela se vira contente e diz que era um dos filhos dizendo que tentaria vir para as festas de final de ano. Dou um sorriso acolhedor.

– Seu filho está voltando?

– Ainda não, mas me deixou esperançosa. Parece que a turnê terá uma pausa durante as festas.

– Que bom!

Antes que eu entre na cozinha, uma das moças que trabalham na casa vem em minha direção com uma bandeja.

– Eu estava levando para o seu quarto.

– Obrigada, pode deixar que eu levo.

Subo desejando o generoso pedaço de bolo e o chá preto servido com capricho. Definitivamente minha parte favorita da Inglaterra.

4

Magic
Magia

(Coldplay)

Quando há muitas coisas acontecendo dentro e fora de nós, o tempo não nos acompanha, ele passa sem se importar em nos deixar para trás, presos na rotina. Com tanto trabalho, leituras e novos projetos, os dias voaram. Cheguei a Londres há três meses. O verão foi embora e o outono chegou mais frio do que qualquer inverno que eu já tinha visto.

No começo, trabalhava na editora na parte da manhã e minhas tardes se dividiam entre conhecer a cidade e escrever. Depois, fui ganhando novas responsabilidades e as horas de trabalho aumentaram. Ainda tenho tempo suficiente para gastar com turismo e também como aspirante a escritora. O cenário no qual estou vivendo é inspirador demais para que eu consiga desperdiçá-lo.

Passo a maior parte do tempo livre no meu quarto ou na sala do piano, meus lugares favoritos da casa. A sala do piano parece mais uma varanda com vista para o jardim, é aconchegante e extremamente charmosa. A parede dos fundos é toda de vidro com uma porta-balcão enorme, que fica fechada na maioria das vezes, por causa do frio, mas eu adoro abrir as cortinas e olhar a chuva cair na grama. De vez em quando, Anne desliga o sistema de aquecimento e acende as lareiras, e, por mais que eu sinta falta de casa – e eu sinto muita –, tenho a impressão de estar em um conto de fadas, e isso é espetacular.

As noites continuam iguais: repletas de sonhos desconexos, cabelos revoltos e olhos azuis. Para dizer a verdade, nem estranho mais, já fecho os olhos esperando as imagens aparecerem. Até gosto, para ser franca. Acho que é por isso que os sonhos se repetem, porque uma parte de mim adora todas aquelas sensações.

Hoje é só mais um daqueles dias chuvosos e frios. Olho pela janela do escritório e para o relógio sem parar. Não vejo a hora de ir embora e fazer o almoço. Prometi para a sra. Hendsen que faria a comida hoje. Além de apresentar um pouco da culinária brasileira, eu também teria o prazer de uma refeição decente. A comida daqui não é ruim, mas também não é boa. Gastei boa parte do meu salário no mercado de importados com carne, arroz, feijão, alguns legumes e frutas. Queria temperos frescos, mas só consegui desidratados. Tudo bem, deve servir. É sábado e eu nem deveria ter vindo trabalhar, mas a finalização de um livro precisava ser entregue até segunda, o que não me deixou escolha.

Enfim termino tudo o que tenho de urgente e saio cheia de sacolas. Pego o metrô e em poucos minutos chego ao meu destino. A chuva está forte e eu tenho que fazer malabarismos para conseguir carregar as sacolas e ainda abrir o guarda-chuva. Praticamente corro as poucas quadras que separam a estação do metrô de meu lar londrino.

Coloco as sacolas no braço e procuro as chaves na bolsa. Não separei o chaveiro e agora estou nessa cena patética em frente ao portão dos Hendsen. Vasculho tudo, e, quando sinto com alívio o molho de chaves no fundo da bolsa, uma mão é mais rápida do que a minha e abre o portão. Quando olho, não posso acreditar.

– Será que existe no mundo alguém mais atrapalhada que você? – debocha.

Encaro o portão aberto, a chave na mão dele e o sorriso mais lindo de todo o universo sem entender nada. Não consigo me conter e, com ar de indignação, pergunto:

– O que você está fazendo aqui?

– Eu moro aqui, ou pelo menos é este o endereço que costumo colocar na minha correspondência.

Olho a casa, olho para ele, abro e fecho a boca sem nada dizer. Faço uma careta balançando a cabeça e ele solta uma gargalhada.

– Acredita em coincidência? – diz em tom de mistério.

– Não – respondo impulsiva.

– Nem eu – afirma convicto.

Ele entra e eu continuo parada. O que ele quer dizer com isso?

– Vai entrar ou vou ter que te buscar?

Entro, batendo o portão com o pé e corro para dentro. Jogo as sacolas no chão, penduro o guarda-chuva e tiro o casaco. Ele já está sem a capa de chuva e sacode de leve os cabelos molhados. Pra quê aquilo? Sério, ninguém precisa de tanto charme.

– Não imagina a minha surpresa quando recebi as fotos do aniversário da mamãe. Ela enviou por e-mail, contando sobre a surpresa que a Elisa tinha feito e reclamando por Deus não ter dado uma filha a ela, já que eu e meu irmão nunca fizemos nada parecido.

Ele tem um sorriso radiante e fala com tanta naturalidade que me deixa sem ar. Mais uma vez o maldito charme...

– Você é a Elisa, não é? Ou eu estou falando com uma pessoa achando que é outra? Não seria a primeira vez.

– Você sempre fala tanto assim? – brinco.

Anne aparece com um falatório imenso sobre a chuva, o fato de estarmos tão molhados, o peso das sacolas e alguma coisa sobre termos chegado juntos.

Levamos as sacolas para a cozinha, mas antes de começar a cozinhar, sou obrigada a ir tomar um banho e a colocar roupas limpas.

Subimos a escada juntos para nos secar. Quando chegamos ao segundo andar, ele para em frente à porta do seu quarto e acena com a cabeça. Trocamos um longo olhar tentando encontrar algo que trouxesse sentido àquela cena inesperada.

– Estranho te ver aqui – falo baixinho.

– A estranha por aqui é você – provoca.

– Considerando a data da compra da casa, os dias que você passou por aqui e o tempo em que estou morando neste endereço, o estranho é você.

Ele ri alto.

– Tem razão, se bem que, se considerarmos o tom azulado dos seus lábios, fica óbvio que todo esse tempo não te tornou cidadã da Grã-Bretanha.

Passo os dedos nos lábios e subo a escada sorrindo. Encosto a porta do quarto e tiro as roupas molhadas. Só percebo o quanto estou gelada quando a água quente do chuveiro desce queimando minha pele e meus pensamentos. Quanto tempo será que ele vai ficar? Por que será que ele veio antes das festas? Será que a foto teria adiantado seu plano de férias? Quanta pretensão a minha e quanta bobagem um cérebro empolgado é capaz de produzir. A verdade é que eu adoraria saber o que ele está pensando no banho. Não tenho interesse nenhum em complicar minha estada por aqui, mas flertar com um rapaz tão bonito não é pecado algum, poderia até ser divertido, não é?

Olho o armário sem saber o que vestir. Acabo escolhendo uma roupa confortável e simples. Não é o figurino mais glamoroso do mundo, mas valoriza meus pontos fortes. Dou uma olhada no espelho e fico satisfeita. A saia jeans cai bem e a cor clara da blusa destaca meus cabelos escuros e longos, presos de lado com um grampo em formato de flor. Passo gloss, a boca rosada deixa meus olhos ainda mais verdes. Não sou alta, elegante e esbelta como as mulheres daqui. Sou baixa até para os padrões brasileiros, meus cabelos são ondulados e sou mais cheinha nos quadris do que gostaria, mas meu corpo me agrada. Não vejo nada de errado em não ter medidas que cabem em revistas e é por isso que desço confiante.

Chego à sala e não vejo ninguém por perto, vou para a cozinha. Olho os ingredientes e fico em dúvida sobre o que cozinhar. Coloco o avental e decido começar lavando as verduras e os legumes.

Cantarolando músicas brasileiras, começo a picar a couve, a limpar a carne e a refogar o arroz com legumes. Sem muito planejamento, o meu almoço caseiro vai tomando forma. O cheiro familiar deixa a atmosfera mais quente e convidativa. Sou feliz quando cozinho. Adoro inventar receitas, misturar temperos e provar novos sabores.

Sou retirada do meu transe culinário quando me viro para secar as mãos e dou de cara com Paul parado na porta me olhando.

– Que susto. Há quanto tempo está aí?

– Eu gosto do som do seu idioma. É suave, doce, gostoso de ouvir – diz ele ignorando minha pergunta.

– Você é esquisito.

– E você não é tão estabanada quanto eu imaginava. Está cercada de facas e líquidos quentes há quase meia hora e ainda não se acidentou nenhuma vez. Estou impressionado.

– Eu não sou estabanada, você é que tem o dom de só me ver em momentos de crise e, acredite, cozinhar não é um deles. Fico muito à vontade na cozinha. Sou uma ótima cozinheira.

– O cheiro está ótimo, mas só dou o veredicto depois de provar.

Ele sempre tem um ar irônico e desafiador. A expressão vibrante, o brilho no olhar e o sorriso de canto transformam uma simples conversa em um jogo. Essa sensação de ganhar ou perder sempre está presente sem eu entender muito por quê. Isso aumenta o meu desejo de jogar também, de conhecê-lo melhor, saber seus pontos fortes e fracos, de fazê-lo me conhecer. Ele é atraente e parece saber que sua presença tem o dom de me acender.

Levanto uma sobrancelha e digo:

– O.k., mais 45 minutos pra você se render aos meus encantos – também sei jogar.

– Acho que não serão necessários todos eles.

Droga, ele sempre vence.

Ainda nos encaramos sorridentes quando a mãe dele entra na cozinha elogiando o aroma que tinha se espalhado pela casa. Anne olha tudo com curiosidade e aprova cada gesto meu. Cozinho o feijão com paio, louro e alho. Asso batatas e grelho bifes e filés de frango temperados apenas com sal grosso. Faço farofa de couve, bacon e ovos. Coloco o arroz com cenoura, vagem e milho dentro de uma travessa temperada com azeite e orégano. Preparo salada de alface, palmito, tomate e ervilha. Frito bananas à milanesa, e, quando tudo está servido, parece um verdadeiro banquete. E é.

Estou tão cansada e agitada que, antes de me sentar à mesa com os Hendsen, tenho que me refrescar no lavabo. Apesar do rosto corado depois de tanto tempo na cozinha, ainda estou decidida a deixar mais do que uma boa impressão.

– Querida, você deve estar exausta. Que bela mesa! Parece uma festa! E fez tudo sem nenhuma ajuda.

– Obrigada, sra. Hendsen, espero que gostem. Eu e minha mãe sempre recebemos os amigos com a mesa cheia. No Brasil, a gente só acha que agradou se consegue empanturrar a visita com o prato e a sobremesa.

Rimos e nos sentamos em volta da mesa. Todos saboreiam o almoço e eu também me delicio com os sabores conhecidos. O feijão não é exatamente igual, mas só o fato de não estar doce como o daqui me faz suspirar de prazer a cada garfada. Está tudo muito bom e eu me encho de orgulho ao ver tanta satisfação na expressão dos meus anfitriões. O melhor elogio para quem cozinha é ver todo mundo comendo muito e com prazer.

– Como é que vocês conseguem ter corpos tão lindos comendo tanto? – diz Anne entre uma garfada e outra.

O comentário inocente faz todos rirem e me deixa ainda mais corada.

– Ora, Elisa, não tenha vergonha da sua beleza, minha filha – insiste ela.

Enquanto a dona da casa se desdobra em elogios, as risadas dos dois homens da mesa diminuem. Sr. Hendsen desvia o assunto falando bem mais uma vez da comida.

– Um colega da empresa visitou o Brasil e não se cansa de dizer como gostou da culinária. Agora entendo perfeitamente o motivo de tanta euforia.

– Os estrangeiros adoram nossas churrascarias e restaurantes. Acho que agora entendo. Também estava com saudades desse sabor. Não que a comida daqui não seja boa. Até que é bem saborosa para a Inglaterra.

Gargalhadas se espalham e tenho que cobrir o rosto depois de um comentário infeliz como esse. Olhando a cena, ninguém ousaria dizer que eu não pertenço àquele lugar ou àquela família. Tirando a diferença física – que é imensa –, nada mais me distancia daquelas pessoas. Por mais estranho que pareça, eu já me sinto em casa.

O sr. Hendsen agradece e diz que precisa trabalhar. Apesar de ser sábado, ele sempre está cuidando dos negócios. Eu não entendo muito bem o que ele faz, só sei que tem muito dinheiro e que trabalha demais. Ele só aceitou a ideia de a mulher abrigar uma desconhecida por ela ser prima do dono da editora, que insistiu muito para que ela recebesse novamente um estagiário estrangeiro. O sr. Hendsen passa a maior parte do tempo no escritório ou ao telefone, andando pela casa. O único momento em que ele se desliga de tudo é durante a noite, principalmente antes do jantar, quando se junta à sra. Hendsen para tomar vinho na sala de estar. Parece meio formal, mas cada casal arruma um jeito de fazer o casamento funcionar e alguns, como os meus pais, não encontram nenhum.

Os empregados aparecem e tiram os pratos de minhas mãos. Embora esteja muito frio lá fora, dentro de casa a temperatura é sempre agradável, o que permite ficar sem casacos e à vontade o tempo todo.

Vou ao quarto, pego um livro e desço. Assim que chego à escada, ouço uma linda música. O som do violão é potente, mas ninguém canta. Procuro de onde o som está vindo e concluo que é da sala do piano. Paul está sentado no chão, com as costas apoiadas na poltrona. Ele olha a chuva enquanto toca distraído um violão preto. Assim que me vê, ele para e sorri tímido.

– Sua vez de impressionar?
– Nada... Isso é só uma bobagem, um passatempo.
– Que modesto.

Largo o livro na mesa lateral e me sento no banco do piano.

– Sua mãe me contou que você é ator. Não sabia que também era músico.
– Não me sinto nem uma coisa e nem outra... Eu só tento.
– Estava em cartaz, não estava? Era por isso que estava em York?
– Sim, ficamos uns dois meses pela cidade e arredores. Foi legal, nos entrosamos bem, mas quando estávamos começando a ficar afinados, a turnê acabou. Agora, estamos decidindo se começamos a ensaiar uma nova peça ou se insistimos um pouco por aqui.

Ele encosta o violão nos pés da poltrona e eu passo os dedos de leve no imenso teclado.

– Toca? – diz ele vindo em minha direção.
– Tive aulas há alguns anos, mas parei quando entrei na faculdade. Não me atrevo a dizer que toco.

Ele se senta ao meu lado. Começa a tocar uma canção simples, de quatro notas apenas. Repete os movimentos três vezes e tira uma das mãos. Toca duas notas e olha pra mim. Meio vacilante, executo as notas seguintes. Ele acrescenta mais duas e eu continuo repetindo a parte que me cabe. De vez em quando ele trança os braços sobre os meus para alcançar as teclas mais distantes. Esse simples movimento me faz arrepiar e inunda minha alma de prazer.

É um momento simples, calmo, sem jogos, olhares ou palavras. Ele acena para que eu acrescente mais uma nota e a canção se faz. Quando a canção termina, o silêncio se instala sem causar qualquer desconforto. Abrimos um sorriso lentamente, sem sobressaltos, com cuidado para aquele pequeno instante custar mais a passar.

– Você é um excelente professor. Quase me fez acreditar que eu estava realmente tocando – digo tentando amenizar aquela atração que me rodeia e deixa o ar denso.

Ele ri mais alto dessa vez e o instante passa.

Não sei quanto tempo ficamos distraídos conversando. Ele faz milhões de perguntas sobre o Brasil, minha vida, minha família, tenta aprender algumas palavras em português, o que nos faz quase rolar de tanto rir. Eu tento descrever, sem muito sucesso, a beleza natural do país, a alegria do povo e o jeito leve de viver. Ele quase não pisca e me olha embevecido, enquanto eu sacio sua curiosidade.

Olho para o relógio e percebo que falei por tempo demais sobre mim.

– Sua vez – convido.

– Eu não tenho muito o que falar. Não sou tão fã da Inglaterra quanto você é do Brasil. Aliás, você acabou de me deixar com vontade de ter nascido lá.

Continuo olhando em seus olhos e ele percebe que eu não me darei por satisfeita.

– Bem, eu sou desligado, tranquilo, gosto de me divertir e tentei escolher uma profissão que não me entediasse demais.

– Qual sua cor preferida? – repito a pergunta de Anne, sem saber o motivo.

Ele faz uma careta, parece também não entender.

– Bem, já mudei tantas vezes essa resposta. Sei lá, acho que não tenho uma favorita. Isso é relevante?

– Sim, muito.

Agora entendo a risada que Anne deu ao me fazer a mesma pergunta. Tive a mesma reação do filho dela. Tínhamos a mesma falta de predileção.

– Um problema? – ele questiona meio preocupado, como se houvesse apenas uma resposta certa para a minha pergunta.

– De jeito nenhum.

Paul gosta de se mostrar comum, simples e até um pouco desleixado, mas ele não é nada disso. É tão bonito que chega a ser constrangedor estar tão perto dele. Ele tem profundidade quando fala, não tem medo de mostrar fraquezas e isso o deixa ainda melhor. Cada gesto displicente o faz ainda mais perfeito para mim. Nunca acreditei em nada que parecesse certo demais, e ele desfila dúvidas sobre o futuro, insatisfação sobre o presente e sobre como se entedia rápido com qualquer coisa. Paul sabe falar de si e fala com respeito, mas também com vulnerabilidade. É encantador.

– Quer esticar o momento Brasil? – ele interrompe meus pensamentos.

– Como é? – respondo ainda distraída.

– Vá se trocar, nós vamos sair – ele intima.

– Pra onde?

Paul olha o relógio e diz:

– Você tem 15 minutos. Vou esperar lá fora.

Procuro sem conseguir escolher uma roupa. Como se vestir sem saber o destino? Coloco um vestido tomara que caia preto justo. Ele é o meio-termo entre formal e casual. Escolho um sapato vermelho de salto baixo que me faz lembrar do que eu usava para fazer sapateado: confortável, mas com estilo. Solto os cabelos, troco os brincos, passo um pouco de maquiagem e visto o sobretudo. Quando chego à porta da frente, ele me espera encostado no carro.

– Vamos?

– Para onde? – insisto.

– Surpresa.

Ele se encaminha para o outro lado do carro e eu fico na calçada esperando.

– Vai dirigir?

– Não me acostumo com essa coisa de mão inglesa – digo caminhando até a porta do carona.

Apresso o passo para chegar ao lado certo. Ele coloca a mão nas minhas costas delicadamente e depois fecha a porta atrás de mim.

Durante o trajeto, nós não falamos muito. Cada um fica entretido com seus próprios pensamentos. O silêncio é tranquilo, quase comum. Nós não nos sentimos constrangidos um com o outro, e isso é extraordinário. Eu só consigo pensar em como é bom estar com ele, sinto como se tivesse reencontrado um grande amigo, alguém que eu apreciasse muito e de quem eu havia sentido muita falta.

Mal vejo o tempo passar. Assim que o carro para, ele abre a minha porta. Saio, e ele joga as chaves para o manobrista. Paul me dá a mão e me puxa para dentro. Aos poucos, a música invade nossos ouvidos. Ele tira o casaco e eu o imito. Minha curiosidade é tanta que mal percebo os olhares. Ele está parado com os olhos fixos em mim.

– O que foi? – pergunto apreensiva.

– Está linda.

– Exagerei? – digo olhando em volta.

– Você poderia estar de camiseta que ainda assim chamaria a atenção.

Ainda estou sem jeito e ele continua me encarando quando uma moça nos pede para acompanhá-la. Ela nos leva até uma pequena mesa alta com duas cadeiras, pergunta se queremos alguma coisa e sai.

O som que antes eu não conseguia definir agora está totalmente nítido. Trata-se de uma banda que toca salsa ao vivo. Por que será que todo gringo confunde o Brasil com qualquer pedaço da América Latina? É óbvio que ele me trouxe aqui porque imaginou que eu me sentiria em casa. E, apesar de sentir o oposto disso, fico feliz com a boa intenção dele.

– Então quer dizer que nós vamos dançar salsa? – digo.

– Nós não, você. Eu tenho articulações britânicas, não consigo fazer direito – confessa com um sorriso quase infantil e um olhar brincalhão.

– Ah, vai sim. Vem... – o arrasto para o meio do salão.

No meio da pista, não sei bem o que fazer. Nunca dancei salsa na vida. Dou uma olhada em volta e decido começar com passos básicos. Não parece complicado. Talvez pelos anos de balé ou pela afinidade que tenho com a música, consigo pegar o ritmo e dançar acaba sendo fácil para mim. Apenas sinto o som me envolver e me deixo levar.

Ainda estou me acostumando com o ritmo quando Paul me pega pela mão e me rodopia para junto dele. Levo um choque com a habilidade com que ele, colado em mim, dá os primeiros passos. Não me contenho e arregalo os olhos.

– Inglês mentiroso – esbravejo de brincadeira.

– Eu não disse que não sabia dançar, disse que não era bom.

Uma dança atrapalhada após a outra e a noite passa entre sorrisos. Nossos olhos acesos e faces queimando me fazem sentir uma felicidade indescritível. A cada descoberta, me encanto mais. Percebo sua expressão de admiração, suas mãos firmes me conduzindo pelo salão e sua proteção discreta. Paul é gentil, afetuoso e cheio de vigor. Em alguns momentos, me pego olhando em seus olhos por tempo demais na tentativa de decifrá-los.

O bar já está quase vazio quando decidimos ir embora. Pegamos os casacos e, enquanto esperamos pelo carro, ele me pergunta se estou cansada demais para dar uma volta. Eu poderia ter dançado mais duas horas e, mesmo assim, estaria pronta para esticar este momento. Está tudo tão bom, tão mágica esta noite. Para que apressar o dia? Ele virá de qualquer forma.

Entramos no carro, mas ele estaciona poucas quadras depois. Estamos no centro da cidade, ao lado do parlamento, às margens do Tâmisa. Andamos em silêncio por alguns minutos. O vento parece ferir meu rosto quente. Coloco as mãos nos bolsos tentando não deixar escapar o calor do corpo. Apesar do frio, a noite está linda e o céu repleto de estrelas. A lua cheia ilumina o rio, deixando um rastro prateado na água. Londres nunca me pareceu tão perfeita.

– Se divertiu? – ele interrompe o silêncio.

– Ainda estou – respondo firme.

– Você arrasou na pista.

– Por ser a primeira vez que dancei salsa, até que não fui mal – confesso segurando o riso.

Ele para de andar e me olha com cara de interrogação.

– Desculpe, mas salsa não é bem um ritmo brasileiro – explico.

– Sério? – ele diz embaraçado.

– Olha, eu não entendo nada de música inglesa, você não tem a menor obrigação de saber sobre ritmos latinos.

Paul ri sem parar e eu fico paralisada tentando entender.

– Eu devo ter ido àquele bar umas vinte vezes e você acabou comigo na pista. Eu estava feliz por acreditar que você dançava desde criança, mas você nunca tinha feito isso antes. Chega a ser um insulto – ele brinca.

– Você dançou muito bem...

Ele parece incrédulo.

– ... para um inglês – emendo.

Rimos como dois bêbados, encostados no parapeito do rio. O vento agita meu cabelo que já está bem desalinhado por conta da dança. Ele tira uma mecha de cima dos meus olhos e a coloca atrás da orelha. Esse movimento me faz parar de rir, e a ele também.

– Engraçado te encontrar aqui, Elisa – ele diz sério, me olhando profundamente, como quem tenta entender algo que está além da nossa compreensão.

Abaixo a cabeça e meu cabelo escapa de seus dedos. Tenho medo de começar essa conversa, não quero falar dos encontros em York, relembrar meus sonhos e depois a descoberta de que Paul pertence à minha família europeia. Não quero acreditar em destino. Isso pode me levar a um caminho muito arriscado. Já basta o risco de estar sob o luar com ele.

– É... – digo evasiva.

Ele se senta no banco e eu, no parapeito, de frente para ele.

– Você quer ser famoso? – deixo a pergunta escapar.

– Se isso significar que sou bem-sucedido na profissão, sim.

– Então eu preciso garantir o primeiro autógrafo.

Pego minha bolsa, tiro o passaporte da capa e o abro na última página.

– Assina na contracapa.

– Enlouqueceu?

– Quando você for famoso e nem se lembrar mais de mim, farei um leilão da capa do meu passaporte. O autógrafo valerá muito mais por estar em um objeto pessoal. Assina e coloca a data.

– Embora eu duvide muito que a minha assinatura venha a valer alguma coisa, tenho certeza de que é mais provável que isso aconteça do que eu ser capaz de esquecer você.

– Para de tentar me seduzir e assina logo.

Paul sempre solta um riso debochado quando não sabe o que responder. E eu sempre faço uma graça quando sinto as chances de me apaixonar por ele crescerem torrencialmente. Apesar de estar curtindo demais tudo isso, eu ainda tenho minha razão intacta. Nós acabamos de nos conhecer e isso é um fato que nem a impressão de ser parte da vida dele desde sempre pode apagar.

Olho a assinatura: Paul Robert Hendsen, J. T. E.

– Hein? Não entendi.

– Jamais te esquecerei.

– O.k., mas promete que nunca mais vai assinar Paul Robert? Nome duplo não é bacana. Já viu alguém me chamar de Elisa Cristina? Jamais verá.

– Está bem, E. C. Anotado.

– Vou acabar virando sua empresária, P. R.

– Às vezes penso em desistir. Começar a trabalhar na empresa com meu pai – confessa.

– Todos pensam em desistir em algum momento. Você só não pode deixar que esse pensamento se torne realidade.

Ele fita o nada e parece tão desarmado, frágil e perdido. É a primeira vez que eu o vejo desse jeito. Nesse instante, ele não se preocupa em me impressionar, só está pensando alto, coisa que fazemos quando estamos sozinhos ou na presença de um grande amigo.

Olho mais uma vez a assinatura dele antes de colocar o passaporte de volta na bolsa. Está começando a amanhecer, mas nenhum de nós consegue dar adeus para a noite. Meu estômago ronca.

– Café da manhã? – sugere.

– Com certeza – respondo colocando as mãos sobre o estômago.

A presença dele é fácil pra mim. Nenhum de nós precisa pensar muito, nem ensaiar nada. Eu simplesmente sou o que sei ser. Eu somente existo.

Meu novo amigo come o típico café da manhã inglês com feijão, linguiça e ovos. Não consigo me habituar àquilo, peço o croissant com a geleia de sempre, e mais uma vez tenho que explicar que quero o leite quente para misturar com o café. Os ingleses costumam tomar o café puro e o leite frio, com cereais. Para eles, minha escolha é incomum. Eu sempre me sinto uma alienígena andando pelas ruas daqui, mas nas refeições essa sensação se intensifica. Ele ri de leve e eu faço careta. Depois, voltamos a falar sobre amenidades e bobagens.

A casa ainda está silenciosa quando chegamos. Tiro os sapatos para não fazer barulho. Subimos na ponta dos pés. Ele me acompanha até a escada que leva até o meu quarto, me olha em silêncio e beija de leve meus dedos.

– Prazer em conhecê-la, Elisa.
– Obrigada, eu me diverti como nunca.
– Vê se não dorme demais, tá? – diz baixinho, em tom de súplica.
– Farei o meu melhor – sussurro derretendo.

Fecho a porta do meu quarto tentando assimilar tudo o que vivi nas últimas horas. Sinto como se tivesse acabado de acordar e tentasse me lembrar de um sonho bom. Eu nunca me senti assim antes, aliás eu nem acreditava que isso fosse possível. Sempre fui muito cética em relação à paixão, mas cada pedaço do meu corpo contradiz meu cérebro. O sorriso bobo que não sai de meus lábios é a prova de que estou me envolvendo mais do que deveria. Basta assumir que minha vontade é de me trocar e descer novamente. Eu não tenho o menor interesse em dormir. Parece errado estar sozinha. Éramos perfeitos demais juntos.

Respiro fundo e entro no chuveiro. Molho a cabeça e seguro o ar como se estivesse dando um mergulho. Sinto falta do mar. Mesmo morando na capital, sempre ia ao apartamento do meu pai que fica no litoral. Abro os olhos e penso em como seria bom mostrar para Paul os meus lugares preferidos. Imagino nós dois abraçados, deitados na rede da varanda, apreciando o mar. Tenho certeza de que ele ficaria deslumbrado com a beleza do lugar, com o azul do céu e o verde da água. Balanço a cabeça e solto o ar. Minha imaginação está indo longe demais.

O banho ajuda a relaxar e eu começo a sentir o cansaço. Visto a camisola mais leve que tenho e vou para a cama. Abraço um travesseiro e coloco o outro em cima do rosto. Demora um pouco, mas eu consigo dormir e é o melhor sono da minha vida.

5
Moments
Momentos
(One Direction)

Acordo quatro horas depois com o corpo todo dolorido. Prendo os cabelos e desço descalça. Meus pés estão acabados. A casa está barulhenta, dá para ouvir lá de cima a conversa animada e as risadas. Dou uma olhada no meu visual e temo estar informal demais para um domingo com a casa cheia de visitas. Cogito voltar ao quarto e colocar pelo menos uma sandália, mas não tenho forças para isso. Desço e encontro todos sentados na sala: Thomas, Anne, Paul e um quarto integrante, que, pela semelhança que tem com a sra. Hendsen, aposto ser Philip.

– Ei, Bela Adormecida – diz Paul, num gracejo.

– Olá – respondo lisonjeada e ligeiramente tímida também.

– Elisa, esse é o final de semana dos sonhos. Meus dois filhos em casa.

– Realmente, um fim de semana dos sonhos – respondo pensando em um tipo diferente de sonho.

– Muito prazer, Elisa – o rapaz corado se levanta e estende a mão em minha direção.

– Todo meu, Philip – aceito o cumprimento.

O caçula é bem diferente do primogênito. Paul tem traços angulosos e definidos. Philip tem o rosto mais arredondado, sobrancelha marcante e olhos verdes. Bonito, não tanto quanto o irmão, mas ainda assim bem bonito.

Junto-me ao grupo e testemunho histórias recentes, da faculdade, da profissão, lembranças de infância e todo tipo de assunto que as famílias costumam conversar quando se reencontram. É bom de ouvir e de ver. O jeito que Anne toca a perna do filho, os soquinhos que Paul dá no ombro de Philip em uma típica manifestação de afeto entre irmãos, a expressão orgulhosa do pai. De vez em quando, meu olhar cruza com o de Paul, cúmplice, ansioso, vibrante e quase invasivo. Eu domino cada expressão do meu rosto e do meu corpo, só não domino a dos meus olhos, e ele sabe disso. Ele sorri de canto me fazendo estremecer por dentro.

Sou arrancada dos meus pensamentos sensuais ao ouvir meu nome.

– Desculpe, me distraí por um instante. Pode repetir, Philip?

– Fiquei sabendo que a senhorita dança muito bem e quase deu um baile nos pobres ingleses ontem.

Fico vermelha e lanço um olhar reprovador para Paul.

– Que exagero. Só gosto de dançar... Paul é que surpreendeu – brinco.

– Há tempos não me surpreendo com meu filho, ele adora todo tipo de manifestação artística. Além de ser um boêmio nato e inveterado, claro – Anne interfere.

A última parte da explanação da sra. Hendsen me causa um tremendo desconforto. Apesar de ter dito com aparente inocência, em seu tom polido e habitual, havia algo mais, algo que me pareceu um pequeno aviso. Como se ela pudesse prever as faíscas da noite anterior, como se o comportamento de Paul fosse algo esperado e corriqueiro. Pensar nisso faz o incômodo aumentar, e devo ter deixado transparecer porque Paul interrompe a conversa com um tom ameno e olhar direto.

– Eu só queria retribuir a ótima tarde que a Elisa nos ofereceu e acabei me divertindo mais do que ela. Foi tão agradável que nem vi a noite passar. Há tempos não me divertia tanto.

Ele fala me encarando e não para de me olhar mesmo quando termina. Minha cabeça formula um milhão de teorias, e fica difícil pronunciar qualquer frase.

– Foi um presente tardio de boas-vindas – acabo dizendo.

Depois disso, cada um se lembra de alguma coisa que precisa fazer: o celular do sr. Hendsen toca, Anne vai para a cozinha e Philip vai desfazer as malas. Levanto da poltrona por instinto e sigo em direção à varanda. Paul, sem se levantar, me segura pela mão assim que passo ao seu lado.

– Dormiu bem? – diz olhando meus dedos entre os seus.

– Sim, e você? – respondo.

– Muito. Olha, sobre o comentário da minha mãe...

– Você não me deve satisfações. Nós acabamos de nos conhecer. Além disso, eu fui porque quis e me diverti muito. Faria tudo novamente. Não há problema algum em ser boêmio, seja lá o que ela quis dizer com isso – interrompo.

Minha resposta direta e seca o deixa sem ação. Ele solta minha mão. Acena com a cabeça e me oferece um meio sorriso. Abro a porta de vidro e vou para a varanda. Apesar de o dia estar lindo e ensolarado, está frio demais. Caminho até o jardim mesmo assim. A grama está tão gelada que faz os ossos dos meus pés doerem. Encaro o céu e o brilho do sol ofusca minha visão. Fecho os olhos e respiro fundo. Por fora, sou o retrato da calmaria, como se estivesse meditando e esvaziando a mente. Por dentro, estou mais para um vulcão ativo, prestes a explodir. É ridículo, mas estou trêmula de raiva. E não é raiva do Paul, é raiva de mim. Não tenho direito algum de me sentir ofendida ou enganada, mas mesmo assim me sinto. Estou enfurecida por ter saído do *script*, ter olhado demais pra ele, fantasiado demais sobre ele e ter desejado que ele estivesse tão encantado por mim quanto eu estou por ele. Adoraria não ter sentido que era tão especial para ele, não sentir que ele era tão especial para mim. Foi uma noite legal, só isso. Vê se cresce, Elisa.

– Vai ficar aí até perder os pés? – uma voz grave interrompe meus pensamentos.

– Não faz calor nesse lugar, não?! – penso alto, enfurecida.

Meu tom nervoso demais para um comentário sobre o tempo não passa despercebido.

– Tem certeza de que quer falar sobre o clima?

Paul estende uma das mãos me convidando a entrar. Aceito, e o calor da casa é um alívio para a minha pele gelada. Esfregando suavemente meus braços, ele me olha sem parar.

– Eu sou boêmio. Vivo por aí, escolhi uma profissão que me serve de desculpa pra ficar de um lugar para outro sem criar raízes. Nunca tive um relacionamento que durasse mais de dois meses. Gosto da noite.

Tento interromper, mas ele me impede colocando o dedo indicador nos meus lábios.

– Tudo isso é verdade. Mas também é verdade tudo o que aconteceu ontem. Cada olhar, palavra e sorriso que troquei com você. Eu não quero que ache que seria assim com qualquer uma. Sei lá, é fácil estar com você e isso eu não consigo explicar. Tem algo em você de que eu gosto, e eu não estou falando da aparência. Isso seria óbvio – ele me encara de um jeito quase obsceno.

Mordo o lábio segurando o sorriso.

– E grosseiro também – digo tentando manter a seriedade.

Paul ri, continua a esfregar meus braços e me olha esperando que eu diga alguma coisa, mas eu não sei o que dizer.

– Fala comigo – ele insiste com doçura.

– Acho que você vai esfolar meus braços.

Ele retira as mãos com um ar preocupado e acabo rindo.

– Olha, Paul, não sei o que dizer. Eu sempre fui prática e racional demais, mas minha cabeça não funciona direito quando você está por perto. Parece até um superpoder ou coisa do tipo. Sei lá, não consigo transformar em palavras, simplesmente não sei.

Essa é a primeira vez que nos sentimos desconfortáveis. Para tentar aliviar, damos um abraço desajeitado e voltamos para a sala.

Nos próximos minutos, ficamos sem conseguir trocar olhares, soltamos frases curtas e fingimos naturalidade, mas nós dois sabemos que foi sinceridade demais pra um período tão curto de tempo. Admitir que despertamos sensações desconhecidas ou que comprometemos a capacidade de raciocínio um do outro é profundo demais para se dizer em um segundo encontro. Eu ainda me pergunto como fomos parar naquela situação em tão pouco tempo. Prometo a mim mesma que o verei apenas como um membro da minha família inglesa e percebo que ele também se empenha nisso. Nos dias seguintes, tentamos nos afastar, mas é quase impossível. Mesmo sem estarmos juntos, não me desligo dele. Reconheço seus passos pela casa, ouço o dedilhar no violão e passo horas sentada no parapeito da janela lendo e, mesmo sem admitir, esperando-o chegar.

Trato de tocar a vida, porque o tempo não espera, mas cá entre nós, quando quer, ele se arrasta. E se arrastou por muitos dias entre as horas que eu gastava monitorando os passos de Paul, fingindo não notar sua presença pela casa.

Certa tarde, enquanto eu escrevo um relatório, ele entra distraído na biblioteca e se sobressalta sem jeito ao perceber minha presença.

– Desculpe, eu não quero atrapalhar, não sabia que estava trabalhando aqui – diz.

– Tudo bem, Paul. Não estou fazendo nada muito importante.

Enquanto procura algo nas estantes, eu o olho meio triste. Por que a gente insiste nisso? Eu me sinto ridícula ao perceber a bobagem que estamos fazendo. É um exagero esse clima horrendo.

– Sabe, desde que eu te vi pela primeira vez em York, sua imagem não saiu da minha cabeça. Depois você reapareceu, nós tivemos aquela noite louca e eu gostei muito de passar tantas horas com você. A gente se deu tão bem... Mas de repente você sumiu completamente, nem parece que a gente mora na mesma casa. Eu passei a te evitar, e nem adianta dizer que não fez o mesmo – arrisco.

Ele ri mordendo o lábio inferior e eu continuo:

– Não sei direito o que aconteceu. Acho até meio absurda essa atração que rola entre a gente, mas e daí? Sinto falta da sua companhia, adoraria te conhecer melhor. Isso não pode ser tão ruim assim, pode? – confesso.

Eu, que sempre penso demais, dessa vez falei sem pensar e não me importo. Não quero nada a não ser poder desfrutar da presença dele. Não me incomodo com a opinião alheia, eu não me esconderia por orgulho ou medo.

– Também senti sua falta – ele diz.

Desse pequeno momento em diante voltamos a nos aproximar. Passamos a nos esbarrar na escada, trocar pequenas dicas musicais, ver seriados na TV e assaltar a geladeira de madrugada. A gente fala sobre um mundo de coisas sérias, como a imprevisibilidade do futuro, o envelhecimento dos nossos pais e o desemprego. Falamos também uma quantidade considerável de loucuras, como invasões alienígenas, a história de que a imagem do homem pisando na lua foi forjada e sobre um grupo de pessoas que acredita que Elvis ainda está vivo. Talvez ele esteja, vai saber...

Sentados nos degraus que levam até o meu quarto, entretidos nas regras do pôquer, que Paul insiste em me ensinar, ele diz casualmente enquanto coloca cinco cartas sobre o colo:

– Conseguimos esticar a turnê. Estrearemos em um teatro aqui de Londres. Nada muito grande, mas sabe o que isso significa?

Só consigo sorrir. Claro que eu sei.

– Vou ficar por mais um tempo – ele decreta.

– Que bom – falo baixinho.

Ele olha para as cartas, sorri e diz que, por serem do mesmo naipe, aquilo é um *flush*, mas para mim continua a ser só um monte de coraçõezinhos.

Com Paul ensaiando muito e eu atolada no trabalho, nossas horas de folga se reduziram consideravelmente. Mesmo assim, nos vemos todos os dias. Às vezes almoçamos juntos em algum lugar, ou ele me traz um sanduíche, que comemos no metrô só para escapar do frio.

Quando a rotina é tão corrida a ponto de só conseguirmos trocar mensagens por dois dias, Paul dá pancadinhas no teto para saber se estou acordada. Muitas vezes, já estou dormindo, mas acordo, acendo a luz e espero que ele bata em minha porta e finja ter algo importante para contar, entregue um chocolate ou só me diga boa-noite e combine um cinema para o dia seguinte.

Em alguns finais de semana, ele se encontra com o grupo do teatro, mas agora, quando isso acontece, ele me leva junto. Os amigos dele aos poucos se tornam meus também. Mesmo não sendo atriz, percebo que tenho muita afinidade com aquele pessoal despojado e de mente aberta que pulsa arte. Sinto prazer em conversar com eles e não tenho o menor pudor em demonstrar meus pontos de vista e argumentos. Talvez essa atitude tenha me ajudado a ganhar respeito, fazendo com que eu seja tão bem recebida. Porque o importante não é pensar igual, mas encontrar um jeito de pensar sobre todas as coisas.

Apenas Marie parece não gostar muito de mim. Aparentemente, ela investe tempo e charme demais para chamar a atenção do Paul, mas como ele mal nota esse esforço – ou finge não notar –, o mau humor dela me diverte bastante.

Minha relação com Paul se aprofunda à velocidade da luz. O fato de morarmos juntos contribui muito. Faz quase dois meses desde aquela noite repleta de salsa, olhares e desejos, mas quando ele deita a cabeça sobre os meus joelhos enquanto eu leio um novo manuscrito, parece que o conheço há muitos anos, muitas vidas.

Esta semana, a temperatura baixou demais. O clima está péssimo, a chuva não quer saber de dar trégua, e chego do trabalho sempre ensopada. Depois de seca, não tenho a menor vontade de sair de novo, por isso acabo sempre ficando em casa. Paul, além de ensaiar para a estreia da peça que se aproxima, faz audições sem parar. Quando está livre, está comigo. Mesmo assim, sinto saudade.

Nós não somos namorados. Quase não nos tocamos e ele nunca ameaçou me beijar. De vez em quando, ficamos de mãos dadas. Eu apoio minha cabeça no ombro dele enquanto assistimos à TV ou ele segura entre os dedos uma mecha do meu cabelo. Tais gestos sempre causam a sensação de querer mais. Obviamente, tento esconder, mas o desejo fica sempre muito nítido em meus olhos.

Às vezes, eu o ajudo a memorizar os roteiros e fico vidrada quando ele encena. Ele é incrível! Nos momentos em que eu escrevo, ele exige traduções com um interesse genuíno sobre tudo o que se relaciona a mim.

– Que palavra é essa? Como se diz em inglês? – ele pergunta.

– Saudade é uma palavra que só existe em português. Não há tradução – explico.

– O que significa?

– É o que eu vou sentir quando tiver que ir embora.

– Sentir falta?

– Não, sentir falta é pouco. Eu sinto falta do sol, de comer arroz com feijão e da água do mar. Sentirei falta do chá com bolo, da London Eye e dos passeios de bicicleta. Sentir falta é notar a ausência de alguma coisa. Saudade é quando o peito aperta, quando falta o ar, é quando parece difícil continuar vivendo. Saudade é a ausência de alguém.

Uma lágrima escapa sem querer e ele a limpa com o dedo. Não sei o motivo, mas parece que toda a saudade do mundo está em mim. Toda a que eu já fui capaz de sentir e toda a que eu ainda vou conhecer.

– É uma palavra muito especial – ele diz.

– É sim. Acho que é única – respondo me recompondo.

– Como você.

– Como nós – não resisto.

Ele se aproxima, encosta o nariz no meu, e eu fecho os olhos. É a primeira vez que falo sobre ir embora. Não é fácil, a realidade nunca é.

O cheiro dele invade minhas narinas e seus lábios estão a centímetros do meu. Minha boca se enche d'água e tudo em mim espera pelo toque, pelo gosto e pela realização. Sinto sua mão tocar o meu queixo e seu hálito me invadir, mas abruptamente Philip irrompe na sala fazendo tudo ruir. Levo alguns segundos para fechar a boca e conseguir afastar o calor que me invadiu.

Philip está com a mala na mão, querendo se despedir. Paul o abraça forte e faz o irmão prometer voltar para as festas. Todos lamentam o caçula não poder ficar para o final de semana e ver a estreia da peça conosco.

Paul, depois de mais um longo abraço no irmão, olha a mãe choramingando na janela vendo o filho partir. Sem notar minha presença, ele suspira e diz baixinho:

– Saudade.

Ele entendeu, e mais um nó de afeto se ata forte em mim.

6
Tell Me
Diga-me
(Birdy)

Ando trabalhando muito. Há uma semana não vejo nada além de manuscritos, computador e meu chefe, que, a cada dia, aumenta minha lista de atribuições. Paul também está mergulhado em trabalho e passa os dias dividido entre personagens.

A vida sem nossos encontros transcorre normal e é exatamente essa normalidade que tanto me incomoda. Quando ele está ao meu redor até o ar parece diferente, tem leveza e cheiro de baunilha. Perto de seu sorriso e pensamentos, me sinto em um dia de primavera, mesmo estando rodeada de cinza. Perto dele é como se houvesse mais luz no mundo.

Por tudo isso é que recebo o despertar do relógio com euforia. Finalmente o sábado chegou. Dia da tão esperada estreia da peça de Paul, quando eu o verei mais uma vez. Passo o dia fazendo as unhas, hidratando o cabelo e cuidando da pele. Passo horas provando roupas e sapatos. Mesmo assim os minutos passam caprichosos, transformando as horas em uma verdadeira eternidade.

De banho tomado, enrolada no robe, ainda me espanto ao sentir meu coração sacolejando ansioso. Ainda estranho quando me pego de olhos fechados sorrindo ao pensar nele. É a primeira vez que me sinto assim e é bem como dizem: infantil, meio bobo, excitante e delicioso.

Fico pronta uma hora antes. Olho no espelho sem parar. Examino mais uma vez meu vestido. Confiro o cabelo e a maquiagem. Ando de um lado para outro curtindo minha empolgação até ouvir a voz da sra. Hendsen me chamar. Pego o casaco, respiro fundo e desço apressada.

Sentada na plateia, olho satisfeita o teatro lotado, repleto de burburinhos e gente sorridente.

Ao som do terceiro aviso, todos ficam em silêncio. O espetáculo começa e não consigo tirar meus olhos dele. Só agora consigo ter dimensão de como ele é perfeito ali em cima, no palco. Tudo em volta parece existir somente para exaltar sua beleza estonteante, a profundidade de seus olhos e a doçura grave de sua voz. Termino achando o palco e a plateia pequenos demais para ele.

O texto, as luzes e todos os outros integrantes estão impecáveis, mas Paul se destaca sem esforço, e não sou somente eu que percebo. A cada fala de seu personagem, ouço suspiros de admiração e sinto um misto de orgulho e ciúmes.

O som dos aplausos no final da peça é ensurdecedor. Meus olhos transbordam ao ver a expressão de alegria dos meus novos amigos. É lindo de ver e de sentir. Estou tomada de euforia e encantamento.

Paul nos recebe ainda com o figurino de seu personagem. Abraça carinhosamente a mãe e o pai, olha para mim com urgência e segura minhas duas mãos. Não diz nada, sorri com os lábios e com os olhos, e eu entendo. Ele não precisa usar palavras para falar comigo. Também me sinto feliz por estar ali.

Os Hendsen se desdobram em elogios, dizem que ele está melhor a cada dia. Paul escuta e agradece com muita humildade, mas com pouca paciência. Todos se despedem e eu me viro rumo à saída, acompanhando Anne, que não consegue parar de dizer o quanto o filho é incrível. Sinto uma mão segurar meu punho, me viro e encontro Paul e tudo que ele é. Sinto um calafrio.

– Fica sussurra.

Não tenho forças para negar, para dizer que ele está entre amigos e deve ir comemorar. Não consigo dizer que estar perto dele naquele momento mexe demais comigo e que tenho medo de não me conter e estragar tudo. Só consigo acenar que sim e me deixar levar por suas mãos e pelo desejo de tê-lo por perto.

Sentar ao lado de Paul é como tê-lo de volta. Como se eu o tivesse emprestado para o palco, para as luzes e a plateia, e agora o tivesse recuperado. Tudo isso porque ele tem sua mão entrelaçada à minha, sua fala dirigida sempre a mim e seus olhos sempre procurando o caminho que leva até os meus.

Todos se abraçam, tiram um pouco da maquiagem e voltam a se abraçar. Todos embriagados de felicidade.

– Nosso maior público, com certeza – alguém diz.

– Muito melhor do que o melhor espetáculo que já apresentamos – outro responde.

– Paul estava ótimo, hein. Deu pra ouvir suspiros vindos da plateia – um rapaz baixinho graceja.

– Ele sempre está ótimo e as garotas sempre suspiram – um senhor com cara de avô diz enquanto sacode os cabelos de Paul.

Ele sorri, balança a cabeça em negativa e aperta meus dedos entre os seus.

O camarim começa a serenar. Alguns se despedem e seguem com suas famílias, outros se enroscam em suas namoradas e saem cambaleando corredor afora, e os que restam combinam de sair para comer e beber alguma coisa. Pego a bolsa e me levanto para acompanhá-los, mas Paul permanece imóvel olhando para um ponto invisível. Marie chama sua atenção:

– Você não vem, Paul?

– Fica para a próxima – ele responde sem parar de olhar fixamente o nada.

Marie e eu nos encaramos até eu dar de ombros e fazer cara de quem não entendeu. Ela vai embora e ficamos eu, Paul e um silêncio arrebatador. Depois de intermináveis segundos, arrisco:

– Você estava incrível. Nasceu pra isso. Foi lindo, nunca mais pense em desistir.

Paul continua em silêncio, mas agora me olha sem piscar. Fico tensa com a expressão fixa dele. Um arrepio percorre meu corpo e eu estremeço.

– Vem cá – ele diz.

Hesito vendo sua imagem desaparecer pela porta e cruzo o batente sentindo as pernas pesarem. Subo a escada e meu coração parece ter despencado para dentro do meu estômago. Ao alcançar o último degrau, vejo Paul me esperando no centro do palco. Olho o teatro vazio, o vejo inerte me encarando e me aproximo.

– Este é o lugar que eu mais adoro no mundo. Quando eu estou aqui, sou parte disso, como uma dessas tábuas, os holofotes, as cortinas – ele diz apontando o piso de madeira do palco.

Tento dizer que sinto o mesmo quando escrevo alguma coisa e deixo de ser gente para ser letra, mas não tenho tempo, porque ele volta a falar:

– Mesmo assim, mesmo tendo vivido a melhor apresentação da minha vida, não parece importante, sabe por quê?

Balanço a cabeça negando.

– Porque de tudo o que aconteceu aqui hoje, só vou me lembrar de você, dos seus olhos verdes na plateia e de como eu não paro de pensar em te beijar.

Sinto suas mãos na minha cintura e seu corpo se aproximar do meu.

– Vou me lembrar do seu vestido vermelho, do cheiro de fruta que o seu cabelo tem e de como você é estonteante.

Meu coração acelera e não consigo me mexer. Continuo com as mãos em seus braços, encarando aqueles olhos azuis e devorando cada palavra. O poema mais bonito declamado só para mim.

– Eu revisito as últimas horas e só consigo me lembrar de você me aplaudindo e do seu sorriso entre as pessoas. Se eu tivesse que escolher um momento pra viver para sempre, seria esse. Com você, Elisa. Entende isso?

Toco seu rosto e ofereço um tímido sorriso sem dizer nada. Tenho medo de abrir a boca e quebrar o encanto. O que se diz quando se chega ao céu? Sou feita de palavras, mas elas são melhores dentro de mim. Não sei qual delas escolher para dizer que também me assusto ao pensar no que sinto por ele, mas não quero parar de sentir mesmo assim.

Paul beija minha mão, depois meu ombro, meu rosto, minha testa e meu cabelo. Meu corpo queima em um segundo e eu fecho os olhos. Ele beija minha orelha, meu pescoço, meu queixo e encosta o nariz no meu.

Ele para e eu percebo que espera que eu diga alguma coisa. Como se minha postura suplicante não fosse suficiente. Suspiro tentando organizar os pensamentos e falo com voz entrecortada:

– Não sei o que é, mas tem uma parte minha que só faz sentido quando estou com você. Parece que a peça que falta está sempre com você, porque é só quando estamos perto que tudo se completa.

Antes de terminar a frase sinto os lábios de Paul sobre os meus. A gente se beija com a agonia de quem esperou muito por aquilo. Não poderia ser mais perfeito. Os lábios macios e quentes, suas mãos grandes pressionando meu corpo contra o dele, os corações acelerados.

Sinto seus braços me enlaçarem e minhas pernas deixarem o chão. Levanto os pés e coloco as mãos em sua nuca, apertando seus cabelos. Se eu pudesse viver eternamente um momento, com certeza seria esse. Com ele.

Paul me coloca de volta no chão e o beijo serena. A gente se olha de um jeito bonito e não consegue disfarçar o êxtase. Tudo acaba em riso.

– Você gosta mesmo de uma boa performance, seu inglês metido – brinco.

– Fazer espetáculos é a minha profissão.

– Nem precisava tanto, me enfeitiçou no primeiro olhar – confesso.

Ele me puxa e me beija uma vez mais.

Relutantes, vamos embora abraçados sem prestar atenção na rua, na noite, no frio ou em qualquer outra coisa ou pessoa além de nós.

7
Super Duper Love
Amor maravilhoso

(Joss Stone)

Já é domingo quando cruzamos a porta da casa na ponta dos pés, segurando o riso. Já é domingo quando Paul me beija na porta do meu quarto pela centésima vez com cara de que não quer se despedir. Ainda é domingo e eu já me sinto irremediavelmente apaixonada.

Não durmo direito. Passo horas revisitando cada pedacinho da noite e esperando o dia nascer para saber como serão nossos próximos momentos.

É dia, a luz invade as cortinas, e eu sei que o céu está nublado porque a luz está fraca e fria. Ainda estou deitada, desatenta e preguiçosa, esperando a casa despertar.

Fortes batidas na minha porta me tiram da letargia e atravessam a paz do meu quarto, dos meus pensamentos e do meu estado de espírito. Levanto assustada me enrolando no lençol e corro para abrir. Mal tenho tempo de girar a chave completamente. Paul invade o quarto, me joga nos ombros e depois na cama.

– Ah, você deve ser algum tipo de amuleto, meu bem – brinca, sorrindo e derramando toda sua felicidade sobre mim.

– O que houve? O que aconteceu? – digo me deliciando em começar o dia assim.

– Consegui! O agente tentou me ligar várias vezes e não tinha lido os recados até então. Consegui!

– Conseguiu?

– É, aquele papel. Acabaram de me ligar. – Ele fecha os punhos e prende os lábios tentando conter a empolgação.

– Qual papel, qual? – A euforia toma conta de mim.

– O papel de protagonista.

– Uau! Eu sabia – penso alto.

– Está começando a dar certo. As coisas estão dando certo – desabafa, passando as mãos pelos cabelos.

– Só vai melhorar, Paul. Você é ótimo, não duvide disso. Falo sério.

Ele me olha como se tivesse certeza disso pela primeira vez. Depois, me abraça com força, enterrando o rosto nos meus cabelos. Sua respiração está acelerada e seu coração parece bater no meu peito. Afago seus cabelos e, sussurrando, digo novamente que ele merece.

– Começaremos a filmar daqui a três meses. Depois do inverno – diz empolgado.

– Puxa! Eu estou tão feliz. Você será grande.

– É pouco pra você 1,90m? – ironiza.

– Engraçadinho.

– Se troca, vamos comemorar.

– A essa hora da manhã?

– Os ponteiros do meu relógio dizem que sempre é hora de celebrar.

– Ponteiros espertos.

O inverno está quase chegando e por isso a temperatura cai muito a cada dia. Trato de colocar calças quentes, blusa de gola alta, botas e casaco. Prendo os cabelos dentro da boina e desço. Anne, enrolada em um roupão felpudo e de galochas, rega as plantas do jardim.

– Bom-dia, já vão sair? – censura assim que me vê.

– Bom-dia. É, o Paul quer comemorar a conquista do papel.

– Certo. Divirtam-se – diz olhando a água que goteja do regador.

– Obrigada, até mais tarde – apresso o passo.

A expressão e o ar desconfiado de Anne me incomodam, mas tudo melhora quando vejo Paul encostado no portão me esperando. Ele tira a mão do bolso e balança as chaves do carro.

– Hoje você vai dirigir – decreta.

– De jeito nenhum – respondo.

– Você me disse que tem um carro francês, pensei que estivesse enturmada com o lado de cá do oceano. Não tem vontade de dirigir?

– Até tenho, mas o meu carro tem a direção do lado certo.

– Então vou te ensinar a dirigir um carro que tem a direção do lado errado.

– É estranho andar no banco do carona, imagine dirigir. Vou acabar causando um acidente.

– Hoje é domingo e está muito frio, a rua está vazia. Vamos, entre – convida, divertido.

Sentada no banco do motorista, me sinto totalmente insegura. Minha mão esquerda é tão burra que o simples movimento de virar a chave é um sacrifício. Além de ter que trocar as marchas com a outra mão, o sentido contrário das ruas é enlouquecedor para mim. A cada curva, parece que a gente vai bater de frente com os carros que vêm da outra pista. Estou aterrorizada mesmo com todas as gargalhadas do Paul.

– Chegamos. Pode encostar aqui – ele aponta.

Desligo o carro, mas continuo com as duas mãos no volante.

– Tudo bem, você foi ótima. Chegamos.

Continuo congelada e ele apela para os apelidos:

– E. C.? Lisa?

Começo a estapeá-lo.

– Nunca mais faça isso comigo! Eu poderia ter atropelado alguém! Eu pensei que seriam apenas algumas quadras, não que sairíamos da cidade, seu maluco!

Ele me abraça impedindo que eu continue a dar chilique e cala os meus gritos com um beijo longo, seguido de vários curtos.

– Que belos argumentos você arrumou pra me fazer ficar quieta, hein? Vai ser sempre assim agora?

– Enquanto funcionar – ele pisca, sai do carro e abre minha porta. Sempre gentil, agora ainda mais.

– Que lugar é esse? – pergunto olhando em volta.

– Aqui tem o melhor chá com biscoitos, bolos e qualquer coisa doce que você possa imaginar.

– Hummm... Minha parte preferida da Inglaterra.

– Como é que é?

Paul me segura forte e me prende entre seu corpo e a porta do carro. A proximidade dele tem um efeito avassalador. Ele é dono de uma beleza celestial, mas quando quer queima em brasa. Seu olhar passa de angelical a intimidador. Seu perfume é envolvente e doce. Seu sorriso, um verdadeiro convite. Após estar certo de minha rendição, sem tirar os olhos dos meus, repete a pergunta. Ele continua impedindo minha passagem e me encara divertido. Tentando não me dar por vencida, respondo:

– Talvez tomar chá e comer biscoitos com você seja minha parte favorita.

– Aceito essa resposta por enquanto.

Claro que não existe nada neste lugar de que eu goste mais do que dele. É impossível definir o que me encanta mais: o bom humor que sempre me diverte, o olhar quente dele sempre postado em mim ou nossas conversas intermináveis. Eu gosto dele de maneiras tão distintas.

Enquanto apreciamos as delícias locais, falamos mais uma vez sobre o Brasil. Paul diz que quer muito conhecer minha casa, minha família e meus amigos. Confesso que não gosto muito de falar sobre isso agora. Traz de volta a realidade, me lembra da promessa que fiz, que voltaria assim que o estágio terminasse, que não me iludiria em ficar para ganhar dinheiro ou coisa do tipo.

Pedimos dois pedaços de bolo pra viagem e saímos. Corro para o banco do passageiro antes que Paul possa dizer qualquer coisa.

Afivelo o cinto, ele arruma o banco e afivela o dele também, depois me beija e sem se afastar muito diz:

– O.k., mas só por hoje. Você vai ter que se acostumar.

Ele gosta de mencionar o futuro enquanto eu só desejo que o presente não acabe.

A estrada é rodeada por vastos campos. A proximidade do inverno deixa tudo mais dourado que o normal. Observo tudo com atenção para garantir que não esquecerei nenhum detalhe. É tão bonito, tão inacreditável, que eu tenho medo de duvidar que esteja aqui.

Passamos por uma pequena cidade e entramos em uma rua estreita e sem asfalto, o que é de se espantar. A paisagem muda drasticamente, trazendo imensas árvores e som de passarinhos. No topo do monte, há um imenso gramado rodeado de árvores, e bem no centro dele, uma pequena casa de pedra. Olho para o rosto animado de Paul sem entender. Ele passa as mãos nos meus cabelos inocentemente e sai do carro.

– Vem – convida.

Enquanto ele vai até o porta-malas, eu aprecio a vista. Dá para ver a estrada, os campos dourados e um pedaço da cidade. Fico na ponta dos pés para olhar mais além, mas a vista não tem fim, não há um morro sequer. Paul sobe os degraus, para na varanda, coloca a mochila no chão e uma cesta em cima do banco de madeira.

– Estava de olho nesse chalé há algum tempo, mas não via muito motivo pra alugá-lo. Mas agora... Enfim, peguei as chaves ontem de manhã.

– É lindo. A vista, o lugar: tudo é incrível.

– Vem conhecer.

A sala é espaçosa e arejada. Está vazia, e o brilho da madeira do piso é impecável. À esquerda, dá para ver parte da cozinha e à direita, uma escada e uma pequena lareira. Logo acima, há um mezanino.

Subimos e percebo que aquele espaço é uma suíte. Do lado de fora, outra varanda, ainda maior que a do andar de baixo. Abro a porta-balcão, deixando o ar gelado entrar. Saio encantada com a vista. Ele chega de mansinho e me abraça.

– Gostou?

– É demais, Paul.

Fico em silêncio sem saber o que pensar. Nunca imaginei que a nossa comemoração incluiria um novo imóvel.

– Fala comigo. No que está pensando? – ele insiste.

– Por que resolveu alugar uma casa?

– Queria ter um lugar meu pra dividir com você. Sempre viajei muito e agora vai piorar. Quero ter para onde voltar e principalmente para quem voltar.

A minha cabeça gira. Estou tonta, sem conseguir raciocinar. Uma mistura de prazer e medo me invade.

– Vou embora em seis meses, Paul – decreto.

– Não precisa ir.

– Desde quando você anda pensando nisso? Você me beijou ontem e hoje me mostra uma casa?

Ele me abraça e depois me olha sério. Paul demonstra seu caráter, personalidade e desejos em pequenos gestos. Assim como sou capaz de notar a profundidade de seus pensamentos, sua paz de espírito, sua autoconfiança e como é natural para ele sentir mais do que falar, também posso ver sua natureza ardente, sua retidão e honestidade. Desta vez, não é diferente.

O olhar de Paul se torna transparente, permitindo com gentileza que eu vislumbre a pureza das suas intenções. Sem desvios, ele diz, calmo:

– Sinto muito se te assustei. É que descobrir alguém no mundo capaz de me fazer sentir coisas que eu nem supunha existir é tranquilizador pra mim. Não imaginei que seria diferente pra você. Desculpe.

– Não é isso. Só me parece prematuro.

– Elisa, eu pensei que passaria pelo mundo sem saber o que é me reconhecer no outro. Então você apareceu e mudou tudo. Eu nunca estive satisfeito. Nunca pensei no futuro com tranquilidade e nunca achei o presente um lugar bom. Minha cabeça sempre estava trabalhando, tentando encontrar um jeito de sossegar, um motivo que fosse para eu deixar de me sentir tão deslocado.

Continuo quieta, vendo aquele homem maravilhoso se declarar com tanta naturalidade e certeza.

– Lisa, em um mundo tão grande eu consegui te achar, e desde então ando pensando nisso. Eu ando pensando em não deixar você escapar porque desde que te conheci eu parei de procurar uma saída.

– E isso não te assusta?

– Você é paz pra mim. Sempre. Nada que vier de você ou de nós será assustador.

– Eu tenho medo de acordar. Isso tudo é tão surreal...

– Pare de pensar.

Sorrio e parece que meu sorriso diz "não consigo".

– O.k. Que tal a gente parar de analisar as probabilidades que cercam os dias que virão? Estou bem grandinho para continuar na casa dos meus pais e resolvi alugar um imóvel, tudo bem? Melhor assim?

Eu o abraço concordando.

Decido viver tudo aquilo sem pensar demais, como ele sugere. Não adianta evitar a felicidade por medo dela. Assim como a tristeza encontra cantos para morar dentro da gente, a felicidade sabe se instalar ali, entre um nascer do sol, mãos quentes e esperanças juvenis. Meu coração, com seus poucos 23 anos, ainda não sabe se proteger dos olhos sonhadores de Paul, da ilusão de seu mundo de arte e de sua paixão tão otimista e convidativa.

Conforme a tarde cai, o frio se intensifica. Mesmo com as portas fechadas a casa vai ficando cada vez mais gelada. Paul acende a lareira e tira da mochila uma manta e um colchão de ar. Logo, a atmosfera começa a ficar quente e confortável, e eu tiro o casaco, a boina e as botas. Vou até a cozinha e o ajudo a tirar os alimentos da cesta: pão, frios, chocolate, frutas, água, bolo, vinho e suco. Ele estica uma toalha no chão da sala e eu me sinto envaidecida em vê-lo fazer tudo com tanto capricho para mim.

Comemos entre carinhos e conversas. Paul me mostra o roteiro do filme e eu fico maravilhada com a história. Ele já fez um filme antes, mas em uma produção pequena e como personagem secundário, por isso sua empolgação é totalmente compreensível.

Ele deita no meu colo e eu passo os dedos em seus cabelos lisos e cheios. Seu olhar é o mais terno que já vi.

– Você é um escândalo de tão bonita. Lembro-me da primeira vez que te vi naquele pub em York.

Fico meio sem jeito e ele continua.

– Quando fui te levar as chaves, você agiu tão espontaneamente. Ficou tão envergonhada por achar que eu era um perseguidor.

Gargalhamos.

– Foi como respirar um ar fresco depois de tanto perfume barato. Péssimo trocadilho, eu sei – brinca.

– Horrível mesmo. Prefiro não pensar nos outros perfumes que já sentiu.

– Adoro imaginar que esteja com ciúme.

– Larga de ser tão vaidoso. – E o beijo.

– Soube desde o primeiro instante que você era especial.

– Não pareceu, depois nos reencontramos na ponte e você nem veio falar comigo. Praticamente me ignorou.

– A situação estava começando a complicar naquele momento e eu acabei me desentendendo com um dos meus amigos. Estava preo-

cupado e, como ainda não sabia que você seria meu trevo de quatro folhas, não estava em um bom momento. Pensava em desistir.
— Perdoado.

O barulho da chuva, que antes era apenas um tilintar no telhado, agora enche a casa com seu forte ruído. Um estrondo nos faz subir a escada. As janelas balançam e os vidros parecem que não suportarão por muito tempo. Ficamos atordoados com o espetáculo da natureza: o vento sacode as árvores com violência, a chuva forte forma uma nuvem branca por cima do bosque e, de vez em quando, um raio risca o céu. Alguns deles são tão fortes que me fazem estremecer. Paul e eu, lado a lado, ficamos parados olhando a fúria do céu sobre o verde das árvores.

Inesperadamente, a porta da varanda abre trazendo vento, folhas e muita água para dentro. Nós dois corremos para tentar fechar, mas o vento é tão forte que eu mal consigo me mover. Encosto na parede e vou me arrastando até chegar ao lado esquerdo da porta. Paul já está quase conseguindo fechar o outro lado. Seguro a maçaneta com uma das mãos e estico a outra. Ele me puxa e eu viro a chave. Estou de costas e ele tem os dois braços em torno de mim.

— Ainda bem que o telhado está bom — penso alto.

Sentamos de costas para a porta e nos olhamos ensopados.

— Melhor descermos e ficarmos perto do fogo — ele sugere.

Paul desce em silêncio. A expressão do seu rosto é quase de culpa. Ele vasculha a mochila e me entrega uma camisa xadrez. Vou até a cozinha para trocar de roupa. Ele é tão alto que a camisa fica bem abaixo das coxas. Dou uma olhada e me sinto inibida em voltar para a sala. Coloco a cabeça para fora e vejo que ele está de costas, colocando mais lenha na lareira. Vou andando na ponta dos pés, mas o piso range e ele se vira. Tenta ser discreto, mas eu percebo um rápido olhar para as minhas pernas. Nunca mostrei tanto.

— Vem, senta perto do fogo e se cobre. Não quero que fique doente — diz, desviando o olhar.

– Está tudo bem.

Sento e ele coloca a manta sobre meus ombros.

– Senta comigo – convido.

Ele me olha por um segundo e depois se senta. Passo um dos lados do cobertor sobre seus ombros.

– Você está gelado e muito molhado também. Chega mais perto.

Encosto meu corpo quente no dele e o abraço. Não sei bem o que estou fazendo, simplesmente deixo os meus instintos agirem. Quero aquecê-lo, mas não posso negar que o desejo. Sinto seus braços gelados envolverem minhas costas. Encosto minha cabeça em seu ombro e dou um leve beijo em seu pescoço. Meu lábio vira brasa em sua pele fria. Ele se afasta e me segura pelos ombros. Toca meu rosto e depois meus cabelos.

– Isso não estava nos meus planos – diz sério.

– Nem nos meus.

– Não estou falando da chuva.

– Está falando do quê?

– De me envolver assim, de me importar tanto.

– Ninguém planejou isso – minha voz falha.

Ele permanece parado me olhando, com as mãos nos meus cabelos. Percebo que vacila entre fazer o que quer e o que considera certo. O beijo profundamente, o melhor beijo que já ofereci.

– Paul, eu sei que você quer que eu tenha absoluta certeza de que sou especial pra você, e eu tenho. Mas eu quero que você também saiba como você é especial pra mim. Quero que saiba que nunca me insinuei desse jeito pra ninguém antes e que nunca ninguém me tocou como eu desejo que você me toque.

Paul se surpreende e não consegue disfarçar.

– Você tem que saber que não precisa ser hoje, mas estarei esperando, porque você é o homem dos meus sonhos e eu espero que seja o homem da minha vida também. Estou certa disso. Eu sei exatamente o que quero, e quero você, Paul.

A minha sinceridade é tão desarmada que, pela primeira vez, ele não sabe o que dizer. Talvez a nudez da minha alma o tenha assustado mais do que a possibilidade de qualquer outra. Ele desce as mãos até chegar às minhas pernas e faz isso com tanto cuidado que parece ter medo de me machucar a qualquer distração.

– Eu não seria capaz de sonhar você – declara.
– E estou bem aqui na sua frente.
– Parece até um desperdício estar tão longe.
– E é.

Foi impossível resistir a tanta paixão. Nesse instante não existem regras, medos ou pensamentos. Eu só sinto e amo. Sinto seus lábios percorrerem minha pele, suas mãos descobrirem o meu corpo e o bater acelerado do meu coração tentando não explodir. Amo seu olhar, seus carinhos e me sentir completamente dele. Nós somos feitos um para o outro e nada vai mudar isso, nem a realidade da vida, nem os dias que inevitavelmente virão.

Ainda que eu viva mil anos, serei incapaz de esquecer o que sinto agora. É amor demais. Não cabe em mim, transborda pelo chão, invade o fogo da lareira, deixando tudo colorido, mágico e quente. A chuva assustadora vira música em meus ouvidos e eu estou entregue. Eu nasci e vivi para estar aqui sob seu corpo, seus olhos, sua boca e seu afeto. Nada no mundo se compara a isso e eu jamais serei a mesma. Nem amanhã e nem nunca.

Deitada em seu peito, sinto seus dedos brincarem nas minhas costas e os beijos curtos que ele dá em meus cabelos. Ficamos assim parados, extasiados, como se precisássemos de tempo para processar tudo o que aconteceu.

Passo por cima dele e o encho de beijos, depois visto a camisa sem abotoar e subo. Ele fica me olhando até eu desaparecer de seu campo de visão. Escondo o sorriso de satisfação e num gesto de puro atrevimento vou até o parapeito do mezanino, tiro a camisa e a jogo lá embaixo. Ele olha e me vê sorrindo.

– Você não vem?

Corro para o banheiro e tento abrir o chuveiro, mas a torneira parece emperrada. Ele surge sem eu perceber e abre para mim. A água desce gelada em cima de mim. O meu grito sufocado aliado aos meus pulinhos de frio constroem a cena mais improvável e menos sensual que se pode imaginar. Ele gargalha. Fico feliz em ver que continua fácil estar com ele. Não precisa dar sempre tudo certo para ser infinitamente bom, basta estarmos juntos, mesmo debaixo de água fria, com as costas no azulejo e os pés descalços. Ainda assim, é perfeito. Ainda assim, perco o ar quando ele sussurra meu nome.

A chuva diminui e as nossas roupas já estão secas. Começamos a recolher tudo para ir embora. Antes de fechar a porta, olhamos a sala vazia e as cinzas na lareira. Cúmplices, damos as mãos e vamos embora.

No trajeto de volta, tenho a cabeça vazia e o coração transbordando. Paul acompanha as músicas do rádio, cantando e batucando no volante, com uma alegria bonita de se ver.

Quando chegamos em casa, encontramos os pais dele nos esperando com ar de reprovação. Paul beija minha testa e diz para eu ir subindo. Aceno educadamente com a cabeça para meus anfitriões e vou. Assim que desapareço na escada, ouço Anne começar a falar. Fico paralisada na ponta da escada sem saber se é melhor ouvir ou não. Ela fala em um tom severo, mas abafado. Não consigo entender direito. Parece que reclama da falta de juízo dele, diz que estou sob responsabilidade da família e que agora não sabe o que fazer. Thomas concorda com tudo e frisa a irresponsabilidade do filho. Tenho vontade de descer e falar que não sou uma criança, que eles não são meus pais e que aquilo é ridículo. Mas penso um momento do ponto de vista dos Hendsen e posso compreender a preocupação deles.

Paul se limita a escutar e isso me irrita profundamente. Vou para o quarto e ligo o computador. Preciso falar com minha mãe sobre o meu novo plano.

Depois dos cumprimentos habituais e lamúrias sobre saudades, a deixo perceber que estou ligeiramente preocupada.

– O que foi, Elisa? Você está com aquela ruguinha entre os olhos que eu conheço bem.

– Mãe, quero me mudar.

– Por quê? Fizeram alguma coisa com você?

– Não. Pelo contrário, eles são zelosos demais.

Até aqui, nenhuma mentira.

– E qual problema nisso? Você nunca teve problemas com excesso de zelo.

– Mas eu vim morar aqui para amadurecer e desse jeito minha vida não está diferente do que era aí. Agora eu trabalho mais horas, estou crescendo na empresa, já falaram até em me efetivar. Eu quero e agora posso morar sozinha.

Tudo verdade absoluta.

– Elisa, você não está pensando em esticar sua estada aí, não é? O que você está escondendo?

– Eu só quero aproveitar o tempo que me resta aqui vivendo o que eu me propus a viver.

Meia verdade.

– Certo. Você tem seis meses pra brincar de gente grande. Procure um lugar em um bairro seguro. Se você não conseguir pagar, use o dinheiro que eu e seu pai mandamos todo mês e que está parado na sua poupança porque você insiste em não usar.

– Obrigada, mãe. Não usei porque não precisei.

– Vou ligar para os Hendsen e avisar.

– Não precisa. A gente tem um bom relacionamento, eu explico tudo direitinho. Nós até conversamos uma vez sobre meu desejo de morar ainda mais perto do centro pra facilitar. Além disso, acho mais educado. De qualquer maneira. Não é melhor?

Mentira. Nunca menti tanto na vida.

– Tudo bem. Tenha juízo.

Tarde demais, eu tinha acabado de perder o pouco que ainda me restava.

Assim que me despeço de minha mãe, ouço batidas na porta.

– Posso entrar?

– Claro.

Paul, apesar da pouca idade, se comporta como um homem protetor. Sua expressão transborda respeito e segurança.

– Não se preocupe com nada, o.k.? Está tudo bem – ameniza.

– Eu vou me mudar.

– De jeito nenhum. Não há motivos pra isso.

– Vou, sim. Não faz sentido eu ficar aqui. Entendo seus pais, eles se sentem responsáveis por mim e eu sou grata. Não é fácil para eles terem que lidar com o filho me seduzindo por aí – falo com graça para desfazer o clima tenso.

– Ah, se eu falasse quem seduziu quem – ele segura meu queixo e eu sinto meu corpo inteiro formigar.

– Eu quero poder ter esses momentos com você. Conversar sem medo, brincar, passar horas ouvindo você tocar, te ajudar a ensaiar, ler pra você. Coisas que sempre fizemos e agora será visto de outra maneira, entende?

– Fico preocupado ao pensar em você morando sozinha. Não parece seguro.

– Procuraremos juntos, e eu prometo que só me mudarei se nós dois aprovarmos o lugar. Além disso, se eu for ficar mais do que seis meses por aqui, precisarei de um lugar que não seja minha casa de intercâmbio, não é mesmo?

Falo exatamente o que ele precisa ouvir para me apoiar. Seus olhos se iluminam e os meus os acompanham. Damos um abraço perdidos na expectativa de um futuro juntos e na possibilidade de tudo aquilo não ser apenas mais um sonho.

8

All of the Stars
Todas as estrelas

(Ed Sheeran)

Ainda é cedo, mas decido sair. Acordei antes de todos para ir trabalhar. Jogo um bilhete por debaixo da porta do quarto de Paul e saio na ponta dos pés. Não tenho nada urgente para fazer, só não quero encontrar ninguém, não quero ter que me explicar ou ouvir sermões. Estou com aquela felicidade boba do dia seguinte, aquela que faz a gente se sentir mais bonita, mais alta até. Não quero que nada estrague meu momento "mocinha de comédia romântica".

O inverno está torturante, as ruas estão cobertas de neve e o vento é cortante. A cidade, antes sempre tranquila, está um caos: aeroportos fechados, transporte público funcionando parcialmente com os ingleses ainda mais mal-humorados do que o normal. Apesar do cenário, amanheci de um jeito que faz tudo parecer extremamente encantador.

Ando pelas ruas pensando em encontrar um lugar para morar. Imagino a cor que pintarei as paredes e os dias que poderei dividir com Paul. Depois de ontem, decidi ficar em Londres, fazer de tudo para construir a minha vida perto dele, com ele.

Na hora do almoço, Paul me surpreende e aparece pela primeira vez na editora, sem avisar. Sempre combinávamos em algum restaurante ou em frente ao prédio, e por isso ouvir "seu namorado está esperando na recepção" foi delicioso e novo pra mim. Olho pela porta de vidro e não posso conter a satisfação. Aquele homem absurdamente lindo e charmoso fez questão de dizer que era meu namorado e que esperava por mim.

— Recebi seu bilhete. Resolvi vir e acabar com a *saudade* – ele pronuncia a palavra "saudade" com um sotaque que se aproxima do português.

— Que bom.

— Liguei para um amigo meu, ele tem um lugar para nos mostrar. A irmã dele se casou e não decidiu ainda o que fazer com a casa. Ela gostou da ideia de alugar para alguém conhecido. Quer ir ver?

Bato palmas e me agarro em seu pescoço.

— Claro que quero, bonitão.

Olhando de fora, a casa é pequena e apertada, como a maioria das residências de classe média de Londres. Ao abrir a porta, damos de cara com uma escada que leva à sala com cozinha americana. Subimos um lance de escada e nos deparamos com o quarto e o banheiro. Tudo muito claro, limpo e arejado. Mais um lance e chegamos ao último cômodo e à sacada. A neve cobre boa parte do que deve ser um jardim. Imagino aquele espaço em um dia de primavera, repleto de flores e em como seria bom ler com Paul ali.

O preço do aluguel está um pouco acima do que eu imaginava, mas a casa também é bem melhor do que eu poderia esperar. Tem armários e persianas em todos os cômodos, mesmo que ainda seja pequena.

— O bairro é bom e fica perto do seu trabalho. Gostou? – diz Paul esperançoso.

— É ótima, melhor do que a encomenda.

Não é preciso mais do que quinze dias para eu me mudar sob pequenos protestos. Não posso dizer que a despedida é tranquila. A conversa com Anne antes de partir não é agradável. Ela insiste em me alertar sobre a loucura que estou fazendo, como somos jovens demais e estamos nos precipitando. O sr. Hendsen também não poupa palavras ao ver Paul carregando minhas malas em silêncio, e isso é o mais estranho. Paul não diz uma palavra sequer, não retruca nem mesmo quando seu pai diz que ele sempre arruma um jeito de fazer uma besteira. Está estranhamente calado.

Mesmo com todo o clima tenso, eu abraço cada um e agradeço pelo acolhimento. Digo que amo aquela família e que espero ser aceita como parte dela um dia. Não funciona muito, mas parto com a sensação de dever cumprido. Seguimos em silêncio até meu novo lar. Deixamos as malas no primeiro piso e olhamos tudo ao redor.

– Está preocupado? Ouviu tudo aquilo tão calado.

– Nem um pouco. Fico triste por meus pais não entenderem que você não é um capricho.

– Por que não disse isso a eles?

– Não adiantaria, só prolongaria aquele momento constrangedor, viraria um drama. Acredite, não é a primeira vez que contrario os dois.

– Outra garota?

– Nunca por uma garota – ele ri.

– Tem mais coisa nisso. O que você está evitando me dizer? Não quero que tenha segredos comigo.

Paul suspira e se senta em um dos degraus.

– Eles acham que nosso relacionamento pode atrapalhar minha carreira, que essa paixão pode me tirar o foco bem agora que as coisas parecem estar evoluindo.

– Nesse caso, eles adorariam que eu fosse apenas um capricho, torceriam para que sua boemia fizesse você se entediar logo com essa aventura.

– Você é bem ciumentinha, não é? – provoca.

– Claro que não. O assunto nem é esse. Não me enrola, Paul.

– O problema é que nenhuma opção parece boa. Pode dar certo e isso implica eu te encher de filhos e só pensar nisso, ou pode ser péssimo e eu cair desolado na sarjeta, abandonando tudo.

– Por que você tem que levar as coisas na brincadeira?
– Porque meus pais são um porre quando querem e eu estou tentando aliviar.
– Me diz o que você pensa sobre isso.
– Eu não penso nada. Esses questionamentos não existem para mim e de alguma maneira isso me deixa tranquilo.
– Com o tempo, quando eles perceberem que ficou tudo bem, isso será passado.
– Confio nisso, mas honestamente não me importo.
"Eu sim", penso.
Olho para o relógio e vejo que estamos atrasados.
– Precisamos sair – decreto.
– Não vamos terminar de arrumar suas coisas?
– Eu não sabia que me mudaria hoje quando comprei os ingressos.
– Ingressos do quê?
– Segredo.

Na verdade não é nada tão especial. Falta uma semana para o Natal e a cidade está repleta de pequenos eventos, e eu escolhi alguns para fazer surpresa: passeio de charrete, fotos na árvore, jantar no barco e uma volta na London Eye, a imensa roda-gigante que estará aberta em horário estendido para apreciação das luzes de Natal.

Durante o passeio, o que ocorreu naquela tarde acaba ficando para trás. Somos apenas nós novamente.

A cidade está linda e parece que este é o primeiro Natal da minha vida, talvez por estar nevando e a figura do Papai Noel combinar muito mais com essa paisagem do que com as noites quentes de dezembro no Brasil. Mas, olhando para Paul, posso dizer que tudo terá gosto de novidade daqui pra frente, pois agora ele faz parte da minha vida, e isso torna tudo especial.

Andamos abraçados pela cidade, jantamos de mãos dadas, tomamos vinho, admirando a beleza do rio, e, quando imaginamos que não poderia ser melhor, a cidade se acende em um espetáculo surpreendente. Quando nossa cabine atinge o ponto mais alto da roda-gigante, vislumbramos Londres inteira.

– Eu amo você, Paul – declaro.

– Eu também amo você, Lisa. Muito.

É a primeira vez que dizemos isso, e verbalizar intensifica o sentimento.

Paul passa aquela e a maioria das outras noites comigo. Adoraria que ele se mudasse de vez para que eu pudesse aproveitar ao máximo sua presença, mas as coisas estão indo bem e eu não ousaria tentar mudar nada.

Com um pouco de empenho, conseguimos deixar a casa uma graça. Paul me ajuda a arrumar cada detalhe. Até me presenteia com uma escrivaninha linda, que colocamos no último andar. Mais uma maneira de me motivar a escrever. Ele conhece meu desejo de escrever um livro e sempre me incentiva, sempre diz que tenho talento.

A véspera do Natal chega e estou terminando de embrulhar os presentes quando a campainha toca. Desço para abrir. Paul está com um gorro de Papai Noel e com uma garrafa de vinho nas mãos.

– Vejo que fui uma boa garota esse ano. Que belo presente.

– Está falando da garrafa de vinho?

– Com certeza.

Combinamos de passar a noite juntos. No dia de Natal, ele almoçará com a família dele e eu, com amigos da editora que também estavam sem suas famílias. Embora eu tenha sido convidada para me juntar aos Hendsen, ainda acho muito cedo para reencontrá-los.

– Não vou conseguir esperar a meia-noite para dar seu presente. Estou ansiosa para mostrar.

Ele ri gostoso da minha atitude totalmente previsível. Estico as mãos e lhe entrego uma caixa vermelha enfeitada com um enorme laço feito com fita verde. Dentro há um relógio e um papel dobrado. Ele abre a folha.

– Não escrevo poesia, mal escrevo prosa, mas no dia que eu te vi na ponte em York, rabisquei essas linhas na minha agenda. Outro dia encontrei e reli. Não são muito boas, mas foram escritas para você. São suas, assim como eu.

Você não sabe, mas faz parte dos meus sonhos, povoa minha alma e me enche de saudades.

Você ainda não sabe, mas meus dias são diferentes desde que te encontrei, e desde então espero um olhar seu.

Você não sabe, mas me faz pensar que pode ter um pedaço meu por aí e que tenho medo de jamais encontrá-lo.

Você não sabe que vivo me perguntando se você também pensa em mim e se sente esse vazio inexplicável dentro de si.

Você ainda não sabe, mas eu fico imaginando que você sente saudades de mim sem nem se dar conta de que essa saudade toda sou eu.

Você não sabe como bebo suas palavras, como devoro suas ideias e como espero seu retorno.

Você não sabe que é o único que entende e descobre o sentido das minhas linhas e que somente eu sei te ler assim.

Você não sabe e talvez não saiba nunca, mas existe um pedaço seu por aqui e eu não sei mais o que fazer com ele.

Você não sabe e talvez não saiba nunca que eu também olho para o céu imaginando o que há por trás das nuvens.

Você não sabe e talvez não saiba nunca que há um lugar que só eu e você conhecemos e do qual só eu e você sentimos falta.

Você não sabe e talvez não saiba nunca, mas você já me ama, mesmo que jamais me encontre.

– Mas eu te encontrei.

– E é por isso que tudo faz sentido.

Paul se emociona mais do que eu previa, me abraça longamente, beija meus cabelos e, quando volta a me olhar, ainda tem o brilho de uma lágrima nos olhos. Passo a mão em seus cabelos e encosto o meu nariz no dele.

– Eu nunca imaginei que isso poderia ser possível, mas você é minha metade, Lisa. Desde que você entrou na minha vida eu nunca mais senti aquele vazio inexplicável. Se eu tivesse o dom de escrever de um jeito bonito o que sinto, teria escrito a mesma coisa pra você.

Enquanto ele fala, percebo que seu rosto está mais tenso que o normal. Parece que falar sobre o que sente causa dor, como se analisar fosse mais difícil do que simplesmente sentir. E na verdade é. Não entendemos o que acontece entre a gente. Embora sejamos pessoas sensíveis, sabemos que amores sublimes são elementos exclusivos da arte. A vida real não tem espaço para almas gêmeas ou coisa parecida. Não cabe na rotina tanto sonho, tanta cor e tamanha pressa. Nada explica: por que nós contrariamos todas as probabilidades? Qual o motivo para tudo o que sentimos? Parece fantasioso demais existir alguém no mundo capaz de te conhecer tão profundamente, que entende partes escondidas dentro de você que nunca ninguém sequer enxergou e que sente o que você julgou existir somente dentro de si.

Nós temos certeza da raridade de existir algo como eu e ele juntos, mas estamos aqui sentindo o mundo girar devagar. Encontrar o verdadeiro amor pode ser assustador.

– Devia ter dado o meu presente primeiro. Depois do seu, ele parece simples demais.

Ele tira do bolso uma pequena caixa e me entrega. Abro e encontro uma pulseira de ouro branco. O pingente são duas estrelas, uma incrustada na outra. A menor tem pedras cor de caramelo e a maior, pedras verdes. Estico o braço para que ele a coloque.

– Mandei fazer essa pulseira porque, todas as vezes que penso em você, a primeira coisa que vejo são seus olhos. Sempre. Eu amo o jeito que eles mudam de cor conforme o tempo ou o seu humor.

– Qual é, meu olho não muda de cor – digo divertida.

– Vai ver só eu enxergo – ele diz suavemente.

Ele está falando sério, não é brincadeira. Eu estou perdida de amor e só piora.

– Me diz o que você enxerga, então – rendo-me.

– Eles ficam extremamente verdes quando o dia está ensolarado ou quando você chora. Eles ficam acinzentados quando neva ou quando você está em meio a pensamentos profundos. Adoro quando eles ficam repletos de raios dourados, o que costuma acontecer quando você se senta perto da lareira ou quando se sente muito feliz.

– Não sabia disso.

– Gosto de todos, mas prefiro quando ele escurece e fica verde-oliva. O tom me lembra o Tâmisa na primeira noite que passamos juntos.

– E quando é que eles ficam assim? – Sinto meu corpo estremecer.

– Quando nos amamos. O seu rosto cora e seus olhos brilham como duas estrelas.

– Você só melhora nessa coisa de dar espetáculos.

Ele balança a cabeça e sorri vencido.

Passo o dedo nas duas estrelas penduradas no meu pulso esquerdo e aceito o fato de que não adianta tentar justificar o inexplicável.

– Lisa, aceite que nada no mundo é como eu e você – ele diz beijando a ponta da minha orelha.

– Eu já aceitei – suspiro fechando os olhos.

A noite corre tranquila e pela primeira vez Paul fala com meus pais. Conversamos pela internet e eu o apresento a eles. A conversa é rápida, já que meus pais têm um péssimo inglês e Paul não conhece uma palavra de português.

Neva demais. As janelas estão amontoadas de gelo fofo e eu não me canso de olhar. Paul está deitado no sofá, cantarolando a canção natalina que toca em um programa na TV. Eu não consigo sair da janela. Tento me lembrar de como cheguei a este momento, penso em como minha vida mudou e como continuaria a mudar.

Ainda não contei para meus pais que não voltarei, que serei efetivada na editora e que escreverei meus livros em uma escrivaninha charmosa comprada pelo meu futuro marido. Bem, essa última parte nem o Paul sabe. Tudo bem, o mais importante é que, mesmo estando certa de que sentirei falta de muitas coisas, que travarei uma verdadeira batalha épica com minha mãe e que é impossível prever meu futuro, estou decidida a ficar.

– Feliz Natal.

– Feliz Natal, meu bem.

O almoço com os meus novos amigos foi ótimo e estou animadíssima quando volto para casa. Estou tão distraída que tomo um susto ao me deparar com Paul sentado no sofá. É a primeira vez que ele usa sua cópia da chave.

– Demorei? Não sabia que chegaria tão cedo.

– É, o almoço não foi tão agradável. Meus pais estão se empenhando em me tirar do sério.

– Que pena. Por que não me ligou? Eu teria vindo.

– Não queria estragar o seu almoço de Natal.

– E desde quando ficar com você é estragar alguma coisa?

– Estou pensando em me mudar para o chalé. Eu estou a ponto de perder a diplomacia.

– Está tão ruim assim? Eles pareciam gostar de mim.

– Não é você, eles não me levam a sério. Acham que estou te usando como desculpa para não seguir em frente.

– Mas você não cancelou nenhum dos seus planos. Tudo continua como antes, não é?

– Recebi uma ligação da produtora e terei que viajar uma semana depois das festas para conhecer o elenco, ensaiar com uma fonoaudióloga para aprender a disfarçar o sotaque. Não sei por quanto tempo ficarei fora. Receber essa notícia me deixou angustiado, e eles perceberam.

– E me culparam. É uma atitude normal e previsível. Mas eles vão se acalmar quando perceberem que você não está abandonando sua carreira e que eu não te amarrei no pé da mesa. Fica tranquilo.

– Não sei por quanto tempo ficarei fora.

– Tudo bem. Eu estarei exatamente aqui.

É claro que a notícia me despedaçou, mas eu não preciso piorar as coisas choramingando. Apenas dificultaria mais pra ele.

– Tive uma ideia. Eu só volto a trabalhar depois do Ano-Novo. O que acha de passarmos alguns dias no chalé? Férias! Assim você sai de casa sem precisar dizer que está se mudando definitivamente e eu terei bastante tempo pra garantir que você tenha lembranças fortes o suficiente para voltar pra casa. O que acha? – sugiro tentando parecer animada.

– Acho perfeito. Você sempre arruma um jeito de melhorar as coisas.

– Eu sei. – Pisco, fazendo um gracejo.

Peço um minuto para arrumar minhas coisas e mantenho firme minha expressão otimista até sumir pela escada. Parece injusto precisarmos ficar longe um do outro, não é certo ter o amor do único homem ideal do mundo e não poder desfrutá-lo.

Acelero o passo ao pensar que em breve não o terei por perto. Começo a tirar algumas roupas da gaveta e empilhá-las em cima da cama. Fico na ponta dos pés para alcançar a mala que está no alto do guarda-roupa e acabo me sentindo mal. Paul tinha acabado de aparecer na porta e percebeu.

– Você está bem? Empalideceu de repente...

– Acho que subi a escada rápido demais.

– Você vive correndo pela casa. Sente-se. Quer que eu busque um copo d'água?

Ele esfrega meus pulsos sem parar e tenta controlar sua nítida aflição.

– Eu estou bem, não precisa se preocupar, já passou. Vou tomar um banho. Coloca as roupas na mala pra mim?

– Claro, mas deixe a porta aberta, tá?

– O.k., mas eu já estou melhor. Foi só uma tontura boba – amenizo.

Eu não estou melhor. Minha cabeça não para de rodar e minhas pernas fraquejam. Fico me questionando se tudo isso é reação às notícias recentes, mas seria absurdo demais até para mim, que não duvido de mais nada.

Enfio a cabeça debaixo do chuveiro, deixando a água escorrer pela minha nuca. Respiro fundo e começo a melhorar. Não é a primeira vez que sinto tontura, mas nunca tão forte como esta. Acho que minha má alimentação está começando a causar problemas. Comer continua difícil para mim, Londres com certeza não é a minha capital gastronômica. Já perdi seis quilos desde que cheguei, mas, para dizer a verdade, estou bem satisfeita com isso, pois cheguei aqui um pouco acima do peso. Mesmo assim, me esforçarei em comer melhor para evitar uma visita ao médico.

– Como está?

– Bem e pronta. Vamos?

– Certeza? Não quer ir ao médico?

– Não. Quero comer alguma coisa. Não comi muito bem durante o almoço.

– Deve ser por isso que não se sentiu bem. Vamos logo então.

Depois de comer, vamos ao mercado. Paul insiste em comprar frutas, pães, sucos, três tipos de iogurte. Compra praticamente metade do estoque do mercado para levarmos para o chalé. Um exagero.

– Está planejando convidar mais gente? – digo, olhando o carrinho.

– Não, estou planejando te fazer comer direito. Eu vivo dizendo que você não come.

– Acho até bonitinho você se preocupar comigo, mas está tenso demais. Além disso, tem um mercado por lá.

– Em poucos dias, vou para o outro lado do oceano. Não conseguirei ir se não tiver absoluta certeza de que está bem. Você precisa se cuidar, ser menos distraída e comer melhor. Você vive perdendo as chaves, esbarrando nos móveis e quase foi atropelada umas vinte vezes. Eu não estarei aqui pra segurar sua mão e te puxar pra calçada, dá pra entender?

– Paul, nada vai mudar. Eu vou continuar esbarrando nos móveis porque sou estabanada, vou continuar a ser distraída e esquecer onde coloquei as chaves. Acho até que nunca vou me acostumar com a direção dos carros nesse lugar, mas prometo que vou prestar mais atenção antes de atravessar. De vez em quando, vou pegar um resfriado ou ter enxaqueca porque sou humana. E vai continuar tudo bem. A falta que você vai fazer não está relacionada ao meu bem-estar físico. Tira esse peso de ser meu protetor, eu sou bem grandinha, sei me cuidar, não tão bem quanto você, é verdade, mas vou me sair bem. Relaxa. – Eu o beijo e ele se rende.

Meu namorado me abraça tão forte que se pudesse me transformaria em uma medalhinha e penduraria no pescoço. Acho engraçado, mas no fundo entendo bem as reações exageradas de Paul, afinal de contas, é ele quem precisa partir. Mesmo sendo a trabalho e não se tratar tecnicamente de um abandono, é isso que ele sente. Para ele, as únicas coisas que estão bem claras é que ele precisa partir me deixando para trás e que, talvez, quando volte, as coisas estejam diferentes. Dramático, mas realista.

Chegamos ao chalé e eu me impressiono como tudo está arrumado e com vida. A casa é perfeita para o momento. Entramos e não posso deixar de notar como a personalidade dele está em todos os cantos. Eu ajudei a comprar os móveis, mas vê-los instalados é muito diferente. O sofá de couro preto ao lado da lareira e os quadros abstratos trazem modernidade e estilo. O tapete artesanal, os objetos rústicos em cima do aparador e a espreguiçadeira perto da janela refletem seu lado leve e natural, o frescor com o qual leva a vida. O quarto tem poucos móveis. De frente para a sacada, há uma cama enorme com lençóis vinho, é a parte mais feminina da casa, um reflexo absoluto da sua generosidade, principalmente quando o assunto é amar. Na parede oposta, a escrivaninha está repleta de livros, papéis e partituras: naquele cantinho discreto está guardada sua arte. Assim como Paul não exibe a profundidade de sua alma, a bagunça do móvel não denuncia o tesouro que carrega.

É muito difícil definir o que me faz ser tão apaixonada por ele, mas olhando o violão encostado na cadeira e a pilha de livros de poesia no chão, tenho certeza de que o que mais amo no Paul é o fato de ele ser extremamente especial sem se dar conta ou fazer muita questão disso.

– Momento e local perfeitos para um presente – digo.

– Outro? Você tem me dado muitos presentes ultimamente.

– Na verdade esse é mais de interesse pessoal.

Tiro da bolsa um porta-retratos com uma foto nossa tirada no barco em que jantamos dias antes do Natal. Não é uma foto com uma pose certa, sorriso programado e olhos na câmera. Meu cabelo está desalinhado pelo vento e cobre parte do meu rosto, ele sorri com a testa encostada na minha cabeça e está de olhos fechados. O nosso abraço está meio torto porque ele tinha acabado de me puxar para mais perto e, para completar, estou com uma taça quase vazia em uma das mãos. No dia, tiramos uma sequência de fotos com a máquina no automático apoiada em cima da mesa, e essa é a mais simples, desajeitada e romântica de todas. Coloco-a em cima do roteiro do filme e fico satisfeita.

– Para não se esquecer de que você só se sente assim quando está comigo.

– Adorei, apesar de não precisar dela para me lembrar. Obrigado, sentirei tanto sua falta.

– Eu também. Contarei as horas esperando sua volta.

Os dias passam intensamente e aproveitamos cada segundo. A neve não nos dá muita opção de passeio, então estreio todas as panelas da casa enquanto Paul tenta dissimular os erres do seu puro inglês britânico.

Passamos horas sentados perto da lareira conversando, lendo e cantando. Às vezes eu o ajudo a passar o texto, e isso me causa emoções contraditórias: ora me enche de orgulho, ora de ciúmes.

– Uau, você é bom nisso. Como vai fazer pra atriz que vai contracenar com você não se apaixonar por seus olhos azuis?

– Ciumentinha – debocha.

Mostro a língua.

– É trabalho, querida.

– Que trabalho bom você foi arrumar.

– Talvez o próximo seja sobre alguma guerra, filmado no meio do deserto e debaixo do sol.

– Você não sabe que mulheres adoram mártires e heróis de guerra?

– Para com isso. É para você que eu sempre vou voltar. É você que estará comigo no tapete vermelho.

– Nossa, nunca havia pensado nisso.

– É um problema?

– Talvez, não sou do tipo vestido longo, sapatos incrivelmente altos... Sou comum, nunca me imaginei fazendo pose para fotógrafos.

– Comum? Em qual planeta? Você é extraordinária, vai ofuscar todas as outras.

Faço uma cara dengosa e peço para ele experimentar o tempero. Ele me senta na pia e me beija.

– Esse beijo é só seu.

Depois, sai da cozinha e eu fico parada olhando até o perder de vista. Realmente nunca pensei muito bem sobre a profissão dele. Nunca me dei conta de que teria que vê-lo beijar outras mulheres, que o sucesso traria a imprensa e os fãs. Ingenuamente acreditei que nossa vida seria apenas seu ir e vir. Vou ter que me acostumar, pois estou certa de que, mais cedo ou mais tarde, esses dias se tornarão reais. Conheço o talento dele e sei que o sucesso será apenas uma consequência natural.

A semana passa depressa, trazendo o último dia do ano. Estou me preparando para festejar, pois ao contrário do Natal, que foi a dois e perfeitamente tranquilo, o Ano-Novo será uma verdadeira loucura. Basta dizer que iremos para Piccadilly Circus, o lugar mais badalado de Londres, o bairro que abriga os musicais, as boates e o agito.

Comprei uma roupa especial para a ocasião, mas me olho em dúvida no espelho. O vestido tem brilho demais e tecido de menos, é bem mais curto do que eu costumo usar e, mesmo sabendo que é bem comportado para o padrão inglês, estou ligeiramente tímida.

– Devia ser ilegal tanta beleza.

– Preciso me manter no seu padrão.

– Só faltam os sapatos vermelhos, os que você usa pra dançar – sugere.

– Você é quem manda.

Deixamos as malas e o carro em casa e seguimos de táxi rumo à noite delirante de Londres. É bom demais. Encontramos os amigos, dançamos e rimos como nunca. Quando o relógio bate as últimas doze badaladas do ano, Paul e eu não nos abraçamos nem trocamos beijos apaixonados, apenas damos as mãos, nos olhamos profundamente e fazemos uma promessa:

— Pra sempre?

— Pra sempre!

9

Thinking of You
Pensando em você

(Radiohead)

Janeiro chega trazendo todos os compromissos e projetos do novo ano. Fico cada vez mais na editora. Paul viajou para Los Angeles há três semanas e conversamos quando o trabalho dele permite. O ritmo acelerado nem sempre ajuda, mesmo assim verifico o telefone e a caixa de e-mails freneticamente.

A saudade aumenta, e aproveito o aperto no peito para escrever. A solidão pode não ser um desperdício total, afinal, quando não é possível viver a perfeição, fica mais fácil criá-la.

Além da solidão, tenho o cansaço como companhia. O trabalho, a falta de sono e o inverno estão acabando comigo. Se pudesse, dormiria até a primavera chegar. Como não é possível, decido tomar um banho quente e dormir o máximo que puder. Quem sabe uma boa noite de sono e um final de semana tranquilo façam eu me sentir mais animada.

Os meus planos são interrompidos quando o telefone toca no meio da madrugada.

– Oi, meu bem. Desculpe te acordar – a voz tão conhecida diz em tom ameno.

– Que bom que ligou, faz tempo que não te escuto.

– Volto em duas semanas. Acabei de ficar sabendo, não aguentei esperar até amanhã pra te contar.

– Que maravilha. Estou com tantas saudades. Como estão as coisas?

– Uma correria louca.

– Está feliz?
– Sim. Parcialmente, mas estou – ele hesita.
– Não se envergonhe por estar feliz. Você esperou por isso, merece.
– E você, como está?
– Morrendo congelada. O inverno é pior sem você.
– Logo estarei aí.

Conversamos por quarenta minutos e, no fim, adorei ter meu sono interrompido. Ouvi-lo me faz sentir parte de tudo o que ele está vivendo, me faz ter certeza de que ele me quer como cúmplice, envolvida em tudo. Falar também é bom, poder dividir com ele o fato de ter começado a escrever um romance, receber o apoio e a credibilidade que só ele me oferece. Felizmente, a distância não é capaz de mudar o que representamos um para o outro.

No dia seguinte, acordo assustada com a luz entrando pela janela. Depois de muito tempo, o céu está azul e o dia ensolarado. Claro que o frio ainda impera, mas ver a luz do sol me dá ânimo e vontade de sair. Tomo um copo de leite, pego uma fruta, visto as botas e um casaco e vou caminhar. Ver os vizinhos na rua que aproveitam o sol para tirar a neve das calçadas me traz um sentimento de renovação e frescor, me fazendo lembrar que o inverno não durará para sempre.

Mal alcanço o final da rua e já me sinto cansada. Estranho a fraqueza que sinto nas pernas e a ligeira falta de ar que me incomoda. Embora eu não mantenha uma rotina de exercícios, procuro caminhar, faço alongamentos, sou capaz de dançar a noite toda sem me sentar um minuto e de fazer longos passeios de bicicleta. Realmente não entendo.

Entro no metrô e resolvo ir para o centro. Caminharia no parque, próximo ao palácio de Buckingham, que, além de ser mais agradável, é um dos meus lugares favoritos. Olho para o relógio e fico satisfeita em ver que a troca da guarda já aconteceu, isso significa que estaria calmo por lá. Vou devagar para não me cansar no meio do caminho.

Decido ir até o bar onde costumo tomar café e diminuo ainda mais o ritmo, pois ele fica um pouco longe de onde estou. Olhando a cidade, me dou conta de como me sinto em casa neste lugar repleto de coisas que odeio. Em tão pouco tempo, já me sinto ligada a cada pedacinho de Londres.

Acelero um pouco ao avistar o toldo que cobre a porta do café.

– Elisa? Quanto tempo! – Alguém me aborda assim que cruzo a porta.

– Oi, Marie – digo desanimada assim que me viro.

– Você está pálida. Está se sentindo bem?

– Estou, só andei bastante e estou com fome, deve ser isso – disfarço.

– Ainda bem que Paul vai voltar logo, não é? – alfineta.

– Sim. Tem falado com ele?

– Ele me contou ontem.

Sinto o sangue ferver. Faço meu pedido para viagem só para fugir da presença desafiadora dela.

– Desculpe, Marie, estou com pressa. A gente se vê, tá?

Saio sem me preocupar em disfarçar o mau humor.

Chego em casa com o café ainda fechado nas mãos. Jogo na pia e subo. Não sei o que pensar, é a primeira vez que me sinto insegura de verdade. Parte de mim sabe que é bobagem, mas não consigo me acalmar. A imagem da Marie dizendo triunfante que tinha falado com Paul me deixa louca. Tenho vontade de ligar pra ele, mas não faria uma cena, não sou assim, não daria uma de namorada possessiva. Vou esperar que ele me ligue e o assunto surgir. Resolvo comer, descansar e torcer para que os minutos se acelerem.

Noite após noite, me sinto cansada e com dores de cabeça sem fim. O episódio do café acaba esquecido entre meus afazeres, mal-estar e a volta de Paul. O retorno dele é, sem dúvida, maior do que todas as angústias que sua ausência foi capaz de provocar. Assim que ele aparece no portão de desembarque, corro feito criança. Ele joga a mala no chão e abre os braços.

– Oi, meu bem.

– Oi, bonitão.

Saímos abraçados e em silêncio. Estamos em casa novamente.

Há um mês Paul voltou e, desde então, minha casa tornou-se nossa. A princípio, as malas permaneceram feitas, aguardando serem levadas para a casa dos Hendsen, mas aos poucos nos rendemos. Um dia, ele chegou e suas roupas estavam guardadas.

– Obrigada por ter me cedido as gavetas.

– Não aguentava mais tropeçar nas suas malas.

– Eu estava pensando quanto tempo demoraria.

– Sabia que eu acabaria guardando, não é mesmo?

– Como você não me convidava nunca, tive que arranjar um jeitinho.

– Não precisou de convite para morar no meu coração e estava esperando por um para morar na minha casa?

Ele me joga nos ombros e me leva para o quarto. A casa fica abandonada com as luzes acesas, a louça sem lavar e a TV ligada. Tudo teria de esperar, pois nenhum de nós consegue abandonar os abraços.

É madrugada quando acordo com náuseas. O barulho que vem do andar de baixo chama minha atenção. Desço a escada para desligar a TV. No meio do caminho, me abaixo sorrindo para pegar a camiseta do Paul que ficou nos degraus onde começamos a nos despir, mas ao tocar o tecido sinto minha cabeça rodar e tenho que me segurar para não rolar escada abaixo. Minhas pernas amolecem, me obrigando a sentar. Coloco as mãos no rosto e vejo que meu nariz está sangrando. A quantidade é assustadora. Fico aterrorizada, mas não quero assustá-lo. Respiro fundo, me apoio na parede e desço o restante dos degraus. Consigo chegar até a pia da cozinha e ligar a torneira. Lavo o rosto, as mãos e inclino a cabeça para que o sangue não pingue em nada.

Quando o fluxo diminui, pego guardanapos e me sento no chão. É amedrontador a quantidade de sangue que sai do meu nariz. Levanto a cabeça e pressiono firme os guardanapos no rosto. Fico assim por alguns minutos, torcendo para Paul não acordar.

Aos poucos, começo a me sentir melhor e o nariz para de sangrar. Desligo a TV, apago as luzes e subo devagar. Demoro a pegar no sono tentando entender o que aconteceu. Há algum tempo tenho sentido mal-estares, mas a frequência com que eles aparecem está começando a me incomodar.

Talvez seja reflexo do estresse. Contei para os meus pais que ficarei mais tempo do que o previsto e isso criou uma verdadeira guerra familiar. Além disso, agora sou assistente do editor-chefe e estou trabalhando ainda mais. Deve ser isso...

Enquanto invento teorias, o cansaço me vence e acabo adormecendo.

Acordo bem melhor e a preocupação se esvai enquanto me perco nos braços de Paul. É tão bom tê-lo de volta, minhas dores parecem menores quando estou deitada com a cabeça em seu peito ou quando o tenho nos braços.

Deixo o lençol e sigo nua para o banheiro. Paul me chama e eu aviso que não posso me atrasar, ele insiste me fazendo voltar. Ele se levanta e passa a mão pelas minhas costas.

– Paul, deixa disso. Acabei de desgrudar de você, preciso trabalhar.

– Não é isso. Você está cheia de marcas roxas. Você caiu? – diz preocupado.

– Marcas roxas?

– É, hematomas.

Levanto e me viro de costas para o espelho. Há três borrões entre minhas costelas e dois outros em meu braço.

– Eu vivo esbarrando nos móveis e, outro dia, bati as costas na maçaneta. Não vi que tinha ficado roxo – falo despreocupada. – Vou tomar banho.

– Precisa tomar cuidado, machucou pra valer dessa vez – ele diz entrando no banheiro.

– Vou tomar – falo já debaixo do chuveiro.

Dois dias depois, volto a sentir tonturas no trabalho e a secretária me indica um médico. Diz que passou por episódios de estresse tempos atrás e que ele receitou algumas vitaminas e relaxantes que a ajudaram muito.

"Não custa tentar", penso.

Ligo e marco uma consulta para a mesma semana. Vou embora mais cedo para descansar um pouco. É a primeira vez que faço isso e não estou contente em largar trabalho pela metade, mas não consigo me concentrar. Melhor tentar descansar e voltar bem amanhã.

Assim que alcanço a rua vejo Paul e Marie de longe. Eles estão em uma esquina a uma quadra de mim, rindo e conversando animados. Logo me lembro da última vez que a encontrei, e o desconforto que julgava esquecido volta. Ajeito o cabelo, aperto as bochechas para disfarçar a palidez e vou em direção a eles. Marie me vê antes de eu atravessar a rua. Ela usa seus talentos de atriz para disfarçar a decepção, mas não é muito convincente.

– Elisa, que coincidência. O que faz por aqui? – ela me recepciona.

— Eu trabalho por aqui – respondo sem muita cordialidade.

Paul estranha o fato de eu não cumprimentá-los de maneira habitual e passa a mão pela minha cintura, me beija na testa e diz um "oi" que não respondo.

— Nos encontramos na estação do metrô e resolvemos tomar um café. Está indo a alguma reunião, meu bem?

— Não, saí mais cedo. Estou um pouco indisposta – falo sem tirar meus olhos de Marie.

— O que você tem? Precisa ir ao médico?

— Eu vou pra casa. Quero descansar, tenho trabalhado demais.

— Vou com você. Desculpe, Marie, tomamos café outro dia.

Ela sorri gentil, mas em seu olhar há um milhão de faíscas nervosas.

— Sem problemas, vá acudir sua prometida. Outro dia a gente se vê, príncipe encantado.

Seu ar irônico me cega. Saio do abraço de Paul, a encaro seriamente, me aproximo e por pouco não a ataco.

— Marie, não queira conhecer o meu pior. Você não tem ideia de como reajo à provocação.

Antes de ela conseguir responder, Paul me puxa e me obriga a ir embora. Ainda me viro e vejo Marie nos encarando. Tenho vontade de pular em seu pescoço e arrancar metade daquela cabeleira loira. Paul me faz continuar andando.

Dentro da estação ele me solta e me olha com ar de reprovação.

— Quer me explicar o que foi aquilo? – cobra.

— Aquilo não foi nada. Você a livrou de uma bela surra! – esbravejo.

— O que ela fez? Você está louca?

Não tenho resposta. Na verdade, não tenho nenhum motivo real para estar tão brava. As únicas coisas que tenho na manga são um telefonema, um café, expressões irônicas, o jeito irritante dela e um monte de suposições.

— Você ligou pra dizer a ela que estava voltando. Ligou no mesmo dia que falou comigo e não me contou. Agora te encontro cheio de sorrisos para ela e um café de que eu também não fui avisada.

— Não liguei para ela nenhuma vez enquanto estive fora e eu também não sabia que tomaríamos um café. Não foi um encontro marcado.

— Claro que ligou, eu a encontrei no dia seguinte e ela fez questão de me dizer.

— Eu não falei com a Marie enquanto estive fora, Elisa.

— Então me explica como ela sabia que você voltaria em poucos dias?

— Eu sei lá.

— Vai ver ela intuiu e pressentiu também que você estaria nesta estação exatamente neste horário — quase grito enquanto atravesso a catraca e volto a andar a passos firmes.

Meu ar rareia e eu sou obrigada a diminuir a velocidade. Paul me alcança e para na minha frente, me impedindo de seguir.

— Presta atenção: só conversei com você e com a minha mãe enquanto estive fora e não faço ideia do tipo de coincidência que me fez encontrá-la. Londres é grande, mas meus amigos costumam frequentar os mesmos lugares que eu. Que nós, aliás.

— Então como ela sabia, Paul? Ela mencionou cheia de glória que estava feliz porque VOCÊ tinha dito que estava voltando.

— Talvez tenha ligado pra minha mãe querendo notícias minhas e usou a informação para te provocar.

Parece uma resposta bem razoável, mas não me convence. Eu sinto os olhares desafiadores dela, sinto algo de errado em suas intenções e proximidade.

— Vamos embora, quero um banho quente, uma taça transbordando de vinho e cama. Quero sossego.

Chego em casa e vou direto para o chuveiro. Tranco a porta e tomo um banho demorado. Fico na água até me acalmar. Faço tudo lentamente para demorar o máximo para sair. Nunca tive um ataque de ciúmes antes, nem com Paul nem com ninguém. Não combina comigo. Sou sempre contida, não sei o que me deu, só sei que não me arrependo.

Enfim crio coragem para abrir a porta. Encontro Paul sentado na poltrona e uma bandeja com uma garrafa de vinho e petiscos em cima da cama.

– Pensei que uma taça poderia não ser suficiente.

– Eu sei que o educado seria pedir desculpas, mas minha mãe me ensinou que se desculpar só tem valor quando estamos sinceramente arrependidos – digo seca.

– Você parecia uma leoa e ela, um cordeirinho. Tive dó da garota – ele fala com ar de deboche e certo orgulho.

– Você não viu nada.

– Hum... sexy – ele morde os lábios e estreita os olhos.

– Para de brincadeira, fiquei brava de verdade. Estava fora de mim e isso acontece raramente.

– Daqui pra frente, quando você se incomodar com alguma coisa, fala comigo. Assim esclarecemos tudo antes de você atacar alguém no meio da rua, está bem?

– Eu sei que devia ter te perguntado, mas o problema maior nem é esse. A questão é ela gostar de me provocar. Não me arrependo do meu pequeno chilique, ela mereceu, e espero que isso sirva de lição.

– O.k., já passou. Agora me diz que história é essa de sair mais cedo do trabalho. Você é certinha demais pra fazer isso sem um bom motivo.

– Sei lá, fiquei com dor de cabeça e meu estômago estava revirando. Todo mundo me disse que é estresse. Marquei uma consulta para garantir.

– É melhor mesmo.

– Não se preocupe, estou me sentindo melhor. Acho que precisava de um pouquinho de adrenalina no corpo.

– Está precisando de emoção? Então vem cá que eu conheço um jeito ótimo de bagunçar seus hormônios.

É, o dia está terminando bem melhor do que eu esperava.

É sexta-feira e olho aflita para o relógio constatando meu atraso. Encerro um telefonema, pego a bolsa e saio correndo para não perder a consulta. Paul não pode ir comigo por causa do trabalho. Ele queria remarcar seus compromissos, mas consegui convencê-lo de que não era preciso. Na verdade, prefiro ir sozinha.

Chego apressada e me encaminho à recepção do consultório.

– Bom-dia, eu devia ter chegado há dez minutos. Desculpe.

– Você deve ser Elisa.

– Sim.

– Sente-se. Logo a chamarei.

– Obrigada.

O consultório é pequeno, mas muito bem decorado. Pego uma revista, mas não dá tempo de abri-la. Logo escuto meu nome e, depois de assinar alguns papéis, entro na sala do dr. Petterson.

– Bom-dia, senhorita. O que a traz até aqui? – ele pergunta.

– Não sei bem. Ando tendo tonturas, falta de apetite, fadiga e tive um episódio isolado de sangramento forte no nariz.

– Há quanto tempo aconteceu o primeiro sintoma?

– Não me lembro com certeza. Acho que há um mês e meio ou dois.

– Alguma chance de a senhorita estar grávida?

– Não! Quer dizer...

– Vamos fazer alguns exames, o.k.?

– Certo, sem problemas.

A minha vida se tornou uma montanha-russa desde que eu cruzei o oceano. Eu esperava sair com uma receita e acabei saindo com a possibilidade de uma gravidez. Como lidar com isso?

Chego em casa antes de Paul e aproveito para agendar os exames. Não quero que ele saiba de nada até eu ter certeza. Ele é tão empolgado, ia querer começar a fazer enxoval antes do resultado positivo. Lembro-me da história de me encher de filhos e fico com um pouco de receio.

Ouço o barulho da chave abrindo a porta e coloco os papéis correndo na minha bolsa.

– Tudo bem? Como foi a consulta?

– Ele pediu exames pra ter certeza do que está causando esses sintomas.

O médico desconfia de algo?

– Não quis dizer nada sem ver os exames. Procedimento-padrão. E você, gravou muito?

– O dia todo. Vamos viajar de novo no final da semana que vem. Faremos as externas.

– Quanto tempo?

– Não sei, querida.

– Sinto-me como a esposa de um soldado – reclamo, fazendo uma careta.

– Esposa? – diz satisfeito.

– Jeito de falar. A parte principal da frase é "de um soldado".

– Não pra mim.

Paul parte no mesmo dia em que faço os exames. Uma picadinha no braço e um buraco imenso no coração. O laboratório me informa que os resultados serão enviados para o médico, e eu não penso em outra coisa até o meu telefone tocar. Não tenho certeza de quanto tempo demorou para a ligação do dr. Petterson acontecer, apenas sei que é estranho ele ter ligado pessoalmente.

– Srta. Elisa?

Sim?

– Os resultados chegaram. Poderia passar no meu consultório hoje à tarde?

Neste exato instante, sei que estou doente. Quando os exames estão normais, ouvimos recados tranquilizantes da secretária e não recebemos uma ligação do próprio médico marcando uma consulta para o mesmo dia.

– Estarei aí às 15 horas – digo automaticamente.

Dessa vez, chego dez minutos mais cedo e nem me sento.

– Olá, srta. Elisa. Lamento não ter boas notícias.

– Pelo visto, não estou grávida, não é mesmo, doutor?

– Não, alguns exames apresentaram alterações significativas. A contagem de células brancas está muito acima do normal.

– O que isso significa? Não estou entendendo. É algum tipo grave de anemia?

– A senhorita tem leucemia, sinto muito. Claro que pediremos mais alguns exames, mas estou nesta profissão há tempo suficiente para dizer que não vejo outro diagnóstico possível.

– Como é? Não, não... Deve haver algum engano. Eu sempre fui saudável e, pra dizer a verdade, nem me sinto tão mal. Eu tenho 23 anos. Que loucura é essa?

– Desculpe, mas não há nenhuma dúvida. O mais importante agora é começarmos o tratamento. O fato de ser jovem e saudável com certeza ajudará.

Tenho vontade de esmurrar todas as paredes e gritar muito. Quero acordar daquele pesadelo horrível e voltar aos meus dias de sonho. Não quero ver tudo ruir.

– O senhor está dizendo que tenho uma doença que pode me matar?

– Hoje em dia os procedimentos costumam ser extremamente eficazes, o importante é agir rápido. Poderemos interná-la amanhã para viabilizarmos os exames e o tratamento. A senhorita tem algum parente em Londres?

– Não.

– Então, terá que avisar alguém ou fazer o tratamento em seu país.

– Pensarei no que fazer.

– Mas não demore, está bem?

– Sim.

Saio do consultório cambaleando. Seria verdade que nenhuma felicidade passa despercebida? O destino me parece um garoto mimado jogando dados com minha vida. Como eu olharei para Paul e direi que estou morrendo? Que meu corpo resolveu sabotar todos os nossos planos? Quais palavras deverei usar para explicar que o "pra sempre" pode ser mais breve do que imaginávamos?

Entro no táxi e não digo o endereço. Estou perdida. Pego uma correspondência na bolsa e entrego ao motorista. Não consigo conter as lágrimas. Tento segurá-las, mas elas insistem em saltar dos meus olhos. O meu peito está apertado e eu tenho um nó gigantesco na garganta.

Quando chego em casa, me despedaço em mil. Quebro um vaso na parede e choro até adormecer no sofá. Acordo com o telefone tocando e, pela primeira vez, não tenho vontade de falar com Paul. Deixo-o tocar insistentemente e vou tomar banho. Deito na banheira e começo a pensar no que fazer.

Olho para o meu corpo e não me sinto doente. Vejo minhas pernas mais finas, dois hematomas nas coxas e sinto meu estômago revirar, mas nada disso me faz acreditar na gravidade do que tenho. Ainda parece que emagreci porque não me alimento direito, que tenho marcas porque minha lateralidade cruzada me faz ser estabanada e que estou enjoada por causa de alguma gastrite provocada pelo estresse.

Como é que a gente pode ter algo que nos mata e não nos darmos conta? Ainda não sei o que fazer, mas tenho uma certeza: não deixarei Paul morrer comigo ou se internar em um hospital por sei lá quanto tempo. Não o farei largar tudo para tentar me manter bem e viva. Porque, analisemos friamente, mesmo que eu sobreviva, quanto tempo o tratamento levará? Quão dolorido vai ser? Eu não me perdoarei se tiver Paul na minha cabeceira dia e noite, e eu sei que será assim se souber. Não posso fazer isso com ele.

Tenho que passar por isso sem ele, mas como? Saio do banho com a pergunta ainda latejando na cabeça. O telefone não para de tocar. O barulho insistente me faz atender.

– Oi, meu bem, estava preocupado. Estou ligando há horas.

– Desculpe, adormeci na banheira.

– Está tudo bem?

– Como está tudo aí? – Não consigo responder.

– Estou exausto. O ritmo de gravação está acelerado. Se continuar assim, acredito que voltarei em dois meses, quem sabe um mês e meio.

– Estou pensando em ir dar um pulinho no Brasil.

– Mesmo? E a editora?

– Posso trabalhar na filial enquanto estiver por lá.

– Achei que me esperaria voltar para irmos juntos.

Respiro fundo, engulo o choro e uso toda a força que eu nem sabia que tinha.

– Eu preciso ir para casa, Paul. A situação entre mim e minha família não está das melhores.

– Pensei que já estivesse em casa.

Suas palavras dificultam demais. Mal consigo disfarçar a voz embargada.

– Aqui só é minha casa quando você está por perto, mas agora você nunca está.

Ele fica em silêncio, percebo que vive um dilema e não sabe o que dizer.

– Elisa, me espera. Eu volto e conversamos, tem alguma coisa que você não está me dizendo.

– Não venha. Não faça o que sua família disse que faria. Não abandone tudo só porque eu preciso viajar.

– Então me diga quando volta.

– Eu... Ahn... Não sei.

– Fizemos uma promessa, ainda se lembra?

– Jamais esquecerei. Eu te amo. Vou amar sempre. Só não posso lidar com tudo isso agora. Desculpe, pensei que podia, mas não consigo. Preciso ir pra casa, preciso acertar algumas coisas, mas dentro de mim nada mudou. Eu só... Eu... eu tenho que ir.

– Não entendo.

– Eu sei, me perdoe.

– Ainda sou seu soldado, Elisa – ele menciona a expressão que usei para dizer que me sentia sua esposa.

– Será sempre, Paul.

– Já sabe quando vai?

– Semana que vem provavelmente.

– Pode me avisar?

O choro brota e mal consigo respirar.

– Sim, claro.

– Eu te amo e sei que me ama, vamos superar isso.

– Tchau, bonitão.

– Até logo, meu bem.

Este é o pior momento da minha vida e eu me pergunto se o que está por vir será ainda pior. Estou devastada, acabei de ferir a minha parte favorita do mundo.

10
Start Again
Começar de novo

(Gabrielle Aplin)

Depois de muito pensar sobre como contar aos meus pais, decido voltar ao Brasil sem avisar. Será melhor conversarmos pessoalmente. Além disso, os pouparei do desgaste da espera.

Paul me liga todos os dias, e enquanto estou em Londres consigo tratar o assunto como se estivesse fazendo apenas uma visita à minha família. A confiança dele, dizendo sempre que nos veremos em breve, acaba me contagiando, e eu passei a considerar a remota possibilidade de uma cura repentina que me permitirá voltar depressa para ele.

Chego a São Paulo no meio da tarde e o céu parece azul demais pra mim. O calor me sufoca e o trânsito é enlouquecedor. Está tudo tão confuso, eu penso em inglês e tenho um copo de café escaldante nas mãos.

O táxi me deixa na porta do lugar que eu chamava de casa, mas que agora parece longe disso. O prédio alto, largo e colorido não se assemelha em nada às construções de Londres. O porteiro me reconhece e vem me ajudar com a bagagem.

– Minha mãe está?

– Não, mas ela continua deixando as chaves na portaria.

– Que bom. Quero fazer uma surpresa. – Finjo animação.

Entro e tudo está exatamente como deixei. Vou direto para o meu quarto e me jogo na cama. Olho o teto, tentando encontrar algum modo de conversar com a minha mãe que não a faça entrar em pânico. Meus pensamentos passeiam entre frases de consolo e despedidas. Tive que me despedir do meu emprego, da minha casa e da minha vida. Todas essas coisas estavam impregnadas do Paul, e, a cada gaveta que eu esvaziava, eu o deixava um pouco mais para trás.

Ouço o barulho da porta seguido da voz da minha mãe chamando meu nome. Respiro fundo, não tem mais como prolongar. Depois dos risos e abraços surpresos, fico séria e digo que o motivo que me trouxe de volta não é muito bom.

Ao ouvir a verdade, minha mãe age com o desespero esperado, me abraça e chora copiosamente. Só consigo oferecer um carinho mudo. Depois dela, é a vez do meu pai, meus amigos e assim por diante. É como estar armada com um punhal capaz de ferir todos que se aproximam.

Saio devastando a vida de todos e, a cada olhar de piedade, de dor ou tristeza, sinto que tomei a decisão certa em ter escondido a fatalidade de Paul. Guardarei os olhos azuis inundados de amor, respeito e desejo. Seja lá para onde eu for.

Após a fase da revolta, de maldizer a vida e de julgar tudo injusto, vem a fase da bajulação. Todos se esforçam para me agradar e fazer coisas por mim. Embora eu reconheça a boa intenção de cada gesto, todas as flores, todos os chocolates, todos os livros, todas as almofadas e todos os cartões desejando melhoras me jogam para mais perto da morte. É como se tentassem tornar bom o que me resta de vida ou talvez procurassem realizar um último agrado. Não sei, passo por esses dias totalmente anestesiada. O único pensamento que me tira da inércia é não ter dado um último abraço, não ter estendido um pouco mais o último beijo. Se eu pudesse prever...

Depois da constatação de que minha leucemia é do tipo aguda, preciso começar imediatamente o tratamento. Não é necessário explicar que minha doença não é tranquila – se é que posso usar esse termo quando o assunto é câncer.

As semanas seguintes parecem uma eternidade. Mal me reconheço. Tudo dói, as unhas e até os dentes. Parece que meu corpo inteiro está pegando fogo por dentro. A quimioterapia faz dos dias um inferno e eu não sei se suportarei por muito tempo.

Meu telefone toca e o nome do Paul aparece no visor. Faz dias que não nos falamos. Resolvo atender.

– Alô.
– Elisa?
– Sou eu.
– Que voz é essa? O que você tem?
– Intoxicação alimentar – improviso.
– Foi ao médico?
– Sim. Está tudo bem?
– Não, claro que não. Estou preso em um set de filmagem com as gravações atrasadas por causa do mau tempo e, toda vez que te ligo, parece doente.
– Meu sistema imunológico é um fraco – ironizo.
– Estamos gravando umas três horas por dia apenas. Estou a ponto de jogar tudo para o alto e ir te ver.
– Aguente firme. Assim que acabar, você vem.
– Estou te perdendo, não estou? Sei que estou.
– Paul, no momento, não posso estar aí e nem você aqui. Mas se tiver que ser, a gente vai arrumar um jeito de fazer dar certo. Nós nos encontramos uma vez, não é mesmo? Fique tranquilo – apaziguo.
– Vou ver se consigo alguns dias. Depois te ligo. Descanse, tá? Até depois.
– Até – fecho os olhos e me sinto indefesa, com saudades e fraca. – Paul?
– Oi.

Não consigo dizer que o amo.

– Elisa?

Minha voz quase não sai.

– Nada, até depois. – E desligo.

Guardo o "eu te amo" para dizer pessoalmente. Quem sabe ainda me resta a sorte de vê-lo mais uma vez. No fundo, sei que é impossível ter vivido mais intensamente e que nada ficou por dizer. Mesmo assim eu daria tudo por mais um dia com ele, ainda que me custasse dizer adeus de novo.

Faz meses que estou em tratamento sem sucesso e acabo de descobrir que precisarei de um transplante de medula. A família toda está fazendo exames de sangue para o teste de compatibilidade. Ser filha única dificulta e, por isso, minha mãe gasta metade do dia ao telefone tentando encontrar mais parentes, de repente algum primo de terceiro grau ou algo do tipo. Ela nem sabe o resultado dos exames de quem já colheu o sangue, mas continua a convocar mais e mais possíveis doadores. É um ato desesperado e desesperador.

Mais uma vez o telefone toca e ensaio algumas respostas evasivas. Paul já está de volta a Londres e sua agenda anda lotada de compromissos. Faz duas semanas que ele não me procura, e confesso que ver seu nome no meu celular me dá uma alegria louca.

– Oi, Paul.

– Oi.

– Eu te vi em uma revista – tento brincar.

– Pelo menos um de nós viu o outro – replica sério.

Fico sem ação.

– Elisa, eu sei que tem algo errado, mas não sei o que fazer. Nem o seu endereço você me dá. Cada vez que eu te pressiono, você desconversa. Toda vez que digo que vou pegar um avião e ir para São Paulo, você inventa alguma desculpa ou diz que logo voltará.

Ele está tão longe, mas ouvir sua respiração agitada faz parecer que há apenas o aparelho telefônico entre nós. Meu coração acelera.

Olho a janela e vejo meu rosto doente refletido no vidro. Continuo em silêncio.

– Você precisa me dizer alguma coisa, meu bem. Qualquer coisa.

Vejo minha mãe de um lado para outro tentando sofridamente encontrar mais alguém disposto a me doar um pouco de vida e todas as palavras fogem de mim. Não consigo romper o denso silêncio.

– Diz alguma coisa porque eu estou a ponto de desistir, Lisa.

O silêncio se faz em mim.

Quinze segundos suspensos entre o meu arfar cansado e o fio de esperança dele se rompendo.

Ele desliga e eu sei que é o fim.

Precisei ser internada e o meu dia no hospital foi classificado como oito naquela escala maldita que manda a gente definir a intensidade de quão mal estamos nos sentindo. Os remédios me ajudaram a passar o dia longe dos meus pensamentos e da realidade, mas agora é madrugada, estou sem sono e me sinto um pouco melhor. Olho para o celular e vejo que o meu dia oito é também o dia do aniversário de Paul.

Em um momento de fraqueza e extrema fragilidade, digito o número. Do outro lado, uma voz de mulher atende. Ao fundo, há bastante barulho, mas reconheço o violão e a voz de Paul cantando. Peço para a moça chamá-lo, e, quando ela pergunta quem está falando, percebo que é a Marie. Sinto o rosto esquentar e desligo.

Levanto da cama e me sento na poltrona, olho em volta e me vejo absolutamente sozinha em um quarto de hospital sem o direito de gritar a minha raiva. Eu abri mão dele. Está tudo como eu planejei, mas por que então tudo parece estar do avesso? Deixo as lágrimas rolarem sem perceber a presença da jovem médica.

– Você está sentindo dor? – questiona.

– Estou, muita.

– Vou pedir para a enfermeira vir medicá-la.

– Não precisa. Tenho certeza de que nenhum remédio é capaz de amenizar o que estou sentindo.

– Quer conversar?

– Qual o sentido disso? Por que a vida me deu mais do que eu queria e depois me tirou tudo? Não consigo entender.

– Faz algum tempo que parei de tentar encontrar sentido para esse tipo de coisa.

– Desculpe tomar seu tempo com isso.

– Sabe, eu praticamente moro nesse hospital. Quando não estou aqui, estou na biblioteca ou com meus colegas residentes que só falam em doenças e tratamentos. É ótimo que você tome um pouco do meu tempo.

– Tenho milhares de chocolates no armário, quer um, dra. Carolina? – ofereço.

– Chocolate é meu remédio favorito – ela aceita.

Todos têm um dom, o meu é o de encontrar pessoas especiais em lugares improváveis. Nesta madrugada absurdamente triste, acabo conhecendo a minha melhor amiga.

Meus pais, eu e dra. Carolina estamos aguardando meu médico trazer os resultados dos exames de compatibilidade que os parentes mais próximos fizeram. Quando recebemos a notícia de que ninguém é compatível para ser meu doador, é como se ele desse a notícia da minha morte. Todos se desesperam, menos eu. Continuo anestesiada, sem conseguir esboçar grandes reações.

O tempo passa e eu poderia detalhar cada decepção, dor, mudança de aparência e tristeza que vivo, mas o fato é que eu sou apenas mais uma história entre tantas já contadas. Todo mundo conhece alguém que ficou doente ou que perdeu um parente para o câncer. Eu não sou mais especial do que essas pessoas, minha história não é maior do que a delas. Eu não listaria todas as minhas mazelas para me lamentar ou fazer alguém se apiedar ainda mais de mim.

Sou apenas mais uma que primeiro tem medo de morrer e depois não tem mais. Tem coragem, mas também quer desistir de tudo um milhão de vezes. Mais uma que aceita a quimioterapia com esperança e bravura, para logo depois se perguntar quantas sessões ainda terá que fazer antes de partir. Eu sou mais uma entre tantos nos corredores, quartos e enfermarias de hospitais espalhados por aí. É sofrimento que parece não ter fim.

Com a falta de notícias, aprendo a não esperar por mais um dia e viver somente depois do amanhecer. Aceito com resignação a minha condição de expectadora. Confesso, paro de lutar ou de tentar encontrar explicações que nunca virão. Passo a não esperar, e, quando finalmente aceito que nada me salvaria, Carol invade o quarto em lágrimas e me abraça.

– Encontrei. Passei dias vasculhando e finalmente encontrei um doador compatível! Liguei para todos os meus amigos e para os amigos deles também. Enviei seus exames para uns cem médicos e consegui falar com o responsável pelo centro de doadores de medula óssea do Canadá. Ele analisou seu caso e é lá que está a sua cura. Ninguém na fila de espera é compatível. Você é. Ela é sua!

Ela é minha salvadora e eu jamais me esquecerei da grandeza de sua alma. Carol fez tudo sem me contar, com medo de me dar falsas esperanças e, mesmo acreditando ser improvável, não desistiu.

Vamos eu, minha mãe e minha heroína rumo ao Canadá em busca da minha cura, ou pelo menos da garantia de que eu sobreviverei.

O transplante é feito e, aos poucos, me recupero. Ainda estou muito debilitada, mas agora sei que meu corpo está lutando e tem chances de vencer.

– Olá, como está indo? – Carol pergunta com carinho.

– Bem, e você? Suas olheiras estão tomando metade do rosto. Precisa parar de cuidar tanto de mim.

– Esquece isso, o importante é que você está bem e logo sairá dessa cama. Olha o que eu trouxe: cultura inútil pra você se distrair.

Carol tira da bolsa uma pilha de revistas de fofoca, moda e astrologia. Não consigo conter o riso. Ela sempre me surpreende. Passo os olhos pelas capas e quase desmaio ao ver a foto do Paul em uma delas.

– Algum problema? Você empalideceu de repente – ela se sobressalta.

– Não. Essas revistas são recentes? – Disfarço.

– Sim, a mais antiga é do começo do mês, acho.

– Pode pegar um copo d'água para mim?

– Claro.

Aproveito que ela sai do meu lado para folhear a revista. Há uma entrevista de duas páginas com Paul. Começo a ler e fico feliz em reconhecer sua leveza e graça nas respostas. Viro a página rapidamente para conseguir ler o máximo que puder antes que a Carol volte.

As perguntas começam a ficar pessoais, e eu não sei mais quem ele é. Quando o assunto passa a ser relacionamentos, as respostas ganham um tom incrédulo e debochado. Ele termina dizendo que tem alma de solteiro. Fecho a revista e olho a foto dele sorrindo. Quem é esse cara e o que ele fez com meu Paul?

Após mais alguns dias no hospital, posso voltar ao Brasil, ir para o lugar que deveria ser minha casa.

Meu pai nos recebe com uma pequena festa. Apenas ele nos espera. Ninguém mais resistiu àquele um ano e meio de terror. Olho em volta e não há flores, cartões ou chocolates. As pessoas preferem estar por perto quando as coisas não vão bem, gastam seus discursos e oferecem seus pesares. Estão mais dispostas a te enterrar do que presenciar o seu triunfo. Tudo bem, só existe uma pessoa que eu desejo ver aqui além das três que me abraçam, mas, aparentemente, para esta eu não sobrevivi.

11
Wish You Were Here
Queria que você estivesse aqui

(Pink Floyd)

Há seis meses estou curada, ou entrei em remissão completa, como o termo médico prefere dizer. Agora só faço acompanhamento e tento seguir a vida. As coisas vão voltando ao seu lugar e eu começo a recuperar minha antiga aparência, mesmo que, ao me olhar no espelho, ainda não me identifique completamente com a imagem. Acostumei-me à rotina e a levar um dia de cada vez.

Estou no trânsito indo me encontrar com a Carol. Há tempos não nos vemos e combinamos de almoçar juntas. A parte ruim desses encontros é ter que ir ao hospital ou a algum lugar próximo dele para encontrá-la.

Estaciono a um quarteirão de distância e sigo a pé.

– Desculpe o atraso, essa cidade me deixa louca. Nunca vi tanto carro – chego dizendo.

– Sem problema. Também acabei de chegar.

– Está com aquela cara – sentencio.

– Que cara? – ela tenta disfarçar.

– Aquela que você faz quando está empolgada querendo me contar alguma novidade.

– Droga, não dá pra esconder nada de você. Queria fazer suspense.

– Conta logo.

– Vou me casar.

– Uau! Que boa notícia. Parabéns! Uau! – repito sem saber o que mais dizer.

– Acha mesmo uma boa notícia?
– Claro que sim. É disso que se trata, não é?
– Eu gosto dele, sabe? A gente se conheceu na faculdade e desde então fazemos tudo juntos. Ele sempre está por perto, é agradável e gentil.
– E isso é bom. Por que está dizendo em um tom desanimado? Parece que está falando tudo isso, mas pensando que ele é um porre.
– Não é isso. Ele é um cara legal, mas...
– Mas?
– Eu tenho quase 29 anos e só consigo pensar no hospital. Minha vida tem sido a medicina há muito tempo, e me casar com meu colega de classe parece falta de opção. E se o amor da minha vida, a tal da minha metade, estiver por aí me procurando e só não me encontra porque nunca caiu doente e foi parar no hospital?
– Até quando você é trágica consegue ser engraçada – acabo rindo.
– Estou falando sério, Elisa. Aceitei o pedido e desde então só penso em tudo que eu posso estar abrindo mão.
– Eu não acho que sou a melhor pessoa para você se aconselhar sobre isso.
– Eu também acho, mas não há outra pessoa. Você é a única amiga que eu tenho, então vai ter que se empenhar.
– Vamos pensar juntas então. Primeiro: você se sente segura com ele? Sente que, não importa o que aconteça, poderá contar com ele?
– Sim.
– Ótimo. Você se diverte com ele? Conseguem ficar em silêncio por horas sem se incomodarem?
– É, quase sempre.
– Estamos indo bem, não estamos?
– Para de me tratar como se eu tivesse 5 anos e continua.
– Tudo bem. Vamos ver... Ah! Você se sente atraída por ele? A parte física é boa?

– Até que é.

– Então do que é que você estaria abrindo mão, criatura? O que você acha que perderia estando apenas com ele?

– Eu queria sentir que só poderia ser ele, mais ninguém. Que estou me casando com a única pessoa possível.

– E por qual motivo desejaria ser refém de algo que apenas uma pessoa do mundo poderia lhe oferecer?

– Como é?

– Considere as vantagens de um amor comum. Talvez você não se sinta dentro de um sonho, mas pelo menos não corre o risco de acordar.

– Você já se sentiu dentro de um sonho, Elisa?

– O assunto não sou eu. Quando alguém me pedir em casamento, falaremos de mim, está bem? Olha, é normal ter esse tipo de dúvida.

– O que eu faço?

– Quando encontrá-lo, não o abrace nem o beije de imediato. Apenas segure suas mãos e olhe pra ele. Você saberá. A resposta vai vir naturalmente, como se estivesse sempre dentro de você.

Ela encosta na cadeira e me olha em silêncio.

– O que foi? – digo.

– Mudei de ideia sobre você não ser a melhor pessoa para me aconselhar. Sempre desconfiei que esse seu jeito calado era apenas uma capa protetora.

– Lá vem você com suas teorias. Eu só usei alguns argumentos pra fazer você se decidir sozinha.

– Tudo bem. Um dia você vai me contar e não vai ser porque eu insisti.

– Vamos pedir? Estou faminta – desconverso.

Enquanto comemos e conversamos sobre os preparativos do casamento, tenho vontade de contar sobre Paul. Desabafar com minha única amiga, que é capaz de me ouvir sem julgamentos ou perguntas. Mas não consigo transformar em palavras tudo o que carrego, a história que vivi com Paul se transformou em uma dor aguda, inexplicável e só minha.

– Estou pensando em me mudar – penso alto.

– Não está pensando em voltar para Londres, não é?

– Não, só estou pensando em ter um lugar só meu. Sinto falta de ficar sozinha.

– Acha uma boa ideia morar sozinha? É muito comum pacientes que conseguem se curar de uma doença grave ficarem deprimidos...

– ... porque esperavam morrer e não sabem o que fazer da vida quando se dão conta de que sobreviveram – completo.

– Exatamente.

– Eu não tenho a menor ideia do que fazer com minha vida, mas isso não tem mais a ver com o câncer. Eu só gostaria de poder ficar dez minutos calada sem alguém me perguntar se está tudo bem. As pessoas me tratam como se a qualquer momento eu fosse desmoronar, e isso não vai acontecer. Eu entendo a preocupação de todos, mas não aguento mais encenar, fingir empolgação por qualquer idiotice. Sinto falta de ser eu mesma, de poder estar só mal-humorada se quiser e de não ser "a sobrevivente" o tempo todo.

– Entendo. Bom, estou procurando um apartamento e não me custaria nada procurar dois.

– Seria ótimo. Voltei a trabalhar e agora preciso de uma casa. É o meu recomeço.

– Deixa comigo.

A Carol se empenha tanto que acaba encontrando primeiro um apartamento para mim. É com verdadeira animação que ela me mostra cada detalhe: a vizinhança, a vista para o parque e o tamanho da sacada. Apesar de tudo ser incrível, nada me deixa muito empolgada. A única coisa que me importa é ter um lugar no qual eu não tenha obrigação de ser feliz o tempo todo. Eu ainda tenho dinheiro guardado dos tempos em que eu estava em Londres e gastá-lo como entrada para comprar uma casa no Brasil representa meu último adeus àquela cidade, a constatação de que eu definitivamente não voltarei.

A princípio, não tenho o apoio dos meus pais, que acham absurdo demais eu sair do conforto da casa da minha mãe. Eles acreditam que estou traumatizada por ter passado tanto tempo doente no quarto, chegam a sugerir uma reforma e até que eu passe uns tempos com meu pai. É difícil convencê-los de que eu cresci e que esse é um passo natural.

– Você acabou de completar 25 anos, é uma menina ainda – minha mãe insiste.

– Eu me acostumei a ter meu espaço. Gostei dos meses que morei sozinha.

– O que te falta aqui? Você tem toda a liberdade de que precisa.

– Mãe, não me falta nada. Ando só um pouco ranzinza, é isso. Quero voltar a ter meu ritmo, a ficar quieta, ter momentos para mim, e nenhuma dessas coisas está relacionada à depressão. É só um jeito de levar a vida.

– Essa doença te envelheceu demais, minha filha. Você precisa voltar a ser quem era, tem que pelo menos tentar!

– E seu disser que gosto de ser assim, mãe? Eu morei na cidade mais cinza do mundo e nunca fui tão feliz. Passei por uma doença que me dilacerou sem reclamar um segundo. Estou recomeçando, juntando os cacos, e ainda me preocupo em distribuir sorrisos para mostrar que estou bem. Sou mais forte do que imagina e menos alegre do que gostaria também, mas é isso que eu me tornei e preciso aprender a viver assim.

Ela me olha como se me visse pela primeira vez. Pego suas mãos com carinho e dou um sorriso.

– Desculpe não ser como sonhou.
– Você está aqui e é só isso que importa, filha.
– Quer conhecer o apartamento?
– Só se puder te ajudar a decorá-lo.
– Claro que pode, desde que não tenha nada rosa ou lilás.
– Combinado.

Provando ser a pessoa entusiasmada que sempre foi, minha mãe logo se anima em fazer compras para minha casa. Todos os dias ela chega com algo novo e adora mostrar como tudo é lindo, fino e adulto, deixando sempre bem claro que respeita meu momento. Sim, ela prefere acreditar que estou passando por uma fase difícil e que logo voltarei ao normal. Deixo estar. Deve ser difícil aceitar que eu não sou mais a menininha que ela enfeitava com laços para a aula de balé.

Meu pai tira as medidas do apartamento inteiro e fica contente quando lhe peço para escolher a cor das paredes. No final, Carol me ajuda com os toques finais da decoração e minha casa fica pronta.

Na primeira noite que passo sozinha, assisto ao filme que Paul gravava enquanto namorávamos. Parte de mim aprendeu a ter raiva, sobretudo quando fotos dele com a Marie estamparam várias revistas; mas a outra continua a amá-lo enlouquecidamente. Olho a pulseira com as duas estrelas penduradas e me pergunto se um dia conseguirei tirá-la do pulso. Imagino que não.

Transformo o apartamento em minha fortaleza. Nele volto a escrever, a me concentrar no trabalho. É nele que recebo a Carol em todas as suas crises pré-casamento e também onde improvisamos uma pequena despedida de solteira com filmes antigos e shots de tequila. E é daqui que ela sai vestida de noiva rumo ao seu grande dia.

– Não chora agora, deixa as lágrimas para o altar – digo esfregando suas mãos.

– Você é minha melhor amiga – ela diz emocionada.

– Você é minha única amiga.

– Um dia sou eu que vou fechar o seu vestido de noiva.

– Quem disse que eu quero me casar vestida de noiva, Carol? – sorrio.

– Tudo bem, seja como for, eu estarei lá. Nem que seja no cartório.

– Eu sei. Mas hoje é o seu dia, e não existe noiva mais linda que você.

Ela me abraça como se quisesse me dar um pouco da felicidade que está sentindo.

– Pronta?

– Pronta!

– Então vamos – a encorajo.

A cerimônia é tradicional e muitos se emocionam, inclusive eu. A festa é de um requinte impressionante, e eu me sinto extremamente alegre em ver tudo tão harmonioso, exatamente como os noivos queriam.

Nunca desejei um casamento como este, a minha ideia de perfeição está longe desta multidão de convidados, dos lustres de cristal e das toalhas de seda. Adoraria me casar ao ar livre e ver o Paul sem gravata me esperando. Isso não vai mais acontecer, então pensar em casamento não faz muito sentido pra mim.

A noiva começa a chamar as garotas para a tão esperada hora do buquê. Eu disfarço e vou embora. Na saída, enquanto espero o manobrista trazer meu carro, o irmão da Carol vem falar comigo.

– Vai embora sem o buquê? – brinca.

– Eu não tenho interesse nenhum em ser a próxima a me casar.

– E de sair pra jantar um dia desses?

– Como? – digo, levemente surpresa.

– Pra conversar. A gente se conhece há um tempão, mas nos vemos sempre de relance.

– Quem sabe.

– Eu te ligo, então.
– Está bem.

Meu carro chega e ele abre a porta para mim. Entro rapidamente para me livrar daquela situação. Ele bate no vidro e eu abro a janela.

– Esqueci de dizer que você foi a única que conseguiu ficar bonita nessa cor que minha irmã escolheu para os vestidos.

– Foi um acordo que a gente fez. Garanti que não a deixaria desistir desde que ela escolhesse uma cor que não ficasse tão bem nas outras madrinhas, assim eu seria a segunda mulher mais bonita da festa.

– Deu certo.

Abro um sorriso meio tímido e vou embora.

Ele me liga uns dois dias depois, mas nós nunca saímos. Na verdade, flertei com ele mais por hábito do que por interesse. Ele é real demais pra mim.

Instalada em minha nova casa, aprendo a ligar o piloto automático e a seguir em frente. Concentro minha energia no trabalho, o que me garante um grande reconhecimento. A parte embaraçosa é confessar que me dedico à carreira como desculpa para não pensar em minha vida amorosa. Recuso todos os convites e pretendentes. De vez em quando, saio pra dançar, bebo demais e acabo beijando alguém, mas é só isso. Nada de trocar telefones, esticar o papo ou qualquer coisa que possa criar intimidade.

E assim me escondo do mundo durante dois anos. Sem ousar, sem coragem, sem riscos. Até um dia. Um dia em que me deparo com o elevador lotado de caixas que rodeiam um homem alto, de pele bronzeada e cabelos encaracolados. Eu não me interesso por ele de imediato, mas com o tempo nos aproximamos. Vamos nos conhecendo durante as conversas no elevador, até que um dia ele aparece no meu apartamento – sem ser convidado – para assistirmos a um documentário.

A princípio, Cadu se manteve amigável e distante o suficiente para me manter confortável na sua presença. Os convites que me fazia sempre estavam relacionados às nossas profissões ou a algum evento cultural, nunca tinham um quê romântico ou coisa semelhante. Assim, sem que eu percebesse, ele passou a fazer parte da minha vida.

É claro que eu notava seu desejo de ser mais do que meu amigo, mas tentava não dar atenção aos olhares, às frases e aos segundos a mais que ele demorava no beijo ao se despedir.

O que eu mais gosto em relação ao Cadu é o fato de ele ter me conhecido depois do Paul e do câncer. Ele não tem a menor ideia de como eu era antes de tudo isso. Com ele, não preciso me esforçar, ele gosta do que sou agora e não do que fui um dia.

Por fora, até que não mudei muito, mas todos que conviviam comigo antes notam que algo dentro de mim mudou profundamente, mas o Cadu nem desconfia. Para ele, há uma parte sombria e misteriosa que me torna ainda mais interessante.

Quando ele me beija pela primeira vez, não sinto arrepios ou palpitações, mas meu coração se aquece de leve. O beijo não acontece em uma noite de luar ou no palco de um teatro, e sim na porta do meu apartamento em um dos nossos encontros casuais. O contato físico que temos muda, mas continuamos mais amigos do que qualquer outra coisa, e ele não parece se incomodar com isso. Estar com o Cadu é bom por muitos motivos, principalmente porque ele me faz sentir um pouco mais normal.

Com o tempo, a rotina fica menos rígida e a vida vai realmente se encaixando. Tenho o meu trabalho, que ainda toma a maior parte do tempo, e amigos, que tornam meus dias de folga calmos, divertidos e agradáveis.

Paul continua fazendo parte de mim, mas eu desisti há tempos de sofrer com sua ausência. Ele se transformou em uma saudade sem esperança. A pulseira continua em meu braço, mas nem dou mais atenção a ela.

De vez em quando, assisto a um dos filmes que Paul estrela ou fico sabendo de sua vida pelas revistas, inclusive pela que eu trabalho. Não há como escapar, ele se transformou em uma celebridade mundial e tem a vida investigada e exposta em programas e revistas de fofoca. Cada casa que ele compra, cada traição que as revistas inventam e países que visita é motivo de euforia para a legião de fãs que ele conquistou e para a imprensa.

A princípio, cada notícia me machuca, depois consigo desvincular o pop star do meu ex-namorado. O Dom Juan da revista em nada se parece com o Paul do meu passado.

Estou certa de que a vida que tenho é suficiente. Eu parei de imaginar o que ela poderia ter sido e aceito de bom grado a realidade. Cuidarei para que tudo permaneça como está. Um dia, quem sabe, eu e Cadu acabemos morando juntos. Sei que ele jamais me pedirá em casamento ou fará qualquer tipo de formalidade, mas continuaremos bem juntos. Será comum e feliz. Assim espero.

12
Answer in the Sky
Resposta no céu

(Elton John)

O arrependimento surge cinco segundos depois de eu ter respondido o e-mail do Paul, mas a angústia dura pouco, já que, para minha surpresa, ele envia outra mensagem logo em seguida. Imaginar que, em algum lugar do planeta, lá está ele, olhando para minhas linhas, me faz sentir parte do mesmo mundo que ele mais uma vez. Não contenho o sorriso ao ler:

Lisa,

Você nunca precisou se desculpar por seu sarcasmo e, pra dizer a verdade, me agrada saber que essa parte continua intacta em você. Às vezes me pergunto como você está... Como você está?
    Seis anos é realmente muito tempo. Tempo demais!
Sobretudo para você me dar uma desculpa como essa.
Chego na terça-feira, terei uma tarde de autógrafos e depois estarei no hotel.
    Não me diga que não irá. De qualquer maneira, estarei te esperando.

Paul
OBS.: Aqui está a senha para você conseguir entrar no hotel: PREC06 (sugestivo?)

Antes que eu possa rir ao me dar conta que a senha é a combinação de nossas iniciais e o período que não nos falamos, a campainha toca e eu me levanto pra atender.

– Cadu? Não foi correr? – digo, sobressaltada.
– Fui, já passa das dez. – Ele ri.
– Verdade? Nem me dei conta.
– Preciso falar com você.
– Essa frase nunca é boa.
– Não, não se preocupe, não é ruim.
– Então fala.
– Pensei em levar você pra jantar em um lugar especial, comprar flores ou qualquer coisa do tipo, mas as coisas não funcionam assim entre a gente, não é mesmo?
– É.
– Por isso decidi vir agora. Pensei que poderia ser perfeito entregar isso em uma manhã de sol, você de roupão e com cara de sono.

Ele coloca uma pequena caixa sobre o teclado do laptop sem perceber a mensagem aberta na tela.

– O que é isso?
– Não é nada demais, só um presente.

Pego a caixa e abaixo a tela. Mesmo antes de desembrulhar, já sei o que vou encontrar: Um anel. Com intenções de aliança.

– Nossa, é lindo – digo quando vejo que estou certa.
– A pedra é verde para combinar com a estrela da pulseira que você nunca tira.

Ai, pobre Cadu.

– Obrigada, não mereço tanto.

Continuo com a caixa aberta nas mãos sem saber o que dizer. Eu quero o anel e a vida com ele. Nós estamos bem entrosados na rotina um do outro e eu não quero perder a tranquilidade que me traz a presença dele, mas levanto o olhar e encaro Cadu em toda a sua beleza e não acho justo. Ele não merece os meus fantasmas.

– Você não precisa colocar agora. Só quero que pense na possibilidade e, se decidir usá-lo, saberei que poderemos ter um futuro juntos, ou que pelo menos poderei apresentar você como minha namorada – ele diz ao ver que o anel continua na caixa.

Ele tem o tom maroto mais bonito que já vi. Eu queria muito amá-lo, mas vasculho cada pedaço do meu coração e só encontro carinho, amizade e gratidão. Será suficiente? Eu conseguiria fazê-lo feliz com isso?

– Não precisava me dar uma joia para isso. Bastava dizer que me chamar de namorada é importante pra você – improviso.

– O anel é para você pensar se é importante pra você também. Por isso não precisa ser agora, eu espero.

Parece até que o Cadu sentiu o perigo no ar e tratou de me mostrar o que tem a oferecer. Mas a única coisa que consigo pensar é que essa situação não é justa. Eu deveria estar completamente feliz com o Cadu, pular no pescoço dele e colocar o anel no mesmo instante. Eu devia olhar para frente, não me iludir, mas o meu passado parece insistir em voltar, e isso é torturante.

– O anel é perfeito, mas nada supera o respeito, o carinho e a sua presença. Esses são os presentes que você tem me oferecido e eu agradeço. De verdade, Cadu, você tem me feito tão bem.

– Eu te amo, sabe disso.

Sinto os olhos marejarem. Ainda bem que não preciso pensar no que dizer, pois o Cadu me conhece bem o bastante para entender que estou me sentindo pressionada. Ele se afasta gentilmente, me oferece espaço e solidão para pensar. Ele sabe que eu preciso disso.

– Bem, já vou indo, preciso corrigir um calhamaço de provas e sei que deve estar querendo ficar sozinha. A gente se vê depois? – ele diz informal.

– Claro, a gente pode conversar depois sobre... Sobre... – demoro a encontrar a palavra. – Sobre nós? – concluo.

– Sem pressa, Liz. – Ele pisca, me beija demoradamente e sai.

Ainda meio zonza, corro para o quarto, troco de roupa correndo, jogo a caixa do anel na bolsa e saio. Vinte minutos depois, já estou batendo na casa da minha amiga.

– Aconteceu alguma coisa? – ela me atende preocupada.

– Sim, muitas coisas. Tem um tempinho antes de ir trabalhar?

– Tenho o tempo todo do mundo, esqueceu que estou de folga? Entra, melhor conversarmos lá no quarto.

Enquanto subimos a escada, tento organizar as ideias e decidir por onde começar.

– Fala, o que houve? – diz ela, fechando a porta.

– Cadu me deu um anel – disparo.

– Ai, meu Deus, ele te pediu em casamento?

– Não, claro que não. Não diretamente, mas falou em futuro, em namoro e disse também que me ama. Com todas as letras: Eu. Te. Amo. – Arregalo os olhos.

– O que aconteceu pro Cadu despejar tudo isso de uma vez?

– Sei lá, parece até premonição.

– Ahn? Desculpa, não acompanhei essa parte.

Respiro fundo.

– A história é longa.

– Não estou com pressa.

– Como todos sabem, eu tive um namorado em Londres. Não contei os detalhes pra ninguém, mas... – suspiro tentando encontrar as palavras, abafar os sentimentos. – Droga! Por que falar disso ainda é tão difícil? Que droga! – penso alto, quase gritando.

– O pop star? Aquele dos filmes? – ela diz meio sem jeito.

– Como sabe? – respondo, surpresa.

– Seu passaporte tem o nome dele assinado, não é? Eu vi e reconheci, mas nunca achei que fosse sério até o dia que a vi extremamente aborrecida com uma fofoca sobre ele que passava na TV. Liguei os pontos, mas entendi que você não queria falar sobre isso.

– Por que nunca me perguntou?

– Não foi por falta de vontade, mas eu sabia que um dia essa conversa aconteceria espontaneamente, e ainda bem que esse dia chegou. Fala, desembucha logo.

– Pra resumir, eu vivi com ele os melhores dias da minha vida, mas fiquei doente e...

– Ele não aguentou a barra – deduz ela.

– Não, ele jamais me abandonaria, sobretudo doente. Ele não sabe, nunca soube.

– Como é? Está dizendo que o largou lá sem saber por que você veio embora?

– É.

– Nem depois? Nunca contou?

– Não.

– Caramba, Elisa – repreende.

– Eu sei, mas eu não tive escolha. No começo eu não podia, depois o tempo passou e eu não vi mais sentido. A gente seguiu caminhos tão diferentes.

– Entendo.

– O que importa nisso tudo é que ele voltou a me procurar.

– Sério? Como? O galã de um dos meus filmes favoritos? – Ela se abana fazendo graça.

Entorto a boca e balanço a cabeça em negação.

– Certo, te procurou como? – Ela se recompõe.

– Me mandou alguns e-mails.

– Nossa, e o Cadu resolveu te dar um anel.

– Pois é. Os dois disseram que estão me esperando.

– Está com tudo, hein.

– Sério, Carol?

– Desculpe.

– O que você acha disso tudo?

– Eu não conheço o príncipe inglês, não vou conseguir ser imparcial. O Cadu é o cara mais legal que existe, trata você bem, respeita esse seu jeito maluco, está sempre por perto e é tão paciente que chega a me dar nos nervos. Você não pode trocar um cara perfeito como ele por um amor de verão.

— De inverno. A gente não passou das estações frias.

— Que seja. Faz seis anos que vocês não se veem, por que ele resolveu te procurar agora?

— Ótima pergunta. Eu não sei, só disse que precisa me ver, que se pergunta como estou.

— Desculpa, mas não acha que pode estar se enchendo de esperanças à toa? Ele pode estar querendo rever uma velha amiga ou até mesmo matar a curiosidade, tentar entender o que aconteceu. Esse cara vai estar aqui por três dias, e depois?

— Lembra-se da conversa que tivemos quando decidiu se casar? Você se perguntou se não estaria deixando para trás a sua metade. Agora eu te pergunto: e se você tivesse certeza?

— Foi tão forte assim?

— É forte assim.

— Mas você viveu sem ele até hoje.

— E viveria o resto dos meus dias, mas sempre enxergando em preto e branco.

— Eu não consigo entender. Eu imaginava que você ser meio cinza era resultado da doença, e não de um amor mal resolvido.

— Eu nunca fui uma pessoa que procura um grande amor. Eu andava sem reparar em nada à minha volta, de repente eu enxerguei uma luz diferente e foi uma verdadeira revelação.

— Não fazia ideia, Liz. Sinto muito.

— Foi como se eu tivesse encontrado uma estrela caída no chão de tão maravilhoso e improvável. Nós fomos tão felizes... — suspiro tentando acalmar o turbilhão que vem à tona. — Enfim, o tempo passou e comecei a me perguntar se tinha sido real ou apenas fruto da minha imaginação. Agora eu tenho duas opções: tentar recuperar o que perdi ou viver sabendo que está em algum lugar do mundo, que é real, mas não me pertence mais.

– Então você não tem opção, precisa vê-lo.

– Ainda não tenho certeza. Daria tudo para conhecer apenas o sentimento tranquilo que tenho com o Cadu, mas eu vivi algo extraordinário e não consigo mais fingir que isso não existiu.

– Então vá, tire a prova. Você ainda não prometeu nada ao Cadu. De repente, você olha para o passado e se dá conta de que não tem espaço pra ele no seu futuro.

– Talvez. Vou precisar das chaves da casa de Angra. Quero ficar longe de São Paulo pra poder pensar, tudo bem? Ser vizinha do Cadu não ajuda muito, parece que ele vai bater na minha porta a qualquer instante.

– Claro, mas não seria melhor ir para um hotel no Rio?

– Não. Se eu estiver muito perto do Paul a minha reação vai ser uma resposta impulsiva à proximidade. Se eu for encontrá-lo, quero que seja por ter decidido conscientemente ir.

– Tem certeza que quer ir sozinha? Posso ajeitar minha agenda.

– Tenho. Obrigada mais uma vez.

– Vai com calma, tá?

Passo em casa, arrumo minhas coisas e escrevo um bilhete para o Cadu, dizendo que estarei em Angra por alguns dias. Passo o bilhete debaixo da porta do apartamento dele e vou embora.

Dirijo por horas sem conseguir organizar os pensamentos. Não sei o que fazer. Penso na expressão sincera do Cadu, em todo o bem-estar que ele me proporciona e nos dias seguros que tenho com ele. No mesmo instante, estremeço ao me lembrar dos olhos azuis e do cheiro de baunilha que o ar tinha quando Paul estava por perto.

O dia já se recolheu quando chego a Angra dos Reis. Assim que estaciono o carro, sou recebida por Francisco e Marisa, caseiros e amigos de muitos anos da família da Carolina.

– Bem-vinda, Elisa.

Abraço os dois e os repreendo por ainda estarem acordados me esperando. Eles me ajudam com as malas e se despedem. Fico sozinha na casa enorme e luxuosa da minha amiga. Vou para o quarto e abro as janelas. Olho para o céu e torço para que o sol do dia seguinte clareie a minha mente confusa.

Assim que o dia amanhece, salto da cama. Enquanto tomo café, ligo para meus pais avisando que viajei a trabalho e que ficarei fora por alguns dias. Depois, ligo para a editora e digo que estou fora da cidade resolvendo problemas particulares, mas que estou disponível por telefone ou e-mail. Estamos em um período tranquilo do mês, e sei que me ausentar dois dias não será um problema para o andamento da revista. Após resolver as coisas práticas da vida, é hora de pensar no mais difícil. Farei isso na praia, lugar que com certeza só me ajudará.

Debaixo do sol, olhando o mar, começo a analisar tudo o que construí ao longo destes seis anos e a questionar se seria capaz de largar tudo ou simplesmente me manter no plano e seguir em frente. A questão é que eu preciso saber se levo meu relacionamento com Cadu adiante. Passo longos minutos pensando nisso, mas meu cérebro parece um labirinto.

Mudo de estratégia. Não pensarei no anel, não agora. É sério demais. Vou concentrar minha energia na decisão de ir ou não ao hotel de Paul. Por um lado parece uma boa maneira de superar o passado, acertar as contas. Ouvirei, falarei e poderei dar o assunto como encerrado de uma vez por todas. Por outro lado, há o risco do reencontro, e essa parte me faz voltar ao anel. Que inferno!

Fico presa nessa lógica circular até o céu começar a mudar de cor, anunciando mais uma chuva de verão. Dou apenas três passos e já estou no deque da piscina. O vento fica mais forte, e eu acelero para chegar à varanda. Segundos depois, o céu se pinta de negro, o mar fica revolto e a ventania sopra a areia num espetáculo assustador. Parece que o destino mais uma vez decide por mim, será impossível sair com este tempo.

Horas passam e eu continuo paralisada olhando a tempestade pela porta da sacada. De repente, ouço um barulho de vidro quebrando e subo a escada correndo. Chego ao quarto e vejo uma das janelas estilhaçada e um pedaço de galho no chão. Antes que tome uma atitude, Francisco entra no quarto e tenta controlar a situação.

– Você está bem? Machucou? – diz, preocupado comigo.

– Não, eu estava lá embaixo – respondo.

– Ainda bem.

A cena da chuva invadindo a janela, o vento bagunçando a cortina e as folhas cobrindo o chão, é quase uma réplica do primeiro dia em que entrei naquele antigo chalé encrustado em alguma montanha da Inglaterra. O dia em que me despi pela primeira vez para Paul e que, no fim, entreguei mais do que o meu corpo para ele.

Instintivamente, pego a bolsa e um casaco.

– Vai sair, Elisa?

– Vou.

– É perigoso com essa tempestade! – alerta.

– Tenho que ir. Não se preocupe, vou tomar cuidado.

– Precisa de alguma coisa? Posso pedir para um dos meninos ir comprar o que você precisa.

– Não, eu quero ir.

Desço a escada correndo, decidida a encontrá-lo. Chego à varanda, olho o céu cortado por raios e sorrio. Já vi céus piores e sei que dias assustadores podem terminar muito bem. Olho o relógio e acelero.

Já é madrugada quando enfim avisto a placa que indica que estou no Rio de Janeiro. Sigo de carro até chegar ao bloqueio, um quarteirão antes do hotel. Estaciono em uma rua paralela, visto o casaco e sigo a pé, debaixo da chuva. É insano ver a pequena multidão encharcada olhando para cima na esperança de ver pelo menos a sombra dele.

Seria poético dizer que não hesito, mas também mentiroso. Pego no bolso e olho mais uma vez o papel onde anotei a senha que Paul disse que eu precisaria para entrar no hotel. Nossas iniciais...

– Desculpe, mas você não pode ficar aqui – um segurança alerta.

Olho para trás e penso em desistir. Agora que sei que ele está tão perto, sou tomada por um nervosismo infantil. O que vou dizer? O será que ele quer?

– Eu tenho uma reserva. O número está aqui – digo meio trêmula, entregando o papel.

– Desculpe, pode entrar. Está de táxi?

– Não, eu vim dirigindo.

– Poderia ter estacionado no hotel. Fique tranquila, resolveremos isso.

Ele me acompanha até o elevador, aperta o número da cobertura e diz:

– Vire à esquerda e siga até o final do corredor. Pode me dar a chave e me dizer onde deixou seu carro?

– Está na primeira esquina depois do bloqueio.

– Vou trazê-lo para o hotel, boa-noite.

A porta se fecha e eu balanço a cabeça tentando voltar à realidade. Então é assim que funciona o mundo das celebridades? Olho no espelho e tento, sem muito sucesso, ajeitar o cabelo. Estou um trapo, toda ensopada, com os lábios arroxeados e a aparência cansada. Sigo pelo corredor e paro em frente à porta. Agora não tem mais volta. Respiro fundo e bato.

As batidas do meu coração marcam os segundos. A cada ruído, um sobressalto. A maçaneta gira e eu perco o ar. A porta se abre, e eu mal acredito que estou a centímetros dele novamente.

– Você veio – ele me recebe, satisfeito.

– Vim. Desculpe o atraso – murmuro.

– Esperaria a noite toda se fosse preciso. Entre – convida, gentil.

Forço minhas pernas a obedecerem. Tiro o casaco e ele me entrega uma toalha.

– Quer uma roupa seca?

– Não. Estou bem, obrigada. – Já estou atordoada, se vestisse uma camisa dele, enlouqueceria de vez.

A tempestade pode até me trazer boas recordações, mas não deixarei que ele me leve pelo mesmo caminho.

– Gostei do cabelo – ele diz, apontando para mim.

– É. Faz alguns anos que corto na altura do ombro, é mais prático que o cabelão daquela época.

– O que mais você mudou nesses últimos anos?

Faço uma careta de quem se esforça em lembrar.

– Não sei. Bom, nunca mais dancei salsa, não tenho mais um par de sapatos vermelhos e deixei de cozinhar – desabafo.

– Como é? Não pode ser que tenha mudado tanto. Acabou de dizer as três coisas que mais gosto sobre você.

Ele ri e faz graça como se o tempo não tivesse passado. Parece que ele acabou de chegar de uma de suas viagens. Já eu estranho a cena e não me sinto nada à vontade, mas tento sorrir ao responder.

– Desculpe desapontá-lo.

– E o que não mudou, Lisa?

– Continuo caminhando pela cidade distraída, bebendo vinho, desastrada e ainda escrevo até ficar com dor de cabeça.

Ele parece satisfeito.

– E você? Me conta alguma coisa que eu ainda não tenha lido nas revistas – provoco.

O olhar de Paul fica frio e ele entende a minha seriedade.

– Tenho quatro casas e não moro em nenhuma, viajei o mundo inteiro e só conheço os aeroportos e hotéis, além disso, não há um só dia que não me pergunte o que diabos aconteceu há seis anos.

Agora sim, sem rodeios. É isso que eu esperava e, no fundo, desejava: cobrança. Não somos velhos amigos que se esbarraram em uma esquina qualquer. Somos duas pessoas feridas e magoadas que querem entender o que aconteceu.

– É complicado – ensaio uma resposta.

– Acho que eu mereço saber o motivo de você ter ido embora sem nem se despedir, sem nem se explicar.

– Merece. Só não sei por onde começar.

– Por onde quiser, não importa como, mas diga. Eu não aguento mais inventar motivos para o seu desaparecimento.

– Você tinha razão em se preocupar, eu realmente estava doente, muito doente. Precisava me tratar e sabia que se contasse você acabaria largando tudo pra me ajudar. Não achei justo e resolvi ir embora.

A pele clara de Paul enrubesce e seus olhos azuis parecem saltar na minha direção. Paro de falar porque sei que ele não está mais me ouvindo.

– Você resolveu? Era a nossa vida, você não tinha o direito de decidir sozinha. Estava doente e não me contou? Pensei que fosse sério o que existia entre a gente. Você não tinha esse direito. Sei que não nos víamos havia algum tempo, mas eu tinha planejado um futuro. A gente tinha planejado. A gente estava... Eu te... – Paul anda de um lado para outro, esbravejando sem conseguir completar as frases.

– Desculpe, não devia ter vindo. Isso não vai levar a lugar nenhum. Apenas nos magoaremos ainda mais. Eu vou embora. Me perdoe, é tarde demais – pego meu casaco e sigo em direção à porta. Não consigo vê-lo daquele jeito. Não consigo.

– Está na hora de você parar de acreditar que ir embora é sempre a solução mais lógica! Olha pra mim, Elisa. Fala comigo! Não é possível que você não tenha nada pra me dizer. Eu te dei tudo o que eu tinha. Tudo.

Naquele instante eu me encho de ira.

– O que você quer que eu diga? Quer que eu peça desculpas? Para de falar como se tivesse sido fácil para mim, não foi! Não me arrependo de ter feito o que julguei certo. Olha em volta, Paul. Você conseguiu! Sem mim você tem tudo, comigo seria apenas eu e o meu câncer. Fiz o que eu tinha que fazer e se doeu em você saiba que doeu em mim também. Eu sou a vilã então? Tudo bem, não me importo, que seja.

– Não precisava ter sido assim. Daríamos um jeito. Resolveríamos juntos – ele apazigua.

– Como? Eu passei um ano e meio à beira da morte. O que poderíamos ter feito? Você nao conseguiria ficar longe de mim por medo de voltar e não me encontrar viva, acabaria desistindo. E depois? O que eu faria quando o visse de terno, voltando para casa com os olhos tristes depois de ter passado o dia trabalhando na empresa do seu pai? E esse seria o melhor cenário, porque o mais provável era que eu não resistisse, você ficaria devastado. Não tenho espaço para carregar frustrações alheias, Paul. Jamais faria isso com quem quer que fosse, muito menos com as pessoas que amo.

Ele ouve o verbo amar conjugado no presente e se rende. Não acredito que disse isso, mas disse. Ele se joga na poltrona, coloca o rosto entre as mãos e fica assim por alguns instantes.

– Por que tem que ser tão forte? Por que tem que fazer sempre o que é certo? Por que não se sentiu fragilizada e procurou meu colo? Eu teria cuidado de você – pensa alto.

Em silêncio, ele se levanta e olha para a varanda. A chuva passou e dá para ver o mar ainda agitado. De costas para mim, ele diz:

– Não pensou em me ligar em nenhum momento? Nem depois que tudo passou?

– Eu fraquejei e te liguei diversas vezes, mas sempre uma mulher diferente atendia pra me lembrar que você tinha seguido em frente. Primeiro a Marie, depois uma série de celebridades e anônimas.

– Minha vez de cobrar.

Paul se vira, olha dentro dos meus olhos e os mantém firmes ao dizer:

– A Marie foi minha vingança. Me aproveitei dos sentimentos dela, a usei pra te ferir, me culpo por isso até hoje.

– Não se preocupe tanto, tenho certeza absoluta de que ela se divertiu bastante.

Paul não se contém e solta uma gargalhada.

– Vejo que sua parte ferina e ciumenta também continua intacta.

– Você me superou bem rápido, e isso não é motivo para risos. Não para mim.

– Como te superei se estou aqui? Eu tentei, mas nunca consegui te esquecer.

– Pensei que não se importasse. Você veio ao Brasil outras vezes e não me procurou. Por que só agora?

– Primeiro eu quis ter raiva, me coloquei na posição de vítima abandonada e funcionou por uns anos. Depois, tentei acreditar que você seria aquele amor puro e juvenil que jamais esquecemos, tentei te transformar em uma boa lembrança e aceitar que nosso momento tinha passado. Com o tempo, cansei de me enganar, sempre soube que havia algo por trás da sua partida, me dei conta de que não tinha lutado o suficiente, que tinha me conformado cedo demais.

Eu continuo em pé sem conseguir me mexer. Paul olha para o nada, tentando não deixar as lembranças escaparem.

– Comecei a analisar se existiria algo que poderia ser feito para consertar as coisas. Essa possibilidade, mesmo remota, virou uma obsessão. Pesquisei sobre você na internet e descobri que trabalhava em uma revista feminina e que não era casada.

Ele ri de canto ao dizer a última parte.

– Mas só decidi falar com você depois de ter lido isto.

Paul levanta, pega no armário um impresso e me entrega. É uma coluna que escrevi tempos atrás para a revista que trabalho. Nela, a história de uma mulher, a minha história. Era para ser ficção, mas era a minha vida. Meu sangue parece ter congelado em minhas veias: ele leu. Ele me leu.

– Mesmo aprendendo um pouco de português, precisei mandar traduzir isto. É muito bom, de verdade.

– Resolveu me procurar por causa da história? Não entendo.

– Eu vi diversas fotos suas e em todas elas você parecia tão diferente. Isso me deixou inseguro, mas ao ler o que escreveu eu te reconheci, Lisa.

Baixo os olhos tentando esconder a emoção.

– Você pode ter cortado os cabelos, não dançar mais e ter essa frieza nos olhos, mas eu sei que por dentro você ainda é a Elisa que conheci em York e pela qual me apaixonei em Londres.

– E o que eu devo fazer pra te reconhecer? Pra conseguir esquecer as idiotices que você tem dito por aí?

– Sei que minha vida mudou e que tudo parece uma loucura, mas...

– O problema não é esse. Não dou a mínima para a multidão, para os fotógrafos e para o que dizem sobre você, desde que eu te olhe e veja a verdade. Houve um tempo em que eu realmente pensei que não saberia lidar com a sua fama, mas isso não é nada. O problema é não saber quem você é. Imaginar que toda essa porcaria possa ter te corrompido. Eu lidaria facilmente com os incômodos de fazer parte da vida de um ator famoso, mas não suportaria estar ao lado de uma celebridade vazia.

Paro de falar e ele continua me olhando. Os mesmos olhos azuis e profundos. A claridade que passa pelas cortinas anuncia o dia. Paul vai até a varanda, acena para baixo e entra.

– Aquelas pessoas ficaram lá embaixo a noite toda debaixo de chuva esperando que eu aparecesse por cinco segundos. É uma maluquice absurda. Confesso que me perdi no início, mas sei quem sou, e você também sabe.

A multidão grita freneticamente o nome dele.

– Jamais entenderei o que move essas pessoas. O que elas pensam? Sou um cara comum, não sou especial de verdade.

– Vivemos em um mundo cheio de coisas feias e pessoas sozinhas, Paul. Algumas delas projetam suas expectativas em algo ou alguém que julgam ser maior. A arte é maior – ele suspira e eu continuo: – Só estão camuflando a tristeza de desejar o que nunca conseguirão, que na verdade nem é você, mas fama, dinheiro e beleza. Talvez elas desejem um lugar melhor, povoado com pessoas que dão vida às suas fantasias.

Toco seu braço de leve, em um gesto conciliador.

– Elas adorariam não estar no meio da multidão, gostariam de acenar cinco segundos da varanda de algum hotel chique, porque acreditam que somente assim serão especiais e experimentarão algo sublime.

– A vida de ninguém é perfeita – ele desabafa.

– Nem deveria ser.

Sorrimos como antes.

– Perfeito seria poder dar um mergulho naquele mar. Simples, mas não posso.

Faço cara de quem teve uma grande ideia.

– Quando é o seu próximo compromisso?

– Alguns jornalistas agendaram entrevistas para hoje, mas não está nada certo. Confirmado mesmo, só para amanhã.

– Sairia comigo? Sem seguranças? – convido.

Paul aperta os olhos, tentando adivinhar meus pensamentos.

– Vai ter que confiar em mim.

– É claro que confio, me tira daqui.

13
Paradise
Paraíso

(Coldplay)

Paul coloca algumas peças de roupa em uma mochila, enquanto eu peço as chaves do meu carro para o segurança que estava na porta do quarto. Antes que eu volte, ele aparece de boné e óculos escuros.

– Vamos?

– Sim, mas você tem que pedir pra alguém sair com seu carro oficial. Nós saímos depois pelos fundos. O insulfilme do meu carro não é muito escuro, alguém pode te reconhecer lá embaixo, mas se estiverem distraídos, teremos tempo.

– Nossa, até parece uma profissional – debocha.

– Vai ver é um talento escondido. – Pisco.

Chegamos à estrada sem dificuldades. Quem imaginaria que a capa da revista *People* está no banco da frente do meu carro? Abro os vidros e deixo o vento invadir e bagunçar nosso cabelo. O dia está quente e o sorriso do Paul deixa tudo ainda mais bonito.

– Você está dirigindo bem mais rápido do que eu me lembrava.

– Esse aqui tem o volante do lado certo – brinco.

– Continua gostando de carros franceses, ou isso também mudou?

– Fazer o quê? Há coisas que simplesmente não mudam.

Sorrio e volto a cantarolar acompanhando o rádio. Poucas horas depois, chegamos a Angra dos Reis. Saímos do carro e Paul não esconde como está maravilhado.

– Vem, preciso fazer uma ligação antes de sairmos, tudo bem? – digo.

– Sem problemas.

Meu celular está cheio de mensagens da minha assistente, acho melhor responder. Enquanto delego tarefas a ela, abro o laptop no balcão da cozinha e coloco os óculos. Termino o mais rápido que posso. Paul está encostado no batente da porta fazendo caretas, lançando olhares de admiração e tirando toda a minha concentração.

– Você é mandona, mas gostei dos óculos – ele diz de um jeito sedutor.

Não tive tempo de responder, pois Marisa me vê do quintal e começa a falar:

– Elisa, quase nos matou do coração, ainda bem que chegou. Fui ao mercado, é uma pena o Cadu não ter vindo, trouxe mangas-rosas enormes, do jeitinho que ele gostou naquela vez que vocês vieram com a Carol. Vou separar algumas pra você levar.

Ela para de falar depois de colocar as compras na mesa e ver Paul parado na porta.

– Desculpe, não sabia que estava com visitas. Não é o rapaz da televisão? – ela diz, sobressaltada.

– Não se preocupe, pode deixar que eu levo as mangas, tá? Mas agora preciso de uma ajudinha, Paul, o cara da televisão, nunca visitou Angra e quero levá-lo para dar uma volta de lancha, pode pedir para o Francisco prepará-la?

– Claro. Vou fazer um lanche para vocês também.

– Obrigada.

– Cadu? Nome engraçado – ele diz.

– É abreviação de Carlos Eduardo. Seu português está melhor do que eu imaginava.

Paul vira de costas, anda pela sala e desconversa.

– É uma bela casa.

– Não é minha, é da família da Carol, minha melhor amiga. Preciso trocar de roupa, volto em um minuto, tudo bem?

– Claro.

Subo tão depressa que tropeço nos últimos degraus. Estou aliviada em ter conseguido desviar o assunto do Cadu naquele momento. Coloco um biquíni branco com flores rosa-choque, short branco, chinelo e chapéu. Quando apareço na varanda, Francisco já nos espera. Mesmo na presença do caseiro, Paul não consegue disfarçar seu encantamento e desejo.

– Bom-dia, Elisa, está tudo pronto.

– Obrigada, Francisco.

Andamos pela areia até chegar à lancha dos pais da Carol, cujo nome eu batizei.

– London é um bom nome para uma lancha, finalmente essa palavra conseguiu nomear algo relacionado ao sol e ao calor. Gostei.

– A Londres original também tem seu charme.

Ele ri debochado por saber que eu odeio a maior parte de Londres.

– Talvez eu tenha mudado mais do que imagina, ora – retruco.

– Você está ainda melhor.

Que maldade ele falar assim comigo.

– Vem, sobe antes que os vizinhos te vejam.

Seguimos para uma pequena ilha de pescadores onde costumamos comprar frutos do mar. Vamos poder aproveitar o dia sem preocupações.

Antes de chegarmos, avisto um banco de areia e resolvo parar.

– Pronto para o mergulho? – convido.

Estamos no meio do nada e Paul parece não acreditar. Tiro o short, o chapéu e pulo.

– O que está esperando? Não disse que seria perfeito dar um mergulho? – convido novamente.

Ele pula e eu me sinto dentro de um sonho.

– Isso é inacreditável. Se existir um paraíso, aposto que é exatamente assim.

– Uma imensidão de água salgada e céu azul, Paul?

– Uma imensidão de água salgada, céu azul e você, Lisa.

Estamos tão perto um do outro que me sinto indefesa.

– Não me olha assim... – suplico.

– Não sei te olhar de outro jeito – seus olhos parecem ver dentro de mim.

– Então melhor parar de olhar.

– Impossível. Passei muito tempo tendo que ver você estática em uma fotografia, agora quero apreciá-la ao vivo.

– Melhor sairmos daqui, não quero que você pegue uma insolação. Sua pele inglesa, mesmo com protetor, não aguenta tanto sol – desconverso, tentando sair daquela bolha envolvente e deliciosa.

Sinto as mãos dele na minha cintura e a água parece gelar de repente. Solto um suspiro resignado, não tenho forças para resistir a tal proximidade, e ele está pegando pesado comigo. Seis anos tentando me lembrar de como era ter a minha pele junto da dele, e agora eu volto a sentir seu toque em meu corpo. Eu não consigo resistir. Não consigo.

– Diga que sentiu minha falta. Preciso ouvir, mesmo vendo nos seus olhos que nada mudou. Desde que cheguei não paro de pensar na falta que você me faz, como você está ainda mais bonita e como meus sentimentos continuam os mesmos. Já você se controla, desvia o olhar e fala menos do que eu me lembrava. Diga alguma coisa que me faça continuar tentando.

Meu coração descompassa e eu me rendo.

– É claro que senti saudades todos os dias. Senti falta de como fico quando você está por perto, dos seus olhos azuis, do jeito que me beijava quando voltava de viagem, do meu cabelo enroscando na sua barba por fazer... Eu sinto falta de tudo em você.

A mão dele sobe pelas minhas costas e ele me puxa para junto de seu peito. Depois, sinto seus lábios nos meus cabelos e ouço sua voz grave e doce dizendo:

– A casa ficou vazia sem seu sorriso, sem o som da sua voz sempre cantarolando alguma coisa. Senti falta dos livros pelo quarto, do cheiro de fruta dos seus cabelos e da cor dos seus olhos, que sempre muda. Eu me perdi naquele vazio.

Ouvindo essas palavras, percebo o quanto ele sofreu. Imagino Paul voltando para Londres e encontrando a casa silenciosa, o armário sem minhas roupas e a vida sem meu abraço.

– Desculpe ter precisado partir. Eu não sabia o que fazer, estava morrendo e não queria levar você comigo. Éramos tão novos, tão imaturos.

– Tudo bem, passou.

Enquanto ele me abraça, percebo que a maré está subindo, o que me obriga a quebrar o clima.

– Temos que ir.

O dia passa e nem notamos. A presença de Paul continua fácil, tranquila e maravilhosa. Ele ainda gosta de me ouvir, quer saber sobre meu trabalho, minha casa e meus amigos.

– Você está namorando o tal Cadu, não é? – indaga secamente.

– É complicado...

– Eu já esperava. A vida continua e isso é natural, mas confesso que estou bem enciumado. Não é nada sério, é?

– Você? Com ciúmes? Olha só... – debocho.

Ele tenta esboçar um sorriso, mas não consegue.

– Ele é importante? Me diz.

– Ele não é minha vingança – declaro.

Paul baixa o olhar e pergunta:

– Você o ama, então?

– De certa forma. Nunca o enganei, ainda não formalizamos um compromisso, e eu não estaria aqui se tivéssemos, mas ele está sempre por perto e se preocupa comigo. É um cara muito legal, muito do bem, entende?

– Entendo – diz, decepcionado.

– Ele me deu um anel no dia em que eu vim pra cá. Prometi pensar – confesso.

– E chegou a uma conclusão?

– Na verdade, só me lembrei disso agora.

– Já sabe o que vai fazer?

– É, já me decidi.

– E eu posso saber qual foi a sua decisão?

– Não sei quais são minhas opções, mas sinto que não vou conseguir voltar para minha vida. Decidi que uma vida boa, com um amor tranquilo, tem o seu valor...

Paul para de caminhar e me olha ansioso.

– ... mas não é para mim. Eu não quero estar apenas bem, não é o suficiente, quero estar ótima. Não preciso de uma vida estável, calma e previsível. Posso lidar com um futuro imprevisível, aceito o risco do inesperado se for pra viver algo extraordinário. Não quero mais meus dias sempre iguais, Paul.

Ele sorri sem disfarçar a imensa satisfação.

– Essa é minha garota.

– Sua garota precisa te levar de volta antes da tempestade.

– Sempre tão certinha.

– Alguém tem que ser.

Ao chegarmos à lancha, olho para o céu e decido que desta vez a viagem não terá nenhuma parada. Seguimos direto para casa, e os primeiros pingos de chuva caem assim que entramos na sala.

Mostro ao Paul o quarto de hóspedes e vou para o meu. Embora a distância não tenha interferido no sentimento, o contato físico é um pouco mais lento. Mesmo com tantas declarações, olhares, abraços e toques, ainda não nos beijamos. Até isso não mudou. Eu e Paul sempre tivemos essa mania de contemplação. A gente se beijava de verdade, sempre, e eu só consigo pensar se ainda será assim.

Olho no espelho e vejo uma pessoa bem diferente da menina de 23 anos que ele conheceu. Sinto uma leve insegurança. Ele está ainda mais bonito agora. Depois de tomar banho e de me arrumar, desço a escada correndo. Paul está sentado em uma das poltronas, folheando uma revista na sala.

– Continua correndo pela casa – constata.

O cheiro que vem da cozinha é incrível e eu não consigo disfarçar o entusiasmo.

– Que cheiro bom! Será que temos tempo para jantar?

– Não sei você, mas eu estou faminto e não vou encarar a comida do hotel.

– Ótimo.

Marisa preparou um verdadeiro banquete com delícias brasileiras: casquinha de siri, salada de folhas, peixe assado e quindim. Nós comemos e conversamos alheios às horas que passam. A chuva deixa a casa fresca e aconchegante. Estou certa de que poderíamos passar a eternidade ali, mas o mundo real não permite. Meu telefone toca e me traz à tona. Vejo o nome do Cadu no visor e sinto um aperto no peito.

– Está tudo bem, Lisa? – Paul pergunta ao me ver encarando o celular sem atender.

– Está.

– Não vai atender?

– Não. É o Cadu, e o que eu tenho pra dizer tem que ser ao vivo. Não quero mentir pra ele.

Paul continua sério e calado. O que poderia dizer? Ele é gentil demais para dizer que devo dispensar o Cadu o mais rápido possível, por telefone mesmo, embora deseje exatamente isso.

– Está tarde, vamos? – digo.

– Obrigada pelo dia. Foi maravilhoso.

– Foi mesmo – concordo.

A volta é tranquila, cheia de música suave e conversas amenas. A chuva se transforma em brisa, e Paul insiste em parar em uma barraquinha na beira da estrada para beber água de coco. Parece que ele não quer que seu momento "mero mortal" termine. A filha do dono da barraca o reconhece e pede um autógrafo. Ela insiste que a gente espere sua mãe chegar com a máquina fotográfica para que possa registrar o momento. A garota quase chorou ao ver que seu celular está sem bateria.

Paul é paciente, se esforça para entender o que ela diz e quando não consegue, pede minha ajuda. A alegria é geral quando a mãe da garota aparece apressada com a câmera nas mãos. Faço questão de tirar as fotos: uma da família toda em volta do bonitão inglês e outra da fã com seu ídolo. Eles ficam felizes e ainda ganhamos coco para viagem. Como recusar um agradecimento desses?

A chegada é bem diferente da nossa partida. Tento entrar pelos fundos, mas os jornalistas estão em todas as partes. Sou obrigada a parar em frente ao hotel e praticamente me arrancam do carro. É um mar de seguranças, flashes e gritos. Depois de alguns empurrões, estamos no saguão.

– O que foi aquilo? – digo, me recuperando.

– Bem-vinda ao meu mundo.

– Como tinha gente até na entrada do estacionamento?

Antes que ele possa me responder, o agente do Paul chega falando alto, gesticulando, e não para de repetir que procurou por ele o dia todo.

– Era essa a intenção, meu caro. Se quisesse ser encontrado, teria levado meu celular. Agora relaxa, o.k.? Já estou aqui pronto para a minha agenda de amanhã.

O rapaz magro, de olhos castanhos e vestido com roupas de grife ainda tenta repassar os compromissos e fala sem parar.

– Amanhã, está bem? Amanhã – insiste Paul.

Para confirmar que não faria nada naquele momento, Paul dá dois tapinhas nas costas dele, passa o braço pelos meus ombros e me arrasta para o elevador. Ainda ouvimos o agente reclamar de alguma coisa antes da porta se fechar.

– Na verdade, eu preciso ir embora. Está tarde e o caminho é longo. Além disso, você tem compromissos e eu também.

Tento ser honesta, racional e ajuizada.

– Você precisou ir embora há seis anos, hoje não precisa. A minha pergunta é: você quer ir? – Ele para na minha frente e eu só consigo admirar sua beleza, sentir seu perfume e seu calor.

A porta do elevador abre. Paul a segura e continua a me encarar enquanto espera uma resposta. Ao contrário de todas as outras pessoas que convivem comigo, ele me pressiona, exigindo com doçura que eu deixe muito claro o que quero, e eu gosto disso.

– Não quis ir embora antes nem quero agora.

– Então fica.

É possível que exista mais de uma maneira de resistir a um convite como esse, mas neste momento desconheço. Ele estica a mão e eu me deixo levar. Mais uma vez tudo fica para depois: os problemas, as dúvidas e a realidade. Tudo parece tão pequeno diante da possibilidade de passar mais um tempo com ele.

Ao olhar o quarto, parece que a conversa amarga que tivemos ali aconteceu em um passado distante e nublado. Não há qualquer vestígio de mágoa, ressentimento ou dor. Paul olha o celular e acha graça na quantidade de mensagens e ligações não atendidas. Fala alguma coisa sobre seu agente Bob acreditar que é sua babá e, mesmo me esforçando, não consigo me concentrar no que ele diz. Meu corpo inteiro formiga, como se estivesse acordando de um longo sono. Nunca entendi a sorte de ter sido escolhida para viver um amor raro como esse, mas eu agradeço por ter mais essa chance.

Aos poucos, me permito sentir o que sufoquei por tanto tempo. Meu rosto esquenta e meus olhos lacrimejam. Estou morrendo de saudade, de felicidade e de angústia. Tudo me invade na mesma proporção e vira minha cabeça.

– O que foi, meu bem?

– Ainda não acredito que está aqui – murmuro.

– Mas eu estou – ele diz com firmeza e doçura.

– Passei os últimos anos tentando me convencer de que você foi apenas uma ilusão, que sentimentos desse tipo não existem, que a saudade deixava tudo exagerado. Agora estou com o coração saltando no peito, as mãos molhadas e quero que o relógio pare. Não consigo encontrar uma explicação para o que sinto por você, mas não consigo deixar o sentimento de lado. É real, não foi um delírio, está intacto dentro de mim.

Paul me abraça e não contenho o choro. Toda a fragilidade que eu contive por tanto tempo agora me derruba. Tento me segurar, mas não consigo, e essa falta de controle deveria me causar um enorme constrangimento, afinal nunca tive talento para sofrer, muito menos para demonstrar esse sentimento. Mas eu mereço este momento. Chorar nos braços dele é a minha redenção, o ponto final da minha dor solitária.

– Desculpe, eu tinha desistido de esperar. Vislumbrar um futuro diferente do qual eu já estava conformada foi extasiante. – Enxugo as lágrimas.

– Não se desculpe por dividir o que sente comigo, é assim que deve ser.

Novamente a rotação do mundo parece mudar e, para mim, já não importa o que acontecerá amanhã ou qualquer outro dia. Eu amo e sou amada da maneira mais inacreditável e divina, e isso basta. Não me resta mais nada a não ser me entregar e reviver todas as sensações que só ele me causa.

Sinto suas mãos me despindo com carinho e fazendo minha pele queimar. Provo a doçura dos seus beijos, a paixão do seu olhar e me derreto nos seus braços. Não há tempo para medos e inseguranças. Não há nenhum outro lugar em que eu deveria estar a não ser aqui, suspirando o nome dele entre as carícias, o desejo, o êxtase e o fogo que nos cerca.

Acordo de madrugada e Paul ainda acaricia minhas costas de olhos fechados. Encosto meu corpo no dele, enrosco uma das pernas para sentir ainda mais sua pele, passo os dedos por seus cabelos e fecho as mãos com força para mostrar o meu desejo quase incontrolável. Sem me olhar, ele pergunta:

– Lisa, você teve medo de não conseguir? Teve medo de morrer?

Ele tem a expressão carregada de dor, como se tivesse perdido o sono pensando no que passei ou tivesse pela primeira vez encarado a morte de modo tão palpável. Deixo minhas más – ou boas – intenções de lado e o olho com doçura.

– Tive, depois meu maior medo passou a ser nunca mais te ver.
– Desculpe ter demorado tanto.
– Tudo bem, você chegou bem a tempo.
– Devia ter vindo atrás de você. Eu te vi doente – pensa alto.

Levanto num sobressalto, sem entender direito aquela afirmação.

– Como? Me viu onde?
– Na época eu não dei atenção, achei que fosse a saudade me fazendo ter sonhos e pensamentos tristes, mas agora, analisando com calma, é no mínimo estranho.
– Explica melhor – meu coração acelera.
– Eu sonhava com você deitada em uma cama de hospital e, de vez em quando, eu não precisava estar dormindo para te ver. Não eram lembranças, pois não tinha nenhuma memória de você tão abatida, com olhos vazios e de lenço na cabeça.

Um arrepio frio percorre minha espinha e eu não consigo articular palavra alguma. Paul me abraça e encosta o nariz no meu como costumava fazer.

– Nossa ligação é tão forte que chega a ser inexplicável. Eu não podia ter duvidado, mas é difícil acreditar nessas coisas.
– É, parece mesmo que não há nada no mundo como eu e você.

– Nunca estive tão certo disso.

A gente se ama uma vez mais como quem não quer e não pode perder o outro de vista por nem um segundo. O olhar de Paul visita cada parte do meu corpo, suas mãos percorrerem cada centímetro dele e seus suspiros me fazem transbordar de adoração. Ele sempre acha o caminho de corpo e alma até mim, e eu perco a cabeça quando estou enroscada nele. Não há nada igual. Nunca senti tanto prazer, tanto desejo e tanta paixão. É amor demais, não quero entender nem explicar. Não quero o amanhã nem o dia seguinte a ele. *Quero apenas sentir. Muito. Hoje. Agora. Sem parar.*

14
I'll Stand by You
Eu estarei com você

(The Pretenders)

Acordo com batidas frenéticas na porta do quarto. Paul está sentado em uma das poltronas já todo arrumado feito um deus e tem o olhar terno pousado em mim.

– Deve ser o Bob. Tenho uma entrevista agora, mas poderemos almoçar juntos e à tarde vamos para São Paulo, está bem assim? – sugere.

– Você vai comigo?

– Claro que vou, você não me escapa mais. Aproveite a vista e o café, prometo que voltarei o mais breve possível.

Depois de um banho demorado, coloco o roupão e resolvo ler meus e-mails. Assim que a página principal surge na tela, eu congelo em frente ao computador. Há uma foto enorme da nossa turbulenta chegada ao hotel: Paul e eu entre seguranças e fãs. Como se a foto não bastasse, há também um título espalhafatoso interrogando sobre o que a "jovem editora e autora estreante" estaria fazendo na companhia do astro. Ligo meu celular e me deparo com centenas de ligações perdidas. A lista é encabeçada pela minha mãe, seguida pela Carol e pelo trabalho. Cadu ligou apenas uma vez e deixou uma mensagem de voz na qual, tentando disfarçar o nervosismo, exige uma conversa.

Começo pela minha mãe e, conforme o esperado, não é fácil fazê-la entender. Eu a compreendo. Ser fotografada entrando em um hotel com um galã de cinema não combina com meu estilo regrado e discreto. Como explicar uma foto como essa?

Depois que ela despeja toda sua angústia, explico que não se deve confiar em tudo que se publica em jornais e revistas, eu trabalho em uma e sei muito bem disso. Deixo para contar a parte profunda do reencontro, do amor e da loucura pessoalmente. Quando o assunto é amor, eu me perco inteira. As palavras sempre falham quando tentamos fazer alguém entender o que acontece dentro de nós, pois alguns sentimentos, sensações e certezas não possuem nome, apenas pulsam, existem e nada mais. Falar, na maioria das vezes, deixa tudo banal, pequeno e incompreensível. Quando se trata do que sinto, ainda mais pelo Paul, prefiro apenas sentir.

Em seguida, ligo para a Carol, que me atualiza sobre o tumulto que está a minha vida real, além dos muros do reinado de *sir* Paul:

– Tem tanta gente em frente ao seu prédio que os vizinhos chamaram a polícia.

– Não é possível – digo incrédula.

– É amiga, você está famosa, tipo celebridade instantânea da internet.

– Que isso? Como conseguiram meu endereço tão rápido?

– Quem trabalha em revista é você, não faço a mínima ideia de como essa gente descobre as coisas. Aliás, é possível que tudo tenha começado na sua própria redação, não é?

– Faz sentido. Ai, meu Deus! E o Cadu?

– Está irreconhecível de tão sério. Foi até o hospital pra saber se eu tinha notícias suas. Falei que não sabia nada além do que você tinha deixado escrito no bilhete.

– Não era pra ser assim, droga. Que inferno!

– Eu sei que você seria incapaz de magoá-lo de propósito, mas agora está feito, e ele parece estar bem machucado.

– Volto pra São Paulo hoje, vou tentar deixar as coisas menos piores. Eu não planejei, me deixei levar e quando vi já tinha acontecido.

– Está feliz? – diz em tom adolescente.

Sorrio ao me lembrar do dia anterior. Fecho os olhos para responder:

– Como você nunca me viu, amiga.

– Vai me apresentar o príncipe inglês?

– Claro. Ainda não sei bem como, mas as coisas devem se acalmar logo. Pelo menos é o que eu espero.

– Aproveita, garota, você merece. No final, tudo acaba entrando nos eixos. Não se preocupe demais, as coisas se ajeitam.

– Obrigada pelo apoio de sempre.

– Quem diria que minha amiga seria personagem de um conto de fadas.

– Sem deboche, vai.

– Claro que não. Só estou feliz em testemunhar uma história louca como essa.

– E eu feliz em vivê-la.

Após as despedidas, penso em ligar para o Cadu, mas tudo o que eu quero falar precisa ser dito olhos nos olhos. Envio uma mensagem pedindo desculpas pelo sumiço e digo que explicarei tudo à noite. Peço que me espere em seu apartamento para conversarmos pessoalmente. Ele responde com apenas duas palavras: "não demore". O fato de ele não ter me ligado em seguida é uma pista do que me aguarda. Certamente não terá os olhos doces e a disposição de costume em agradar sem cobrar nada para si. Apesar de me encher de remorso, essa constatação me traz calma, pois mesmo odiando magoá-lo será mais fácil terminar tudo se ele estiver com raiva. Não suportaria se ele ainda mantivesse sua atitude altruísta. Isso faria eu me sentir ainda pior.

Penso em Paul e nas perguntas que ele terá que responder. Ele está bem mais acostumado com esse tipo de situação, mas o que será que vai dizer? Provavelmente vai desconversar com uma de suas brincadeiras. E eu, o que vou dizer?

Olho o mar por entre as cortinas e percebo que não sinto o cheiro da maresia mesmo a poucos metros da faixa de areia. Não deixarei que nossa vida se transforme em passagens por aeroportos e quartos de hotel fechados. Merecemos mais do que isso.

Fico perdida em meus pensamentos até ouvir o barulho da porta. Assim que o avisto, corro e pulo em seu colo, enlaçando minhas pernas e braços ao seu redor. Eu o beijo com saudade e sou retribuída deliciosamente.

– Assim ficarei com vontade de sair só para ter outra recepção dessas.

– Como foi a entrevista?

– Estavam mais interessados em você do que em mim.

Paul sorri de canto e me olha cheio de satisfação.

– O que você disse? – indago nervosa.

– Pouco. Apenas que você é especial, que nós não tivemos tempo de conversar sobre o assunto e que por isso eu não falaria muito. Pedi paciência, essas coisas... Achei melhor saber o que você pensa sobre pessoas bisbilhotando a sua vida e o quanto você quer que saibam.

– Obrigada – digo aliviada.

– Vamos almoçar?

Seguimos para o restaurante reservado à cobertura, na outra ponta do corredor. É espantoso o luxo e a solidão que nos cercam. Sempre estamos apenas nós dois, alguns seguranças e empregados do hotel. Embora eu entenda os motivos de Paul estar sempre protegido e isolado, me pergunto o tempo todo se não haveria outra maneira de passar os dias, um jeito de poder levar a vida de modo mais comum, mais livre, mais feliz.

O cardápio já tinha sido escolhido previamente por ele e não podia ser mais brasileiro: feijoada.

– Está gostando mesmo da culinária nacional, não é mesmo? – brinco.

– Você vai ter que me ajudar a contratar uma cozinheira brasileira, é sério. Agora entendo por que você tinha dificuldade em se adaptar. Isso aqui é incomparável – ele diz, olhando ansiosamente para o prato.

Sorrio ao vê-lo tão empolgado.

– O que faremos? Como será daqui pra frente? – Deixo escapar enquanto penso em Paul desejando pratos típicos em sua mesa.

– Você precisa ligar para Angra e pedir para Marisa separar suas coisas. Pedirei para alguém buscá-las e levá-las para sua casa junto com o seu carro. Vamos de avião pra São Paulo, eu posso ficar em um hotel para você resolver seus pequenos problemas.

Paul enfatiza a palavra "pequenos" com uma ruga entre os olhos e depois dá uma piscadinha para amenizar sua contrariedade. Para mim, Cadu não é um problema tão pequeno assim, mas aceito sua ironia.

– Na verdade, eu não estava perguntando apenas sobre as próximas horas. Como será daqui pra frente? Quando você vai embora? Para onde você vai depois do Brasil?

– Não sei, quando estiver pronta para ir comigo. Eu só vou aceitar um novo compromisso quando você se sentir pronta para me acompanhar.

Mais uma vez eu me pego admirando aquele homem cheio de certezas, me olhando tão apaixonado e com tanta franqueza. Sua postura segura, seu tom resoluto e a naturalidade com que fala transformam minhas dúvidas em vírgulas fora de lugar.

– Eu não vou embora sem você, fico o tempo que for preciso: um mês, seis meses, um ano... Acha que será tanto assim? Porque, se for, vou comprar uma casa, detesto hotéis.

Seguro suas mãos sem dizer nada, contemplo com gentileza os olhos mais azuis que conheço, e minha alma sorri.

– Estou pronta desde o dia em que me mostrou aquele chalé e me pediu pra ficar. O tempo que preciso não é para me decidir, mas para me organizar: vender meu carro, alugar o apartamento, pedir demissão, marcar uma reunião com minha editora. Quero que conheça as pessoas que amo e que elas conheçam o único cara capaz de virar minha cabeça a esse ponto.

– Tudo o que você quiser, querida.

O dia segue exatamente como Paul planejou: seguimos de avião até São Paulo e quase não acredito no aperto que sinto quando temos que nos separar. É assustador seguir uma direção diferente da dele. Se a Carol pudesse me ver, citaria alguma síndrome de ansiedade provocada por traumas do passado. Lembrar-me do jeito exagerado e espevitado dela sempre me faz rir.

Chego em casa após enfrentar o pequeno caos que se instalou em frente ao prédio. Deixo as malas e vou ao encontro de Cadu. Respiro fundo e aperto a campainha.

– Posso entrar? – digo ao vê-lo pela fresta da porta.

Ele não diz nada, apenas abre a porta e segue para a sala.

– Não era para ter sido assim, desculpe – começo, sem ter outra coisa para dizer.

– Não mesmo. Era para você ter ido para Angra dos Reis pensar e ter voltado usando o anel que te dei, mas você foi ao Rio, não atendeu minha ligação, se encontrou com um cara famoso, passou a noite com ele e agora está em todos os sites de fofoca.

– Eu fui para Angra pensar, mas...

– Mas o quê? Aconteceu? Eu te pressionei, você ficou confusa, cruzou com aquele cara e se deixou levar. Foi isso o que aconteceu? Porque se foi talvez eu possa superar, mas só se você me garantir que não vai acontecer novamente. Olha pra mim, diz que me ama, que se arrepende e que não acontecerá de novo. Tenta me fazer acreditar, me ajuda a te perdoar – ele me interrompe feroz.

Cadu está com o rosto transtornado, os olhos vermelhos e a voz rouca. Eu tento explicar, mas ele sempre me interrompe com teorias adolescentes, cobrando palavras de perdão. Preciso gritar para fazê-lo parar.

– Eu jamais te magoaria por uma noite com um estranho qualquer! Não me conhece?

– Então explica! – Sua postura é intimidadora.

– Eu não o conheci essa semana, nós temos uma história. Fomos namorados em Londres.

– E daí? – ele grita.

– Ele me avisou que estaria no Brasil e eu decidi que antes de seguir em frente com você eu tinha que colocar um ponto final no meu passado, mas...

– Mas o quê, Elisa? Diz de uma vez.

– Esse reencontro me fez perceber que não dá para recomeçar com outra pessoa, não dá pra esquecer o que eu vivi, zerar as contas e simplesmente começar uma nova história. Tem muita coisa inacabada, Cadu. Eu percebi que não vou conseguir nunca seguir em frente, não sem ele. É maior do que eu imaginava – confesso.

– Eu tenho te esperado, com paciência para não te assustar, para não te afastar de mim. Agora você me diz que reatou impulsivamente com o seu namorado de Londres, está numa aventura com um ator que até ontem não passava mais de três meses com uma mulher só, é isso? Entendi direito? – indigna-se.

– É isso, para resumir – respondo um pouco envergonhada.

Não tinha outra resposta a ser dada. Esse é o ponto de vista dele e não é de todo errado.

– Você enlouqueceu! – diz enfurecido.

– Talvez. Desculpe, não era pra você ficar sabendo desse jeito. Vou entender se não conseguir me perdoar, mas eu juro, Cadu, juro que não planejei te enganar, não queria te ferir. Eu juro.

– Está iludida, não pode jogar tudo fora. Pense bem, logo ele voltará para a vida dele e você vai perceber que não cabe nela – provoca.

– Pode ser, e, pra dizer a verdade, o mais provável é que isso aconteça, mas vou pagar para ver. Decidi descobrir o que vai acontecer e não morrer na dúvida.

O rosto dele volta a se transformar. Sinto os dedos dele cravados em meus braços como duas garras me apertando.

– Não vou esperar a vida toda – diz com a voz entrecortada.

– Está me machucando, me solta – minha voz quase não sai, a surpresa me deixa rouca e assustada.

– Ele vai te ferir, você vai me procurar correndo e se dar conta de que é tarde demais. Não estarei te esperando!

– Não me espere! – O medo começou a dar lugar à raiva.

– Tem tanta certeza assim? – desafia.

– Solta o meu braço! – grito.

– Está tão certa de que não será abandonada?

– Não, estou certa de que o seu consolo não me serve mais, nem hoje nem amanhã. Não é o suficiente. Agora, me solta ou vai se arrepender.

Sim, eu errei, mas nem por isso vou deixá-lo me agredir moral ou fisicamente. Sinto seus dedos se afrouxarem lentamente. Cadu me solta, mas não baixa o olhar.

– Eu te amo, Elisa – diz em desespero.

– Me perdoe.

– Tem certeza que quer que eu te esqueça?

– Sim, você merece uma garota que tenha certeza de que quer usar este lindo anel – tiro a caixa da bolsa e a entrego a ele.

– Mereço – responde secamente.

– Não queria que terminasse assim, adoraria que guardássemos boas lembranças um do outro. Eu guardarei.

– Eu não queria que terminasse, queria que construíssemos mais boas lembranças juntos. Essa é a maior diferença.

Dou um passo para trás e percebo que nada será salvo. Não restará amizade nem saudade, só o gosto amargo na boca.

– Some daqui, Elisa. Desaparece de uma vez – ordena.

Tento imaginar algo que possa amenizar a dor que se espalha por todos os cantos da sala, mas não tenho tempo. Um novo grito pedindo para que eu vá embora me faz estremecer, apagando meus pensamentos.

Vou embora sem poder dizer que jamais o esquecerei, que sou grata por todos os bons momentos que tivemos juntos e que, algum dia, ele será capaz de se lembrar sem me odiar.

Subo a escada com a cabeça cheia, o corpo pesado e o espírito derrotado. Tudo está mudando depressa e, por mais feliz que eu me sinta, não estou satisfeita em deixar um rastro de tristeza para trás. Nada vale se for a qualquer custo, não para mim.

De volta à minha pequena fortaleza, percebo que jamais me sentirei segura aqui novamente. Todos os meus segredos escaparam dessas paredes e se perderam pelo mundo. Sinto falta da presença confortadora de Paul. Quando ele está por perto tudo parece fácil, lógico e simples.

Eu não estou em dúvida. O que sinto continua extremamente claro para mim: a vida com a qual sonho é estar ao lado do meu inglês favorito, e parece que isso não mudará nunca. O problema é pegar o telefone e sair desmanchando a teia de segurança que construí com tanto afinco.

Começarei pelo mais fácil: pedirei para a Carol organizar um jantar para apresentar Paul à minha família. Depois, vou ligar para as imobiliárias. Cada palavra do Cadu tornou mais fácil me desfazer do apartamento. Talvez eu tenha levado a sério demais a parte que ele me mandou desaparecer, pois era exatamente isso que eu queria fazer. É uma loucura largar tudo, admito, mas o que tenho a perder? Um emprego? Um namoro tão morno que nem assumíamos? Mal nos tocávamos... Olho em volta e decido esquecer, já me decidi e não voltarei atrás. Chega de hesitar.

Enquanto tento organizar minha nova vida, ouço batidas na porta e temo que minha briga com o Cadu recomece. Felizmente, ao abrir, vejo a figura esguia, loura e charmosa de um certo homem do meu passado que, pelo que parece, está dedicando muitos esforços para fazer parte do meu futuro.

– O que você está fazendo aqui? Como entrou? – pergunto, surpresa.

– Prefiro o jeito que me recepcionou no hotel. Posso entrar?

– Claro.

Paul beija meus lábios e acaricia meus cabelos quando passa por mim.

– Que bonito aqui – ele diz olhando a sala e a varanda com vista para o parque.

– Consegue ser menor do que a nossa casa de Londres – dou risada e ele me acompanha.

– Eu viveria com você aqui.

– Você não caberia aqui, Paul. Está quase batendo a cabeça no lustre.

Ele ergue o braço e toca no lustre.

– Seria fácil trocar a lâmpada – brinca.

– Muito útil.

Ele vai até o quarto e se joga na cama com as mãos cruzadas atrás da cabeça.

– Ah, Elisa, eu viveria com certeza aqui com você.

Começo a rir e ele faz cara de quem não entendeu nada.

– Seus pés estão para fora da cama. Você. Não. Cabe. Aqui – digo, gargalhando.

Ele se levanta, me cerca e me encosta na parede, então me beija e sussurra no meu ouvido:

– Olha como precisamos de pouco espaço, Lisa. – E me beija de novo. – Está vendo? – insiste.

– Ah, Paul, assim você vai me fazer mudar para uma quitinete.

Ele ri e se afasta.

– Ainda está com a pulseira? – ele diz distraído enquanto se senta no sofá.

– Ela nunca saiu do meu braço – admito.

Ele me olha surpreso e feliz.

– Mesmo? Pensei que tivesse colocado só para me encontrar.

– Não, ela não saiu do meu pulso desde quando você a colocou naquele Natal, só tiro para tomar banho.

Ele me abraça com um pouco mais de força, e não consigo conter um pequeno gemido de dor.

– O que foi, machuquei você?

– Não foi nada...

Ele levanta a manga da minha blusa e vê a marca que Cadu tinha deixado.

– O que foi isso?

– Não foi nada, nem tinha visto.

– Ele fez isso em você? Eu mato esse cara!

Paul sai porta afora e eu só o alcanço porque ele não sabe para onde ir.

– Não faça isso. Ele fez sem pensar, não quis me machucar. Estava ferido, magoado, com todo o direito.

– Ninguém tem o direito de tocar em você!

– Em mim ou em quem quer que seja, mas não foi nada. Ele me segurou e não se deu conta da força que estava fazendo, pedi para me soltar e ele obedeceu, foi só isso. Vamos entrar, por favor.

Vou em direção à porta e ele fica parado no corredor com o rosto contraído.

– Por favor – peço mais uma vez e ele me segue –, não fica assim, está tudo bem – digo com doçura.

– Você não tem ideia do que sinto quando imagino que algo pode te acontecer, eu fico transtornado. Da última vez, você sabe no que deu.

– Mas não aconteceu nada comigo. Estou bem aqui e, quer saber? Nada pode estragar o fato de você estar sentado no sofá em que eu assisti a todos os seus filmes. Você fica muito melhor nele do que na TV – digo, me sentando em seu colo para aliviar a tensão.

– Garanto que, daqui para frente, estarei sempre desse lado da tela.

– Sorte minha. – E o beijo.

A situação já está quase controlada quando ouvimos alguém batendo na porta. Finjo que não escutei, mas Paul se adianta, me levanta e abre a porta antes que eu consiga alcançá-lo. Desta vez, é o Cadu. Paul não hesita ao vê-lo parado na minha porta com uma pequena caixa de joia nas mãos. Ele pega Cadu pelo colarinho e o joga para dentro do apartamento. Pulo entre eles para tentar separá-los.

– Calma! Nada de violência.

– Fala isso para esse covarde que te machucou – Paul esbraveja.

– Eu vim me desculpar e devolver o anel, não sabia que estava acompanhada.

– Pensou que ela estivesse sozinha, por isso veio se aproveitar um pouco mais? É isso? – Paul provoca.

– Que direito você tem? Aliás, quem é você? Onde esteve todos esses anos? Tenho certeza de que a feriu muito mais do que eu – retruca.

Paul dá um soco no rosto do Cadu e o segura contra a parede.

– Você não sabe nada sobre nós. Não ouse tocar nela novamente, está me entendendo? Pouco importa o que você pensa sobre mim, sobre o que eu sou, mas nela você não encosta mais um dedo, está me ouvindo? Não respondo por mim, acabo com você, cara.

Quero interferir e pedir mais uma vez que se acalmem, mas não consigo sair do choque em que estou. É perturbador e surpreendente ver a expressão de raiva de Paul.

– Chega a ser engraçado ver você dando uma de príncipe defendendo sua donzela. Até ontem ela estava sozinha, toda perdida e agora você aparece como se ela te pertencesse. Talvez me bater te faça se sentir melhor, mas no fundo nada apagará o fato de você ter se divertido com várias mulheres enquanto ela tinha um buraco no peito. Durante os anos em que você desistiu dela, quem a segurou nos braços fui eu e nada o fará se sentir menos culpado, seu gringo imbecil.

Paul afrouxa os dedos e, quando penso que ele soltaria Cadu, volta a apertá-lo e o joga contra a mesa derrubando o vaso, espalhando cacos de vidro e flores por todos os lados. Cadu continua cínico, irônico e passivo, demonstrando certa satisfação com aquilo tudo.

A irritação me toma e eu finalmente consigo sair do meu estado de choque.

– Chega! Cadu, pega esse anel e vai embora! Anda logo.

– O que foi, Elisa? Está sofrendo por me ver apanhar ou não quer que o seu galã ouça o que merece?

– Você está indo longe demais! Não estraga tudo, Cadu – imploro.

– O casalzinho não aguenta a realidade? Não suportam ouvir que não passam de uma história adolescente mal resolvida? – ele não desiste.

– Isso não é um problema seu! – Paul diz entre os dentes.

– Claro que é. Estava tudo bem antes de você resolver aparecer. A Elisa é melhor sem você. Ela é uma mulher responsável, de bom caráter, inteligente e segura, não reconheço essa garota mimada, iludida, arrogante e impulsiva de agora.

Paul esfrega o rosto, respira fundo e olha na minha direção. Peço baixinho para ele se acalmar e vejo seus olhos amansarem e seu semblante ficar mais brando.

– Então quer dizer que você se julga o melhor pra ela? Acha que ela deveria ficar com você? – Paul indaga mais comedido.

– É óbvio – Cadu responde em tom arrogante.

– Você esteve ao lado dela esse tempo todo e, mesmo assim, não a conhece. A Elisa não é um prêmio a ser disputado e não deixaria de ser o que é por ninguém, nem por mim, que sou quem ela sempre amou de verdade.

– E onde você esteve enquanto ela te amava?

– Cala a boca e escuta: a Lisa é inteligente, sensata e tudo o que você disse, mas também é vibrante, intensa e apaixonada. Não percebe que não se trata de te deixar por minha causa e sim deixar de ser só uma sombra do que ela realmente é? A Elisa não me escolheu, seu idiota, escolheu voltar a ter coragem e arriscar, só isso.

Como pode ser possível alguém me conhecer com tanta propriedade? Cadu passou muito mais tempo comigo e não conseguiu enxergar o que Paul parece saber de cor. Aproveito o instante de silêncio e interfiro.

– Cadu, vai pra casa. A gente já se magoou além da conta. Você tem motivos para estar chateado, eu entendo, mas acabou. Já chega.

Sem dizer mais nada, ele se vai. Acredito que tudo o que Paul disse serviu para que o Cadu percebesse que eu sempre estive pronta para o amor, mas nunca consegui amá-lo de fato. Fico com os ombros pesados de culpa. Seria ótimo se fôssemos capazes de oferecer o que os outros esperam, mas não é assim. Não pude amar o Cadu do jeito que ele merece. Meu coração estava cheio demais, não havia espaço para um novo alguém e não havia nada que pudesse ser feito. Mesmo assim, continuo com o peso da culpa. Ele é um cara legal, cuidou de mim esses anos todos e amou a minha pior versão.

– Desculpe, não consegui me controlar – Paul interrompe meus pensamentos.

– Acho que hoje podia ser o dia internacional do descontrole – desabafo.

– Não queria te chatear, mas, quando olhei para ele parado com aquele anel estúpido nas mãos, perdi a cabeça.

– Eu sei, vai passar. Em algum momento tudo isso vai ficar para trás. Para todos nós.

Uma lágrima escapa e Paul se desculpa mais uma vez.

– Eu entendo sua reação, mas estou triste por ele, sabe? O Cadu não é assim, ele é gentil, bacana e doce. Ele me perdeu de um jeito humilhante e ficou com o orgulho ferido. Muito compreensível.

– Deixa disso, ele é bem grandinho.

– Não fui legal com ele, Paul.

– O.k., não foi legal com ele, mas o que poderia ter feito?

Inclino a cabeça e dou um leve sorriso.

– Seis anos, Lisa! Seis anos desejando te beijar de novo. Eu não pensei, não estava aguentando mais. Não me arrependo.

Abraço-o e sinto meu coração se acalmar. Não importa, está feito e sei que me arrepender não vai aliviar minha culpa.

Busco a caixa de medicamentos para cuidar dos ferimentos das mãos do Paul. Quanto às feridas internas, essas vão demorar um pouco mais para sarar.

É impossível afirmar que os dias seguem tranquilos, pois a nossa vida agora é exatamente o oposto disso. A imprensa me segue em todos os lugares, o que me faz circular menos pela cidade. Acabo ficando no hotel com o Paul para limitar o foco, já que ainda há alguns fotógrafos em frente ao meu prédio, na casa dos meus pais e na da Carolina desde o dia em que nos encontramos para o jantar onde se conheceram.

Nada disso fazia parte dos meus planos. Adoraria passar mais tempo com a minha família, mostrar a cidade ao Paul e voltar à praia, mas não sei o que fazer para acalmar essa euforia generalizada. Deve existir alguma coisa que disperse aquelas pessoas, mas eu não sei o quê.

— Vai fazer um buraco no chão de tanto andar em círculos – brinca Paul.

— O que faz essa gente não sair da frente do hotel e nos seguir a todos os lugares? Está me matando – despejo.

— Curiosidade. É só isso – ele fala sem tirar os olhos do livro que está lendo.

— Certo. Então, vamos dar a eles o que querem – arrisco.

— O que quer dizer? – Ele fecha o livro e me olha.

— Vamos falar. Se esclarecermos todas essas dúvidas, talvez as coisas se acalmem.

— O problema é que sempre vão querer saber mais, Lisa. Se eu disser que estamos namorando, vão querer saber se vamos morar juntos. Se disser que vamos morar juntos, vão perguntar se temos planos de nos casar. Depois, vão perguntar sobre filhos e, se por acaso eu cumprimentar uma mulher na rua, vão questionar minha fidelidade. Será assim, meu bem. Infelizmente.

— Você nunca deu declarações sobre seus relacionamentos?

— Não.

— Nunca confirmou que estava com alguém mesmo com fotos comprometedoras?

— Nunca levei isso muito a sério.

— Nem em redes sociais ou no seu site oficial?

— Mal leio meus e-mails, você sabe que eu não tenho muita afinidade com essas coisas. Detesto computador.

— Sei, mas seria uma maneira de satisfazer a curiosidade sem depender da imprensa. Você falaria diretamente com as fãs, sem intermediários ou versões diferentes sobre o mesmo acontecimento. A imprensa não teria o que especular, ao contrário, se serviria do que mostrássemos.

— Podemos tentar.

A princípio, Paul não acredita que funcionará, mas estou disposta a fazer dar certo. Começo postando fotos dos tempos de Londres com pequenas frases. A quantidade de comentários por foto é assustadora. Passo a administrar as redes sociais de Paul e as minhas, a imprensa começa a publicar as informações que oferecemos. O tumulto começa a diminuir e eu passo a intercalar assuntos profissionais com fotos nossas.

Apesar de haver uma pequena melhora em relação à perseguição que sofremos, é uma postagem específica que transforma nossa vida. Nela, digo que ninguém no mundo seria capaz de me entender melhor do que as fãs, já que o amor que estou vivendo é absurdo demais para ser tratado como notícia. Logo abaixo, coloco a foto do dia em que jantamos no barco, a mesma que dei de presente para Paul anos antes, ao lado de uma atual, tirada no quarto do hotel. Cenários diferentes, mas a mesma naturalidade.

Depois disso, a vida passa a ser um pouco mais normal. Explicar nossa história sem dizer muito parece ter sido o suficiente para acalmar os ânimos. Ainda não podemos ir ao cinema em uma noite de sábado, mas já frequentamos restaurantes sem ter que fechar a rua. Grande progresso.

15

Home
Lar

(Gabrielle Aplin)

Finalmente consigo reunir a família em Angra dos Reis durante uma semana de feriado prolongado. É a minha despedida do Brasil, vou morar com Paul na Califórnia, ou em qualquer outro lugar do mundo, não importa. É a única coisa que está resolvida, pois se tornar uma pessoa conhecida transforma uma simples venda de apartamento em um evento extraordinário. Decidi não fazer nada por enquanto: o apartamento vai ficar trancado, o carro na casa dos meus pais e um novo livro escrito pela metade. Tudo sem pressão e sem lançar mão das vantagens de ser a nova namorada de um ator famoso.

Somos recebidos pela Carol e pela sua pequena filha, Bel. Depois de instalados, nos juntamos a elas na varanda.

– É uma bela vista. Você vai sentir falta disso – diz Paul, me abraçando.

– Eu sei, mas sei também que poderei voltar com você sempre que possível.

– Ainda não acredito que vai se mudar para tão longe – diz Carol. – Quem vai cuidar de mim quando eu tiver uma das minhas crises? Olha, Paul, se você não fosse tão legal, eu te odiaria por roubar minha amiga.

– Carol, você sempre será bem-vinda em nossa casa, com ou sem crise – diz ele com gentileza.

– Está certo, mas você tem que prometer que cuidará bem dela.

– Eu prometo.

Paul diz isso olhando com seriedade para Carol, e ela não consegue disfarçar a pequena lágrima que brilha em seus olhos.

– Então tudo bem, pode levá-la sem eu te odiar.

Paul ri alto e gostoso.

– Vocês poderiam passar as férias com a gente – digo eu.

– Faço aniversário em breve e estou querendo festejar, afinal eu e Elisa nunca comemoramos um aniversário juntos, tem que ser especial – reforça o convite.

– Seria ótimo, vamos ver – diz Carol, me olhando já com saudade.

Todos estão encantados com Paul. Ele conversa e joga baralho com os adultos da casa, brinca na areia com a Bel e é gentil com todos. Não é difícil gostar dele, ainda mais se dedicando daquele jeito. De vez em quando, penso nos Hendsen e em como eles estão lidando com tantas novidades. Paul não fala muito, diz apenas que há tempos deixaram de questionar suas decisões, sobretudo em relação à sua vida amorosa. Em breve eu os verei pessoalmente, por isso não pergunto demais.

Os dias naquela casa são essenciais para que minha partida seja ainda mais tranquila. Tenho tempo de ouvir os conselhos carinhosos e preocupados da minha mãe, de receber os abraços silenciosos e significativos do meu pai, de chorar abraçada com minha amiga salvadora e de explicar para minha pequena afilhada que agora ela teria que pegar avião para me visitar, mas que para o amor não existe distância; bastaria fechar os olhos e pensar na outra pessoa com muita força para ela sentir sua presença onde quer que esteja. Não falei isso para enganá-la, acredito nisso mais do que nunca.

No final daquela semana partimos eu, Paul e nossa saudade.

Durante a viagem, minha mente flutua mais alto do que o avião. Olhar para o lado e ver Paul dormir tranquilo, escutar sua respiração, observar o arfar do seu peito e sentir o calor do seu corpo é um prazer extraordinário. A escuridão da noite não é suficiente para que eu adormeça. Eu sinto e penso tantas coisas ao mesmo tempo. Passei os últimos anos tentando planejar cada parte do meu dia e agora não sei o que acontecerá nas próximas horas. As inúmeras possibilidades me excitam, trazendo sensações antigas à tona. Sinto como se tivesse outra vez 20 e poucos anos, rumo ao Velho Continente para morar um ano em Londres. Cada pedaço do meu ser está ansioso como uma criança que não sabe o que esperar do primeiro dia de aula.

Passo as horas seguintes imaginando como será minha nova vida. Paul me mostrou em um mapa a localização da nossa casa, mas não deu muitos detalhes porque quer fazer uma surpresa. A única foto que me mostrou não é da casa e sim da vista: um deslumbrante gramado verde-claro rodeado por um belo jardim com flores e plantas exóticas e, ao fundo, o mar. Assim que bati o olho na imagem, soube que me sentiria em casa, pois não sou do tipo que se importa em como são as paredes, e sim onde elas estão e quem vive dentro delas, Paul sabe disso.

Passo a noite em claro. Ele só acorda no pouso porque aperto sua mão com muita força. Decolagens e aterrissagens me deixam nervosa. O problema não é estar nas alturas, mas sim a oscilação.

Passamos pelo aeroporto com tranquilidade, somente na saída somos reconhecidos e precisamos parar para fotos, autógrafos e sorrisos. Nesses momentos, me sinto uma verdadeira fraude. Não há sentido algum em dar autógrafos, já que não sou famosa e aquelas pessoas não são exatamente minhas fãs, e sim dele. Apesar disso, elas pedem para tirar fotos entre nós, se derretem em elogios e dizem que somos perfeitos juntos. Eu e Paul viramos uma espécie de Louis e Clark e, embora não seja ruim, é difícil de se acostumar com esse carinho bonito e espontâneo.

Aos poucos, começo a entender o que Paul diz sobre a fama e seus aspectos monumentais: o sentimento intenso que as pessoas nutrem por nós sem nos conhecerem intimamente e a sensação de não ter nada importante de verdade para oferecer em troca de tanta adoração. A gente sempre sente que tem uma dívida, pois nada paga amor verdadeiro e abnegado.

Dou um último aceno de dentro do carro e fecho a janela.

– Não é à toa que você é tão adorada. Em breve, terá mais fãs do que eu – diz Paul encantado.

– É tão absurdo ser amada apenas por ser educada.

– Não é absurdo ser amada por respeitar as pessoas. Você é gentil de uma maneira humilde e sincera. O mundo, principalmente o que eu conheço, não está muito habituado a isso.

– Acho que o mundo anda bem hostil.

Penso um segundo na frieza e na distância com que as pessoas costumam se tratar, e em como isso torna a maioria das relações vazias e superficiais. Eu mesma, por tanto tempo, passei pela vida sem me envolver muito com ninguém, preferia manter as poucas pessoas que já eram donas do meu afeto.

Decido que, por mais difícil e corrida que a vida esteja, tratarei aquelas pessoas com carinho e respeito.

Encosto a cabeça no ombro de Paul e ele me acolhe. O conforto do seu corpo me faz relaxar e perceber o cansaço da noite insone. Não consigo evitar um bocejo.

– Logo estaremos em casa e você poderá descansar – ele diz, carinhoso.

– Às vezes acho que não durmo porque meu inconsciente não deixa. Ainda tenho medo de acordar e não te ver ao meu lado.

Por que será que algumas palavras são perfeitamente aceitáveis em nossa mente e tão ridículas quando articuladas? Sinto meu rosto corar ao ouvir minha declaração insegura.

– Desculpe, acho que continuo com aquele problema da pressurização do ar. Muitas horas dentro de um avião comprometem minha capacidade de raciocínio. Deveriam me usar para alguma pesquisa, sei lá – brinco.

Paul leva os dedos aos meus lábios e me fazer calar.

– Adoro quando se atrapalha, principalmente depois de uma situação em que você acredita ter se mostrado vulnerável.

– Você gosta de coisas estranhas. Tantas facetas e você foi gostar bem do meu lado bobo?

Sem controlar a gargalhada ele me aperta contra o peito e me beija.

– Gosto de tudo em você e não vou a lugar algum – ele se afasta e me olha sério –, quero você por perto sempre, inclusive quando algo sair errado. Desejo que a gente viva em paz e sem maiores problemas, mas se eles vierem, vamos resolvê-los juntos. Não desisto mais de você, está entendendo? Não é porque não sei viver sem você, é porque não quero isso. Eu não te escolhi, você é dona de um pedaço meu, e não aceito mais ter que continuar sem ele.

Leva-se tempo para saber o quanto o outro é capaz de amar e até mesmo o quanto nós somos, mas, em uma única frase, posso ver o quanto Paul é grandioso em relação a isso. Sempre me questionei quanto ao assunto e, desta vez, não é diferente. Analiso em silêncio suas palavras e tenho medo de não merecer alguém capaz de me amar tanto. Até onde eu iria por ele, por nós? Enlaço seus dedos nos meus, fecho os olhos e aspiro o ar primaveril que me rodeia. Quando seu nariz toca o meu, abro os olhos e digo sinceramente:

– Sou uma pessoa de poucas certezas. Não tive tempo de fraquejar e isso me deixou meio arrogante, fechada e ansiosa. Às vezes me olho no espelho e não me reconheço. Uma parte de mim é o que me tornei, e não sei se tem volta. Por outro lado, tenho você, contrariando todas as probabilidades, estamos aqui, juntos. Se sou um pedaço seu, sem dúvida, essa é minha melhor parte. Você é minha única certeza no meu turbilhão de dúvidas. Você me faz ter coragem de voltar a ser quem eu era, e sabe-se lá o que isso é.

Nenhuma palavra mais é necessária. Embora saibamos que o tempo passou e mudou parte de nós, também temos a certeza de que acreditamos no impossível, de que vivemos o impossível. Volto para Paul um pouco menos doce, menos falante e menos serena. Já ele continua com o sorriso pueril e o olhar profundo e sábio. Paul sempre levou a vida sem esperar demais dela. Eu tive que aprender.

Deitada em seus braços, enxergo as primeiras placas indicando Santa Monica, nosso destino. Levanto-me para apreciar a paisagem que em breve se tornará comum aos meus olhos. Paul sorri ao ver minha curiosidade infantil e a alegria que não consigo conter ao avistar a praia. Não tenho muito tempo para apreciá-la, pois logo o carro muda de direção e passa a serpentear um morro coberto de verde. Paramos já no topo, perto do céu. Vejo dois seguranças abrirem o portão e, num impulso, salto do carro. Atravesso a rua e paro maravilhada. Paul diz para o motorista seguir, nós entraríamos depois. O vento sopra forte, agitando as árvores e emaranhando meu cabelo, mas não me incomoda. Os raios do sol me ofuscam, mas o clarão só contribui para deixar a paisagem ainda mais inacreditável. Sinto as mãos de Paul nos meus ombros, mas ninguém ousa quebrar o silêncio. Apreciamos o verde rasteiro que desce o monte, a imponência das árvores, a beleza das flores e, lá embaixo, o espetáculo violento do mar batendo contra as rochas.

Ele desce as mãos pelos meus braços, entrelaça meus dedos e docemente me convida a entrar. Olho em volta e vejo que, diferente do que imaginei, a casa não está escondida atrás de muros altos ou de uma cerca eletrificada, ela se espalha em diversos níveis, mostrando sua imponência aninhada no morro. Ele sorri ansioso e eu o sigo disposta a não perder nenhum detalhe.

Assim que passamos pelo portão, vejo que a grandiosidade da casa, que se parece mais com uma vila italiana, é maior do que eu imaginava. A construção arredondada, os telhados de diversas alturas e os ladrilhos de cerâmica queimada trazem o aconchego da Toscana. A vegetação sobe pelos muros dando a impressão de que a casa está instalada em meio a um vale.

Seguimos pelo lado esquerdo, onde fica o imenso jardim com fontes, bancos e querubins soltando água pela boca. Ao fundo está a piscina cercada de espreguiçadeiras de vime branco e a entrada da casa de hóspedes, com uma linda varanda, duas suítes, lavabo, cozinha e jardim de inverno. Estou extasiada com tanta beleza, já ficaria satisfeita em morar na propriedade de convidados, e ainda há mais, muito mais.

A casa principal tem tantos andares e cômodos que, a princípio, é difícil memorizar. Dentro do labirinto imaginário que vou construindo da minha casa, guardo alguns lugares em especial. A sala tem paredes claras e formas arredondadas, pé-direito alto e janelas do chão ao teto, que deixam à mostra a imensa varanda decorada com vasos de cerâmica esmaltados de azul com flores cor-de-rosa. Cada detalhe combina perfeitamente com o mar que se estende por todo o horizonte. A cozinha tem ar de fazenda, com vigas robustas de madeira pelo teto em contraponto ao branco impecável das paredes, um amplo balcão no centro decorado com uma jarra de alfazemas sob uma fileira de panelas de cobre, além de uma mesa encostada em uma das janelas convidando para o café da manhã em família. O quarto principal é especial e único. Quase não há mobília, por isso a cama gigantesca se destaca entre dois criados-mudos altos enfeitados com arranjos de rosas brancas. Ao fundo, está a lareira, e do lado direito, atrás das janelas emolduradas por cortinas de renda que estão abertas para deixar a brisa e o perfume da vegetação entrar, fica a varanda com vista apenas para a copa das árvores, o que garante total privacidade. Os lustres de metal, o tecido colorido das espreguiçadeiras e as cortinas suspensas em tecido dourado deixam o ambiente com um ar marroquino aconchegante. O quarto também possui uma antessala, um escritório e um banheiro revestido de mármore branco e granito preto.

Sento na beirada da cama e olho em volta. Paul senta ao meu lado e segura minha mão.

– Gostou?

– Estou tentando processar. É tudo tão grandioso.

– É sua, pode mudar o que quiser. Podemos procurar outra, se for o caso.

– Não, é perfeita. Eu amei a decoração inusitada, tinha imaginado uma casa de arquitetura moderna. Não sabe o quanto me identifico com a sua escolha. Sei que pensou em mim, consigo ver uma família vivendo aqui. Só vou precisar colocar um rastreador em você e nas crianças para não perdê-los pela casa – brinco.

Paul ri, me joga na cama, que de tão fofa parece uma nuvem, e me beija. Quase desisto de conhecer o resto da casa, mas me lembro que havia outra sala que ele deixaria para o final.

Depois de muito insistir e resistir debaixo dele, Paul finalmente se levanta e me leva pelo corredor. Paramos em frente a uma das inúmeras portas.

– Feche os olhos – ordena.

– Por quê? – retruco.

– Porque estou pedindo. Só abra quando eu disser.

Suspiro impaciente, mas obedeço.

Ouço a maçaneta girar e depois sinto suas mãos cobrirem meus olhos.

– Não confia em mim? – digo.

Ele ri e me guia delicadamente.

– Pode abrir.

Abro os olhos devagar e levo as mãos à boca para sufocar a surpresa. Olho ao redor sem pressa e não posso acreditar. Passo o dedo pelos livros, apoio na mesa e me sento na poltrona, reconhecendo cada detalhe daquela parte da casa. É uma réplica do escritório da minha casa de Londres, a escrivaninha é a mesma que Paul me deu de presente anos antes, parece uma alucinação.

– Como conseguiu se lembrar? É tudo tão igual.
– Mandei trazer de Londres.
– Mas... – Estou tão extasiada que fico sem palavras.
– Estava guardado no chalé. Eu sei que parece estranho, mas não consegui me desfazer.
– Você ainda tem o chalé? – questiono embasbacada.
– Claro que sim, comprei logo depois do primeiro filme. Como eu não teria mais o lugar em que você se tornou minha?
– Você é inacreditável. O que eu fiz para merecer você?
– Salvou minha alma. E eu te amo tanto por isso.
– Que exagero – prefiro brincar, mas sabemos que salvamos um ao outro.

Aos poucos, me habituo aos corredores, cômodos e varandas. Espalho fotografias, objetos de decoração e flores pela casa, que ganha vida com a nossa presença. Ela continua grande demais, é claro, parte dela está sempre vazia, e eu imagino como será vê-la no Natal, cheia de familiares e amigos, movimento e barulho.

Paul tem compromissos e reuniões na maior parte do dia. Eu o acompanho algumas vezes, para atualizar as redes sociais com fotos e informações sobre a carreira e, às vezes, para alegria das fãs, alguma coisa da nossa vida pessoal. Quando não estou com ele, leio em alguma das muitas espreguiçadeiras espalhadas pela casa ou escrevo.

Falo com meus pais todos os dias e com a Carol sempre que ela pode. Os pais de Paul continuam distantes, protelando a visita que prometeram. Philip liga com mais frequência e conversa amigavelmente comigo.

Fico mais incomodada com a frieza dos Hendsen do que Paul, que está acostumado a contrariá-los. Mesmo assim, me preocupa vê-lo longe da família, mas não há o que fazer a não ser continuar acreditando que, com o tempo, eles nos aceitarão.

Estamos em Santa Monica há quase dois meses e ainda não recebemos ninguém em casa. Ela continua um refúgio imaculado, um ninho de amor paradisíaco. Temos tantos compromissos que, nas horas de folga, preferimos ficar em casa e poder andar descalços, perambular de pijamas até o meio do dia ou assistir a filmes a noite toda. Quantas vezes já passamos o dia entocados sem sair nem no jardim para compensar os seis anos de amor que ficamos separados. Foi em um desses dias, entre os lençóis, que Paul me lembrou de sua festa:

– Meu aniversário é em um mês e eu quero comemorar. Quero uma festa no jardim ao entardecer para aproveitar a vista para o mar.

– Uau, que incrível! Posso organizar, vai ser lindo.

– Um amigo me indicou uma empresa de eventos. Você liga e acerta os detalhes com eles, tudo bem?

– Tudo bem.

– Será meu primeiro aniversário com você. Quero que seja um dia especial.

– Com certeza será – estou decidida a fazer Paul ter o dia mais feliz de sua vida.

16

One
Única

(Ed Sheeran)

Paul está fora há três dias e eu gasto todas as minhas energias organizando a festa de aniversário, que acontecerá no sábado. Estou empolgada porque vamos receber meus pais e toda a família da Carol. Eles chegarão amanhã e eu mal posso esperar. Mandei colocar as roupas de cama que comprei para a ocasião, troquei as flores dos vasos e espalhei sachês perfumados nas gavetas. Os Hendsen virão no sábado e irão embora no domingo. Mesmo assim, fico contente em saber que estarão conosco.

Estou ao telefone acertando os últimos detalhes do cardápio quando sou surpreendida por um buquê de flores sortidas e braços enlaçando minha cintura. Encerro logo o assunto e abraço com saudades o dono dos olhos mais encantadores do meu mundo.

– Quantas flores, parece até um jardim!
– A florista me perguntou qual eu queria, e eu disse todas.
– Obrigada, são lindas. Que bom ter você em casa, tenho tantas coisas pra te mostrar.
– Quero saber de tudo, mas antes quero te dar um presente.
– Mas é seu aniversário. Você ganha presentes, não eu.
– Por isso mesmo. Você se dedicou tanto em deixar tudo perfeito, merece estar descansada para aproveitar a festa.

Abro o envelope e vejo duas reservas para o spa Loews Santa Monica Beach Hotel, pelas fotos parece muito romântico.

– Mas a minha família vai chegar amanhã – reclamo.
– Eu sei. Nós passaremos o dia com eles, mas a viagem é longa, eles vão querer descansar à noite. No sábado nos encontraremos na

festa e ainda teremos o resto da semana para aproveitar a companhia deles. Eu sei que, se você ficar aqui, vai acabar se esgotando pra deixar tudo perfeito.

– Mas é assim que deve ser. Quero que seu dia seja mais do que perfeito.

– E será. Passarei a noite e a manhã com a mulher que amo para garantir que ela estará descansada e ainda mais linda para desfrutar da festa. Quero comemorar até o amanhecer, como na nossa primeira noite juntos.

– Tudo bem, como recusar um pedido seu?

– Espero que não descubra nunca.

No outro dia, ansiosos, esperamos minha família chegar. Não podemos buscá-los no aeroporto para não causar tumulto, então passo as primeiras horas do dia preparando o café da manhã, que será servido na varanda. É um belo dia de primavera: ensolarado, colorido e fresco. Perfeito para aproveitar a vista.

Corro escada abaixo ao ver o carro passando pelo portão. Esbarro em Paul no meio do caminho, ele pega minha mão e me acompanha a passos rápidos. Deste momento em diante, o dia se transforma em uma festa: muitos abraços, lágrimas de felicidade e sorrisos.

Todos se encantam com a casa, elogiam o café e me adulam o tempo todo. Sinto uma euforia no ar. Carol sorri sem parar e minha mãe tem lágrimas nos olhos. Apesar de estranhar, imagino que isso se deva à saudade e à felicidade de me verem em uma vida de sonho. Mostro minhas partes favoritas da casa, entre elas o meu escritório, que vira cenário de suspiros no fim da história sobre a decoração. Almoçamos no jardim e Bel só se acalma depois de um mergulho na piscina com a madrinha. Paul convida meu pai e o marido de Carol para uma partida de pôquer na sala de jogos.

Só conseguimos tirar a Bel da piscina depois de prometer a ela um banho de espuma na minha banheira. Assim que instalamos a pequena no mar de sabão e água morna, eu, Carol e mamãe nos sentamos na varanda do quarto para conversar.

– Você está corada, com olhos brilhantes e sorriso largo, nem preciso perguntar se está feliz – Carol me diz, satisfeita.

– Estou, muito.

– Não é para menos, está vivendo uma vida de princesa. Estou espantada com tanta beleza.

– É verdade, mãe. Tudo aqui é especial, mas nada chega perto do fato de estar com ele. Às vezes me pego com medo de estar feliz demais.

As duas me olham e exclamam em coro:

– Vocês merecem cada gota dessa felicidade.

– Não pensa em nada ruim, ainda mais agora – minha mãe diz fazendo o sinal da cruz.

– Por que não agora? – pergunto sem entender.

– Porque estamos juntas, nos divertindo, e você vai passar a noite no spa mais chique da Califórnia para se preparar para uma festa especial... – Carol sempre se empolga e fala demais.

Minha mãe intercede dizendo que Paul ligou para dizer que estava pensando em me dar um descanso antes da festa, mas que só o faria se eles não se incomodassem.

– Paul é gentil, e sua amiga uma tagarela. Vamos, dona Carolina, acho que precisamos dormir um pouco.

Carol embrulha a pequena Bel em uma toalha e elas seguem com minha mãe para os quartos. Vou terminar de arrumar minha pequena mala e, quando desço, encontro Paul me esperando na sala.

Seguimos para uma das noites mais apaixonantes da minha vida. Ele está especialmente carinhoso, ardente e emocionado. Deixo-me levar por seus beijos e retribuo seu calor com todo o amor que pulsa em meu peito e toda a paixão e o desejo que latejam em minha pele. A cada suspiro, o ar parece encher doloridamente os meus pulmões como se eu aspirasse vida demais. Meu corpo ainda treme como se o recebesse pela primeira vez e meu coração se perde com tantas sensações.

Quando o toco, meus pensamentos se conectam de imediato ao seu corpo. Não há lugar para mais nada além dos detalhes de sua pele, suas expressões libidinosas, seus murmúrios e seu olhar.

Dar amor, receber amor, puro, intenso, sem igual. Será que as pessoas conhecem isso? Ah, a vida é melhor assim. Por que não acontece com todo mundo? Eu conheço e ofereço. E, ao ver o sorriso de Paul enquanto sinto meu corpo entrando em ebulição, entendo que o mundo é pequeno demais para algo tão grandioso.

Adormecemos enlaçados prometendo que poderíamos perder tudo, menos um ao outro. Tudo pode ser diferente, menos a gente.

Acordo procurando seu peito para me encostar, mas só encontro uma tulipa e um bilhete pedindo desculpas pela ausência e explicando o surgimento de um contrato urgente. Paul me diz para aproveitar a programação do spa e avisa que virá me buscar à tarde. Olho em volta desanimada. Um dia inteiro presa entre cremes e massagens sem ele não me parece tão agradável como antes. Respiro fundo e decido tentar aproveitar.

A manhã se divide entre sucos, massagens, frutas e exercícios leves na piscina. De vez em quando, alguém me reconhece e faço uma pausa para uma conversa rápida, o que torna o dia mais interessante. Depois do almoço, é a vez de banho de espuma, manicure, pedicure, tratamento facial, cabeleireiro e maquiagem.

A tarde já está quase terminando quando volto ao quarto para me trocar. Em cima da cama, duas caixas me esperam acompanhadas de mais um bilhete:

> Querida,
>
> Sei que você deve estar estranhando meu excesso de pedidos, mas prometo que depois deste haverá apenas mais um.
> 　　Acredito que hoje seja um bom dia para voltar a usá-los.
>
> Amo você. Sempre.

　　Abro a caixa menor e não disfarço o sorriso ao me deparar com um par de sapatos vermelhos. Mais delicados e elegantes do que os que usei em nossa noite de salsa, mas com a mesma originalidade e estilo. Provavelmente serei a única pessoa de sapatos coloridos na festa, pois pedimos que os convidados viessem de branco para compor o visual leve e fresco que Paul deseja.

　　A caixa maior guarda um lindo vestido, muito mais elegante do que o que eu havia escolhido. Será que Paul está com medo de eu não me apresentar adequadamente? Olho para o relógio e percebo meu atraso, não tenho mais tempo a perder. Tiro o roupão, entro no vestido e calço os sapatos.

　　O vestido cai perfeitamente em mim. O decote em coração destaca meu colo, o tecido delicado e cheio de brilho desce justo até a cintura e abre levemente até a altura dos joelhos na parte da frente e até os calcanhares na parte de trás. A trança fofa que prende o meu cabelo deixa os ombros nus e destaca meu rosto. Achei formal demais para uma festa no jardim, mas farei todas as vontades do aniversariante.

　　O telefone toca informando que o carro me aguarda. Recebo elogios e olhares admirados ao passar pelos corredores e uma alegria radiante me invade. Fico decepcionada ao ver o motorista e não Paul, mas como em poucos minutos estaremos juntos, resolvo aproveitar a paisagem até a nossa casa.

　　Assim que o carro passa pelos portões, estranho as cores da decoração. A casa está coberta de flores em tons de rosa e lilás, salpicadas de branco. Arranjos circulares pendem do teto e se misturam à iluminação feita com milhares de pequenas lâmpadas. O carro para, Carol abre a porta e, antes que ela diga qualquer coisa, falo:

– Não foram essas flores que encomendei, como permitiu que fizessem essa decoração tão feminina? – Saio do carro esbravejando.

– Fica calma. Eu disse que estaria ao seu lado quando esse dia chegasse, não disse? – Ela me estende um buquê de rosas brancas atadas com tule.

Meus olhos se enchem de lágrimas enquanto tento entender.

– Cadê o Paul? – murmuro.

– Está te esperando.

– O que está acontecendo? Sou a única que não sabe?

– Sim. Ele fez tudo pensando em você, Elisa. Cuidou de cada detalhe.

– E tudo o que eu encomendei?

– A empresa também sabia. Paul disse para fazer tudo do jeito que você pedisse, menos a decoração e os convites.

– Ninguém está de branco além de mim, não é? – digo entre lágrimas de felicidade.

– É, não chore agora. Paul precisa ver esses olhos verdes repletos de alegria.

– Sim, quero ver aquele maluco.

– Vou dizer que a noiva está pronta.

Meu coração acelera ao ouvir aquelas palavras e eu respiro fundo tentando conter toda a emoção que me invade. Estou trêmula, ansiosa e extremamente feliz.

Escuto violinos e vejo meu pai me aguardando na entrada do jardim. Ele me dá o braço e começamos a caminhar. A cada passo que dou, meu coração bate um pouco mais devagar.

Há pequenas luzes em formato de estrela penduradas nos muros e tudo a minha volta parece ter sido tirado de um conto de fadas moderno. No final do caminho enfeitado com pétalas de rosas e demarcado por velas altas e arranjos de flores, Paul me aguarda com os olhos brilhantes e um sorriso aberto. Ele está de calça e colete pérola, camisa branca com o colarinho aberto e mangas dobradas, exatamente do jeito que sonhei.

Sempre soube que ele é inigualável, mas desta vez ele mergulhou nos meus sonhos de menina só para garantir que cada pequeno detalhe ficasse perfeito.

Ele realmente conhece cada pedaço de mim. Cada partezinha sonhadora que eu teimo em esconder. Paul se esforça em realizar tudo que tive medo de almejar por não acreditar possível, e eu despenco do mundo seguro que aprendemos ser o certo. Caio em seus braços e não me importo mais se tudo o que sinto e espero é exagerado.

– Gostou dos sapatos? – diz, beijando minha testa.

– Você existe de verdade?

Ele ri satisfeito ao ver que seu plano deu certo e que me sinto exatamente como ele deseja: a mulher mais amada e especial de toda a existência.

Após algumas palavras do juiz, a pequena Bel, vestida de fada, entra com nossas alianças, enchendo o ar de pureza e encanto. Depois, Paul toma minha mão e faz seus votos.

– Minha Lisa, pensei tantas coisas para dizer, mas tudo parece superficial perto do que sinto por você. O meu mundo só está completo ao seu lado. Adoro o jeito que você franze a testa quando me pega te olhando, seu olhar sincero e seguro, seu jeito forte de levar a vida e toda a garra que você carrega dentro de si. Mais uma vez vou dizer o quão bonita, inteligente, alegre e especial você é, pois não me canso de repetir o quanto me orgulho de todos os seus atributos. Todos! – Ele tinha que fazer um gracejo e arrancar risadinhas dos convidados, é claro. – Meu bem, quem a criou deve primeiro ter ouvido minhas preces, porque fez a mulher dos meus sonhos, a mulher da minha vida. Sou melhor ao seu lado. Agora, só me resta fazer o último pedido do dia: aceita ser minha esposa?

Após o meu confiante "sim", Paul beija a aliança e a coloca em meu dedo.

– Meu querido, você transformou minha vida em pura magia. Tudo faz sentido se no final do dia eu ouvir seus passos vindo em minha direção. Eu te amei desde o primeiro instante que te vi e nunca deixei de amar um minuto sequer. Estou certa de que, se houver eternidade, esse sentimento estará comigo para sempre, porque você é minha metade, o único homem do mundo para mim e a graça da minha vida. Não posso mais viver sem seus olhos azuis, Paul. Ser sua esposa vai fazer de mim a mulher mais sortuda do mundo.

Paul ignora o protocolo e me beija antes do momento reservado para isso. Depois, nos abraçamos e eu perco o chão. Todos aplaudem, e eu enfim coloco a aliança em seu dedo, afirmando uma vez mais:

– Para sempre.

Em seguida, recebemos os cumprimentos e todo tipo de felicitações. Não temos muitos convidados, mas no jardim só há pessoas queridas. O clima é de harmonia, alegria e amor. Apenas os pais de Paul parecem incomodados, apesar de serem gentis com todos e receberem os cumprimentos com cortesia. Dirijo-me a eles decidida a não prolongar aquele constrangimento.

– Sr. e sra. Hendsen, obrigada por estarem aqui.

O pai de Paul limita-se a segurar minhas mãos e dar dois tapinhas sobre elas.

– Espero que retribua à altura a vida que meu filho está proporcionando a você. – Anne é menos contida.

– Tanto tempo depois e ainda essa hostilidade? Um dia saberão que não sou uma oportunista e que o amo com todas as minhas forças – defendo-me.

– Até esse dia chegar, não gaste seu discurso conosco.

A dureza do seu olhar me afasta dali, não estragarei esta noite planejada com tanto afinco.

Carol me encontra entre os convidados e me avisa baixinho que a surpresa que preparei para Paul está pronta. Subo no palco, que cobre uma parte da piscina, e peço a atenção de todos.

— Primeiro, gostaria de agradecer a presença de vocês. É uma verdadeira alegria tê-los aqui. Obviamente essa noite se transformou em algo muito maior do que eu previa, mas não podemos esquecer que hoje o meu querido ma-ri-do está fazendo aniversário — algumas pessoas levantam as taças e soltam gritinhos —; portanto, eu gostaria de chamá-lo para receber um pequeno presente.

Paul sobe ao palco fazendo reverências e, quando os aplausos e os assovios dos amigos cessam, anuncio a banda de salsa que tocou no nosso primeiro encontro em Londres. Ele me olha incrédulo.

— Vamos dançar, bonitão? — convido.

Suas mãos estão firmes nas minhas costas e me levam no ritmo da música. O calor do clima, da dança e do corpo acende nosso rosto e nos faz arder. No fim da primeira música, agradecemos e, depois de uma troca de olhares, saltamos na piscina. Todos aplaudem ao nos ver entre os balões num beijo adolescente. É amor demais, eu sei, mas não dá para evitar.

É uma noite sensacional! A festa dura horas e somos os últimos a sair da pista de dança. Quando todos se vão, ficamos na varanda da sala escutando o mar e esperando o dia amanhecer.

Paul me pega pela cintura e me senta no parapeito.

— Ainda está gelada — sussurra.

Passo minhas pernas ao redor dele e coloco as mãos em seu peito. A aliança reluz em meu dedo e fico extasiada. Não sou diferente, constato. Adoro o romantismo do meu casamento, adoro estar casada, mas sei que só faz sentido porque é com ele: o meu par. Penso em Cadu e desejo que ele também encontre alguém capaz de iluminar o seu céu.

– É que eu sei que você tem uma queda por mim assim: molhada e descabelada – respondo.

Paul encosta o nariz no meu pescoço e aspira meu perfume com prazer, depois eu o beijo e meu corpo arrepia com força.

– Tem toda razão, sra. Hendsen – diz, sem afastar muito a boca da minha.

A noite parece não querer partir, mas o sol atrevido aparece e ilumina tudo ao nosso redor. É com satisfação que deixo Paul me carregar até o quarto, tirar meus sapatos, desabotoar meu vestido e me amar enlouquecidamente uma vez mais.

Acordo horas depois com o som do violão de Paul. Abro os olhos e vejo a bandeja de café no criado-mudo, me viro tentando avistá-lo, mas não o encontro. Vou até a varanda e fico parada admirando como ele extrai com facilidade uma melodia das cordas.

– Bom-dia, marido – interrompo.

– Bom-dia, esposa. Dormiu bem?

– O melhor sono que já tive, e você? Sempre acorda antes de mim.

Ele vem em minha direção, passa as mãos pelos meus cabelos, me olha longamente como se quisesse memorizar cada detalhe do meu rosto e me beija.

– Você não sabe que eu sofro de insônia? Só ao seu lado consigo dormir. Se pudesse me ver quando estou sozinho, veria que fico acordado a maior parte da noite.

– Não sabia disso, sempre te vejo dormir profundamente.

– Você não tem ideia do bem que me faz e de como tudo é diferente quando está longe.

– Nem preciso, porque agora estarei sempre por perto – mordisco seus lábios apagando a expressão grave que Paul sempre assume ao falar das coisas inexplicáveis que existem entre a gente.

– Estou pensando em levar todos para um passeio de barco, o que acha?

– Acho ótimo.

Descemos e somos recepcionados com gracejos e comentários radiantes. Arrumamos tudo para sair, e Paul nos avisa que seus pais não nos acompanharão, pois vão partir em poucas horas. Sugiro que fiquemos, mas ele insiste para apenas nos despedirmos.

Aquele e os dias que seguem são de sol, praia e conversas. Estamos todos integrados como uma família, e é com tristeza que vejo meus pais e a família de Carol voltarem para o Brasil. Adoraria poder ter todos que amo por perto, mas não posso pedir mais nada. A vida já me deu além do que eu imaginei e julguei merecer. Fica a promessa de nos encontrarmos sempre que possível.

Mais uma vez, estamos eu e Paul na nossa vila italiana. Aproveito o coração transbordando sentimentos e volto a escrever. Nunca me dediquei a poemas, mas agora parece um bom momento para experimentar.

17
Guardian Angel
Anjo da guarda
(Birdy)

A rotina se divide entre meus compromissos de escritora e administração da casa e da carreira de Paul. Vou me envolvendo cada vez mais e passo a cuidar de sua imagem, mas Bob ainda é seu agente e cuida dos contratos. Mantenho sempre as páginas atualizadas e consigo satisfazer a curiosidade da imprensa e das fãs sem revelar demais.

Quando algum boato surge, escrevo notas oficiais que desmentem, confirmam ou dizem que o assunto ainda está em negociação. Com zelo pela verdade, acabei virando a assessora de imprensa de maior credibilidade em Hollywood. Estou brincando, claro! Mas a estratégia tem dado certo. Meu trabalho é fácil, agora que Paul não se envolve em escândalos e tem a vida bem mais pacata do que a imprensa estava acostumada. Além disso, as atualizações com fotos do nosso cotidiano tornaram Paul mais humano e comum para o público, que se sentiu mais próximo e diminuiu as cobranças de perfeição que despejavam em seus ombros.

Sempre soube que, com quanto mais naturalidade conseguíssemos levar a vida, mais as pessoas nos tratariam dessa maneira, e, como qualquer um, posto fotos do nosso casamento, de viagens e momentos em casa. Nada que revele demais nossa intimidade, mas que mostre parte da nossa vida. E funciona. As abordagens são mais tranquilas e permitem que frequentemos praia, lojas e mercados da redondeza. Andamos sem tantos seguranças e nos sentimos mais livres.

O fato de estarmos casados não diminui o número de fãs enlouquecidas que Paul tem, mas diminui o assédio que sofre. A maior parte delas gosta de mim e, quando nos encontra, pede permissão para tirar fotos sozinhas com ele. Eu sempre respondo bem-humorada que sim, desde que não o apalpem demais.

Assim, fico mais próxima da imprensa, das fãs e consigo o equilíbrio que nossa vida precisa.

Os primeiros anos passam sem levar a graça do nosso amor. Continuamos extremamente apaixonados e cúmplices. Meu casamento parece ser uma exceção, pois melhora a cada ano.

Não tenho mais tanta saudade do Brasil, me habituei às ruas, ao idioma e à vida aqui. Gosto da feira de produtos orgânicos, do chá Ave Maria que o Urth Caffé serve, do menu vegetariano do Mélisse e dos espetáculos do Broad Stage. Além disso, Paul e eu também aprendemos a dividir a vida. No começo, as inseguranças causavam discussões, e nós teimávamos em querer controlar os passos um do outro, porém, com o tempo, ficamos mais tranquilos. Ainda discutimos, claro, mas nada que passe de uma noite.

Sinto-me totalmente integrada ao Paul, nem o tapete vermelho é um problema. Levo com humor o assédio dos estilistas que enviam centenas de vestidos para nossa casa, as poses que tenho que fazer para os fotógrafos e os comentários sobre minhas roupas nas revistas. Nada disso me corrompe ou me ilude. Continuo encomendando os vestidos de uma estilista amiga de Paul, usando as joias que ganho de presente e sendo o mais transparente possível. Recuso-me com educação a servir de vitrine a quem quer que seja. Não tenho controle sobre o que falam de mim, e algumas revistas não me poupam, mas temos a maioria ao nosso lado e os comentários maldosos são esquecidos com o tempo.

Em um dia comum, entre um afazer e outro, volto a ter tonturas. O pavor invade minha alma. O medo de estar doente mais uma vez me faz correr ao médico. Conto com detalhes os desdobramentos do último episódio de tonturas que tive. Eu repito os exames todos os anos e, até onde sei, está tudo controlado, mas não me esqueço da possibilidade de o câncer voltar. Quem supera a doença carrega esse fantasma.

Chego em casa arrasada e não consigo disfarçar de Paul a minha angústia. Justamente por ter prometido que jamais esconderia nada dele outra vez, conto que há algumas semanas voltei a me sentir mal. Choro além do normal e ele me abraça até eu adormecer.

No dia seguinte, uma enfermeira vem a nossa casa tirar meu sangue para uma bateria de exames. Preferimos assim para não causar alarde.

O tempo se arrasta, e quando o telefone toca corro trêmula para atender. A voz do outro lado me dá a notícia sem rodeios, e as lágrimas voltam a tomar meus olhos. Lágrimas purificadoras e de alegria, desta vez. Não estou doente, estou grávida.

Levo as mãos à barriga ainda sem acreditar. É extraordinário como podemos abrigar vida sem nos darmos conta, como nosso corpo é capaz de, em silêncio, criar um milagre. Sempre falávamos em filhos como algo para o futuro. Quando víamos uma criança, sempre especulávamos como seria a nossa. Agora, imaginar um bebezinho feito por nós dois me enche de uma alegria simples e perene, um sentimento calmo, doce e terno.

Olho no relógio e me dou conta de que Paul chegará em aproximadamente uma hora. Decido ir a uma loja de artigos de bebê para comprar alguma coisa que me ajude a contar que ele será papai. Depois de muita indecisão, compro o menor par de All Star branco que encontro.

Demoro mais do que o previsto e, quando volto, Paul já está a minha espera.

– Onde esteve? Fiquei preocupado. Não atendeu o celular por quê? – cobra.

– Estava aqui perto. Esqueci o celular, calma.

– O médico ligou?

– Sim... – Meus hormônios gritam novamente e, mais uma vez, não contenho as lágrimas.

Paul tenta em vão me acalmar.

– Querida, você vai ficar bem. É forte e eu estarei ao seu lado sempre. Venceu uma vez, vencerá novamente, estou certo. Sinto muito. Não acredito!

– Não estou doente. Abra – digo entre lágrimas e sorrisos.

Paul pega a caixa e desfaz o laço tentando entender. Assim que tira os sapatinhos da caixa, não consigo me conter.

– Estou grávida, querido!

Observo satisfeita a expressão de dor de Paul se transformar em surpresa. Seu semblante é tomado de amor, ele sorri por inteiro e seus olhos brilham como nunca. Paul me abraça delicadamente e, num suspiro, agradece.

– Obrigado por não estar doente e por estar carregando nosso bebê.

Coloco as mãos sobre a barriga e ele se ajoelha, encostando a cabeça de leve nela.

– Dá para acreditar que tem uma pessoinha aqui? – digo, sorrindo.

– Vou cuidar de você, bebê. – Dá um beijo na minha barriga e se levanta. – E de você também, mamãe.

– Então estaremos bem, papai.

A gestação corre tranquila e sem sustos, então viajamos ao Brasil para receber os paparicos da família e ir ao chá de bebê organizado pela Carol. Vamos também à Inglaterra passar um tempo no chalé e fazer uma breve visita aos avós paternos de Paul, que me tratam com gentileza e nada mais. Apenas Philip demonstra ternura e afeto.

Paul não quer saber o sexo do bebê antes do nascimento e eu concordo. Por isso, escolhemos uma decoração neutra para o quarto, com móveis simples e de linhas retas. As cores predominantes são o branco da madeira laqueada, que vai do assoalho até o meio da parede, e o tangerina, que cobre o restante. Os ursos de pelúcia agarrados a potes de mel e o móbile de abelhas dão um toque infantil e gracioso.

Sempre me pergunto se o tempo será capaz de tirar o encanto de nossa vida. Ver Paul tocando violão e cantando para o bebê que ainda está em minha barriga é a prova que não. Ele está ao meu lado em todos os momentos, faz de tudo para tornar mais leves as dificuldades da gravidez: coloca almofadas nas minhas costas, massageia meus pés e passa noites em claro comigo quando as dores na coluna me impedem de dormir.

Decido que terei o bebê em casa, e por isso recebemos visitas regulares da doula e da parteira. Elas nos ensinam a entender os sinais que meu corpo dará e o que teremos que fazer para que o trabalho de parto seja tranquilo.

Minha mãe e Carolina se organizaram para estar ao meu lado no parto, mas as contrações chegam antes do esperado, e elas não chegam a tempo.

É sábado, no auge do inverno, e uma dor aguda me rasga ao meio. Estou na cozinha à noite preparando um chá quando sinto os primeiros sinais da chegada do bebê.

– Paul, corre aqui!

Ele me olha espantado sem dizer nada.

– Chegou a hora, querido. – E estendo a mão para ele.

Paul me pega no colo e me carrega para o nosso quarto. Liga para a parteira e, por medo de algo não sair bem, chama uma ambulância. Ele segura minha mão e me olha com ar de apreensão e carinho.

– Está tudo bem, querido. É só o bebê ansioso para chegar – o acalmo.

– Eu sei, só lamento você sentir tanta dor para que isso aconteça.

– Isso é a maternidade. Assim sabemos desde o princípio que somos capazes de tudo por um filho. Por amor... Ai! – Uma contração intensa e longa me impede de continuar.

– Sabe que eu apoio sua decisão, mas quero que saiba que tem uma opção, a ambulância está estacionada lá embaixo, basta você pedir. Isso não a tornará uma mãe pior, entende?

– Entendo e concordo, mas eu aguento. Meu corpo sabe o que fazer. A dor não é nada comparada à grandiosidade deste momento. O bebê chegará ao mundo ao nosso lado e na casa dele, como falamos ao longo da gestação. Vai ficar tudo bem.

– Está certo. Estarei aqui o tempo todo, e se mudar de ideia... – coloco os dedos sobre seus lábios para dizer que não mudarei.

Imagino que entrar em trabalho de parto algumas semanas antes do previsto seja providencial para o envolvimento de Paul na chegada do nosso filho. Sempre soube que ele estaria por perto, mas o fato de não haver mais ninguém faz com que ele se desdobre.

Ele precisa ter força para ouvir meus gritos de dor sem me arrancar da cama e me levar ao hospital, ter paciência nos momentos de calmaria entre as contrações e ter desprendimento para esconder o próprio medo nos momentos em que o meu resolve aparecer.

O cansativo trabalho de parto já dura treze horas. Paul tem a expressão sofrida e cansada. Eu, por minha vez, estou exausta. O dia já está claro quando a parteira me pede o último empurrão. Reúno todo o ar que consigo nos meus pulmões e, finalmente, consigo dar à luz.

No instante em que o choro estridente do bebê enche o quarto e meu coração, as horas de dor viram apenas lembranças. Sinto o corpo vazio e a alma cheia. Paul acaricia meus cabelos, beija minha testa e diz baixinho:

– É uma menina. Uma menininha linda.

Fecho os olhos e deixo as lágrimas correrem. Sento-me com dificuldade e logo sinto o corpinho rosado e quente de nossa filha. Paul senta ao meu lado e nos abraça.

– Ela é tão linda, tão perfeita! – sussurro.

– Minhas duas garotas. Eu não sei o que eu fiz para merecer tanto.

– Chloe – digo num murmúrio.

– Chloe é um lindo nome, meu bem.

Olhamos para aquela garotinha como quem olha para um milagre, e é exatamente isso o que ela é. Ver seus dedinhos se moverem, o movimento de seus lábios sugando meu seio, a cor dos olhos de Paul estampada nos dela, a penugem loira que cobre sua cabeça e os sons que ela emite são expressões divinas. Definitivamente, Chloe é o nosso milagre.

Nossa filha é doce e tranquila. Não tem cólicas nem passa noites em claro. Ela mama vorazmente e depois dorme um sono tranquilo. Muitas vezes, Paul fica na beirada do berço admirando enquanto ela sonha, e eu não poderia estar mais feliz.

O tempo passa e transforma a sonolenta recém-nascida. O futuro deixa Chloe, que a cada dia se parece mais com o pai, forte, esperta e encantadora. A semelhança não está diretamente relacionada à aparência, pois ela tem muito de mim. Chloe tem o jeito de sorrir, a profundidade no olhar e o silêncio que eu reconheço facilmente. Ela tem a pureza de espírito dele.

Seu tamanho não faz jus à sua importância. A chegada de Chloe aproximou os Hendsen de nossa vida. Anne liga com mais frequência e, quando nos encontramos, ela e Thomas se mostram mais simpáticos e menos formais. Philip, como bom padrinho e tio apaixonado, a enche de presentes, mimos e atenção.

O primeiro aniversário da pequena foi comemorado em Angra dos Reis. Passamos alguns dias na casa da Carol, e eu me emociono ao ver Chloe em meio à família reunida. Faço questão de ensiná-la desde muito pequena sobre suas origens, e vamos sempre que possível ao Brasil e à Inglaterra. Queremos que ela se acostume às diferenças culturais. Ela ama dançar e aproveitar os dias de sol brincando na areia da praia, mas também faz gracinha quando vê neve e adora ficar com o pai quando ele assiste aos jogos de rugby.

Aos 3 anos, Chloe já gosta de brincar no piano, sentada no colo do pai. A relação entre os dois é de carinho e amizade. Paul desenha com ela após o almoço e sempre a trata com carinho e respeito, mostrando que manhas e birras não são melhores do que uma boa conversa. O laço entre eles é sólido, inabalável e terno. Chloe é tão apaixonada pelo pai que o enche de olhares, dengos e abraços amorosos.

Comigo, ela é mais espevitada, alegre e arteira. Aparece na cozinha querendo mexer nas tigelas, pula na minha cama e se pendura no meu pescoço. Adora tomar banho de espuma e fazer caretas. Às vezes, deitamos na grama e passamos alguns minutos nos olhando para ver quem pisca primeiro, mas ela sempre interrompe o silêncio beijando meu nariz ou dizendo "mommy bonita". Exatamente assim, metade em inglês, metade em português.

O único momento em que ela fica mais serena é quando me pede para contar histórias. Seus olhos faíscam de satisfação com tanta fantasia. Eu amo ver como ela se comove com algumas músicas, filmes e desenhos.

Chloe Cristina Hendsen, como o pai fez questão de registrar, é generosa e partilha tudo o que tem. Muitas vezes ela divide um biscoito em três e distribui as partes entre mim, Paul e ela. Pequenas atitudes como essa nos fazem trocar olhares orgulhosos e fraternos.

Passamos mais uma temporada nos arredores de Londres e voltamos ao chalé, que, como nossa família, também cresceu. Agora, há um quarto para Chloe, um de hóspedes e um escritório. Lá curtimos a vida familiar com tranquilidade. A pequena cidade nos permite ir ao mercado, ensinar nossa menina a andar de bicicleta na praça e frequentarmos as casas de chá. Paul adora ver Chloe nos lugares que foram importantes para nós. Eu gosto de vê-la brincar na grama com as crianças da cidade, de ver Paul a empurrar no balanço e de tirar cochilos à tarde com ela deitada entre nós.

Santa Monica é nossa casa, o lugar em que temos nossa vida, compromissos e rotina. É o cenário perfeito para o amor: tem o mar que adoro e o jardim em que me casei. É onde espero por Paul, onde ele sempre me faz sonhar. Apesar de tudo isso, é na Inglaterra que fica o nosso lar do coração. No chalé que Paul comprou anos antes vislumbrando o futuro, ele agora acontece. Nossa filha cresce e com ela o nosso amor, se é que isso ainda é possível.

Nossa rotina e as prioridades mudam com a nossa filha, mas não nos afasta como casal. O dia se divide entre brincadeiras, cuidados e atenção para ela e abraços, conversas e olhares entre nós. Chloe continua tranquila durante a noite, o que não nos impede de voltar no tempo e revisitar a paixão que nasceu naquele lugar e que permanece até hoje.

Ao longo dos dias, aprendo que envelhecer não será um problema, pois Paul me faz feliz de maneiras distintas e torna minha vida deliciosa sempre: em seus braços debaixo dos lençóis, sentada perto da lareira o vendo tocar ou assistindo à TV com a cabeça no seu ombro. A vida é prazerosa, olhando a chuva em silêncio, conversando sobre os problemas do mundo depois de ler o jornal ou trocando beijos. E Chloe é nosso raio de sol! A imensidão do amor concentrada em uma pequena pessoa graciosa e linda. Uma menininha de cabelos louros, que exibe pequenas sardas e um sorriso astuto, capaz de transformar tédio em riso e realidade em sonho.

A vida passa sem que eu me dê conta e logo precisamos voltar para os compromissos que nos aguardam, inclusive as aulas que Chloe tanto ama.

Logo que voltamos para a América, as lembranças dos meses mágicos que passamos em família na Europa trazem a maior de todas as minhas inspirações. É assim que escrevo meu primeiro bestseller. Surpreendentemente, o livro vira um filme e vence muitos prêmios. É depois disso que decidimos abrir nossa produtora. Eu me aventuro em escrever e analisar roteiros para descobrir novos talentos. Paul atua, escolhe o elenco e se arrisca na direção.

Nossa vida fervilha arte, amor e união. Crescemos individualmente e nos fortalecemos como família. Eu o amo e o admiro ainda mais, e sei que nada se compara ao que ele sente por mim.

Brigamos de vez em quando, sobretudo no trabalho, mas não é nada sério. Pequenas bobagens do dia a dia que sempre acabam com Paul me agarrando ou dizendo que eu me preocupo demais.

Somos donos de uma felicidade intensa, genuína e única. E eu quase me esqueço de que o mundo não se resume à perfeição de nossas vidas. Tenho medo que o destino volte a jogar seus dados e tire tudo do lugar.

18
No Light, No Light
Sem luz, sem luz

(Florence and The Machine)

É noite de folga das cozinheiras e estou preparando o jantar. Chloe me observa sentada no parapeito da janela. Ao contrário dela, que chegou sem aviso prévio, minha segunda gestação demorou a acontecer. Já tentamos há alguns meses mas só agora chegou o esperado positivo. Paul ainda não sabe, entregarei hoje os mesmos sapatinhos que lhe mostrei há cinco anos.

Arrumamos a mesa com louça de festa e enfeitamos a sala de jantar com flores. Olho no relógio, Paul está um pouco atrasado.

Os minutos passam e Chloe começa a ficar agitada. Telefono, mas a ligação sempre cai na caixa de mensagens. Ligo para Bob, mas ele não esteve com Paul na parte da tarde. Sei que ninguém atenderia na produtora, pois o expediente já terminou há horas.

Ando em círculos por meia hora. Chloe choraminga perguntando pelo pai. Acabo inventando uma desculpa qualquer e a levo para o quarto. Assim que ela dorme, ligo para Bob novamente.

– Paul não chegou em casa e não ligou. Ele não é disso, Bob. Estou preocupada.

– Vou pedir para a empresa de segurança verificar o rastreador do carro.

– Por favor! Chloe já dormiu e estou sozinha em casa com ela. Não posso sair para procurá-lo, preciso da sua ajuda. – Tenho medo de concluir que algo ruim aconteceu, por isso não consigo articular bem as palavras.

– Fique calma, Elisa. Vou descobrir o que aconteceu e te informo. Provavelmente o carro quebrou e ele ficou sem bateria no celular.

– Certo, vou esperar.

Apago as velas da mesa e me sento na poltrona ao lado do telefone. Meu corpo inteiro se contrai de medo e eu mal consigo pensar. Esfrego a aliança com nervosismo, tentando me convencer de que logo ele estará em casa.

Não sei dizer há quanto tempo espero. Sei apenas que sinto como se estivesse presa por séculos em um redemoinho sufocante de areia. É com alívio que ouço o portão ser aberto, mas pouco depois Bob aparece sozinho na sala, e sua postura tensa me enche de angústia.

– Fala de uma vez porque eu já tive bastante tempo para imaginar besteiras. Quero a verdade, Bob.

– Encontramos o carro.

– E o Paul? Cadê ele?

– Ninguém sabe, Elisa.

– O que aconteceu? Explica, senão enlouqueço! – falo, levando as mãos à cabeça.

– Assim que recebi as últimas coordenadas do GPS e percebi que o carro estava em um lugar afastado da cidade, avisei a polícia. Quando cheguei lá, o local já estava isolado. Disseram que foi um acidente. O carro saiu da pista e bateu na mureta de proteção. Parece que Paul estava sem cinto, em alta velocidade e acabou atravessando o vidro... – Bob engole em seco e baixa os olhos.

– Cadê ele? Cadê ele? – digo, tentando não gritar por causa de Chloe.

– Provavelmente foi lançado precipício abaixo e caiu no mar. Sinto muito...

Minhas pernas amolecem e me apoio no sofá.

– Elisa, preciso te preparar para uma coisa, não quero que você seja surpreendida quando vir na TV. É que... – Bob transpira e olha para baixo procurando as palavras. – Tinha uma mulher no carro.

Levanto a cabeça e encaro Bob. O mundo desmorona dentro de mim e tento me agarrar ao pequeno fio de sanidade que me resta. Tento assimilar tudo o que ouvi, mas nada faz o menor sentido. Não tenho tempo de chorar, preciso entender rápido o que está acontecendo.

– Tem algo errado. Paul não andava sem cinto de segurança e me ligou dizendo que chegaria a tempo para jantar com Chloe. Não desviaria do caminho de casa para dar carona a alguém sem me avisar. Não! Essa história não bate. Falta alguma coisa, tem algo errado.

– Elisa, sei que é um choque, mas quanto antes aceitar, melhor.

– Aceitar o quê? Que meu marido estava com uma mulher desconhecida fora da cidade? Que bebeu, estava em alta velocidade e sem o cinto? Quer que eu aceite que ele morreu por ter esquecido que tinha uma família a sua espera? Que Paul você conheceu, Bob? Certamente não era o homem com o qual eu me casei!

– Desculpe, não queria feri-la ainda mais.

– Vou até a delegacia. Por favor, ligue para minha família e a dele, logo essa história estará em todos os canais. Ligue também para a Luzia, explique o que aconteceu e peça que venha ficar com a Chloe.

– O.k., eu cuido disso.

– Outra coisa. Ninguém fala com a Chloe antes de eu chegar, está me entendendo?

– Claro, claro.

Entro no carro e saio em disparada. Quando acho que estou longe o suficiente dos ouvidos inocentes da minha filha, encosto o carro e grito. Minhas mãos agarram o volante com força e minha garganta arde com os urros que eu solto.

Não consigo controlar as lágrimas que chegam. Deixo fluir toda a raiva que me invade e chego por um instante a considerar verdadeira a história absurda que Bob me contou. Bato com força no volante e a aliança machuca meu dedo. Tiro a joia devagar e admiro nossos nomes gravados dentro dela junto com a palavra "eterno". Meu coração se acalma quando me lembro de Paul me esperando no jardim, do seu olhar apaixonado na varanda.

Decido que a vida pode até me tirar Paul, mas não fará com que ele nunca tenha existido. Não permitirei que sua imagem seja distorcida. Isso não! Eu sei quem ele é e não me esquecerei.

Chego à delegacia sem saber quem procurar, mas alguns policiais me reconhecem e me levam até a sala do delegado.

– Boa-noite, sra. Hendsen, lamento conhecê-la em um momento como este – diz ele, apertando minha mão. – Sente-se.

– Já sabem quem era a moça que estava com meu marido?

– Sim. O nome dela era Julie Scott, tinha 23 anos. Encontramos uma carteirinha de sócia de um dos fã-clubes do sr. Paul.

– A família dela já foi avisada?

– Sim. Eles saíram daqui há pouco tempo, foram identificar o corpo.

– Tem ideia do que ela estava fazendo no carro do meu marido?

– Senhora, isso não é o mais importante. Fique com a imagem que tem de seu marido, não sofra por coisas menores.

A conversa com o delegado segue um rumo que não me agrada. Decido falar menos do que gostaria e tenho que me satisfazer com o texto pronto que ele repete sem parar, alegando que farão todo o possível para responder minhas dúvidas, apesar de usar um tom que me faz duvidar se realmente conseguirão esclarecer o ocorrido.

Meia hora depois, sigo de volta para casa sem nenhuma resposta. Minha cabeça pesa uma tonelada e, por mais que eu tente manter a esperança viva, ela escorre rosto abaixo em forma de lágrimas.

Passo a noite em claro sem falar com ninguém. Tranco-me no quarto, mergulhada na contradição dos meus sentimentos, que oscilam entre o desespero do fim e a esperança de que tudo não passe de um mal-entendido, ou ainda na possibilidade de Paul estar inconsciente em algum hospital e ainda poder ser reconhecido, o que acabaria com meu martírio.

Não gosto de falar ao telefone, mas jamais desejei tanto que ele tocasse. Espero as primeiras horas, espero a noite toda, espero até o fim da manhã e, ao término de cada prazo que estipulo, me sinto um pouco menos viva. É como se, a cada minuto, crescesse a certeza de que ele não voltará e, junto com ela, eu desaparecesse lentamente.

Assim que desço, vejo Chloe brincando na varanda e, por sua naturalidade ao conversar com as bonecas e sorrir para Luzia, percebo que ainda não notou a ausência do pai.

Bob me aguarda na sala para me informar que o delegado ligou e que virá pessoalmente trazer informações sobre o acidente. Ouvir essas palavras não me traz alívio algum, mesmo assim me agarro à possibilidade de que alguém poderá trazer boas notícias.

O delegado, acompanhado de dois detetives, atravessa a multidão de fotógrafos instalada na frente da casa como se fossem os três mosqueteiros voltando de uma nobre batalha. Eles entram cheios de cerimônia e me olham com uma expressão ensaiada de pesar. Dizem, como jograis, que passaram horas investigando, verificando hospitais, necrotérios e seguindo todos os passos de Paul, desde a saída da produtora até o local do acidente, e nada destoava de uma triste fatalidade.

– Então, descobriram o que aquela garota fazia no carro de Paul?

– Sra. Hendsen, eles provavelmente se encontraram em algum lugar, pode ter sido apenas uma carona, mas isso somente Paul e Julie poderiam responder com precisão. A senhora não deve se angustiar com isso, como eu já disse, fique com a imagem que tem do seu marido.

– Não estou perguntando por duvidar da fidelidade do meu marido, caso seja isso que esteja insinuando, estou tentando entender o que aconteceu. O senhor não o conhecia e por isso não me ofenderei, mas saiba que Paul jamais me ligaria dizendo que jantaria mais cedo com nossa filha e, depois disso, sairia com uma desconhecida. Meu marido é a pessoa mais correta no trânsito que conheço, ele jamais andaria sem cinto. Até agora não me mandaram reconhecer um corpo, simplesmente porque não há um corpo. Agora me responda: o senhor mantém essa versão oficial sem considerar outras possibilidades?

– Entendo que queira ter esperanças, mas o fato é que imprevistos acontecem. A moça morava na cidade vizinha, de repente passou mal e ele decidiu ajudar, não sabemos, mas não há indícios de conspiração ou qualquer coisa semelhante. Além disso, aquela estrada é perigosa, já presenciei muitos acidentes. Um porsche pode se tornar uma arma naquela parte da rodovia. O que posso prometer é que não mediremos esforços para encontrar o corpo do seu marido, a senhora poderá lhe dar o funeral que merece.

Engulo em seco os xingamentos que tenho vontade de gritar. O delegado olha para mim com ar de superioridade, trata a situação como se não fosse novidade um ator se matar abusando da velocidade, se exibindo para alguma garota. Percebo que não receberei dele a ajuda que procuro.

– Onde está o carro do meu marido?

– O guincho do seu seguro irá buscá-lo na delegacia. Já passou pela perícia e será incinerado.

Bob explica que acionou o seguro ao ser informado que o carro havia sido liberado.

– Sim, demos uma boa olhada no carro e como não havia mais nada que pudéssemos fazer...

– Mande o carro para cá.

– Não faça isso, solicite o reembolso e deixe a seguradora se livrar dele. Não é algo bom de se ver.

– O senhor só teria o direito de decidir se o carro estivesse sob custódia, em caso de investigação, mas isso pelo visto não acontecerá. – Eu o encaro e ele vacila. – Mande-o para cá. O senhor tem o endereço.

Saio da sala sem me despedir, estou sem cabeça para diplomacia. Bob dispensa o delegado e os detetives e vem me consolar. Tenta fazer com que eu perceba que só me resta aceitar. Contudo, por mais que eu procure me convencer de que Paul não existe mais e me force a aceitar os argumentos sólidos que nosso agente e amigo repete como um gravador emperrado, todos os meus sentidos gritam que não. Eu simplesmente não consigo.

Fico dividida entre minha racionalidade e a forte crença que minha alma, inexplicavelmente ligada à dele, tem de que Paul está vivo. Permaneço nessa batalha interior até me lembrar do dia em que ele, comigo nos braços, me contou sobre me ver doente, mesmo isso sendo impossível. A expressão dolorida que ele fez ao dizer que deveria ter acreditado em sua intuição, que deveria ter lutado, vindo atrás de mim e evitado todo o tempo que sofremos separados me faz aceitar que, talvez, eu também possa saber que ele está vivo. A simples possibilidade me faz levantar decidida.

Vou para o escritório de nossa produtora resolvida a descobrir o que aconteceu. Sinto uma leve cólica e me lembro do bebê. Preciso de ajuda, mas quem? A polícia não está disposta a me escutar, e Bob já deixou claro que não me apoiará. Pego o celular e ligo para a única pessoa que passa pela minha cabeça.

– Alô, Philip? Preciso da sua ajuda.

– Estou no aeroporto, Elisa. Logo estarei aí. Fique calma, está bem? Pela Chloe.

– O.k. Obrigada.

Philip mora em Nova York desde seu conturbado divórcio e é um membro importante da nossa família. Será bom tê-lo por perto para me ajudar a cuidar de tudo e, quem sabe, trazer Paul de volta. Soa absurdo, mas é exatamente nisso que acredito.

Vasculho tudo e não encontro nada. Ver a mesa de Paul com todas as suas coisas espalhadas como se ele fosse logo voltar ao trabalho me causa náuseas. Saio depressa para não fraquejar.

Cruzo os portões de casa quando o dia já se despede. Olho em volta e percebo como a casa está vazia, embora esteja tudo exatamente no mesmo lugar. Nem bem coloco os pés de volta na sala, Bob inicia sua ladainha. Fala sobre a loucura que está o telefone, diz que preciso ligar para São Paulo e para Londres e que está doido sem saber o que fazer. Estende o telefone em minha direção e eu jogo minhas chaves na mesa.

– Agora não, Bob. Agora não...

Subo para o meu quarto. Olho o violão de Paul encostado no criado-mudo e acho que vou desabar, mas não posso. Tomo banho, troco de roupa e sento na beirada da cama da minha filha. Vejo seus olhinhos inocentes começando a pesar de sono e meu coração se aperta.

– Olá, princesa – digo baixinho.

– Oi, mamãe.

– Sabe, tenho algo para te dizer... – Tento escolher as palavras, mas não há nada que não a fira demais.

– Cadê o papai?

– Ele não estará em casa por um tempo.
– Por quê? Foi viajar? Por que não disse tchau?
– Ele não pôde, querida. Mas a mamãe fará de tudo para trazê-lo de volta o quanto antes, está certo?
– Tô com saudade. A gente pode ligar amanhã?
– Não, mas podemos fechar os olhos antes de dormir e conversar com ele. Tenho certeza de que ele escutará e, se prestar bastante atenção, vai sentir o beijo que ele costuma dar na ponta do seu nariz.
– Verdade? Quero tentar.
– O.k. Feche os olhos, pequena.

Chloe obedece, diz frases amorosas como se fosse Paul quem estivesse sentando na beirada da cama. Assim que termina, assopro levemente a ponta do seu nariz e ela sorri.

Explico que ela não frequentará a escola por uns dias e que perceberá algumas coisas diferentes em casa. Mas que ela vai ter que levar a vida normalmente: brincar, se alimentar e ter certeza de que tudo ficará bem. Com a sua ajuda, eu conseguiria consertar as coisas o mais breve possível.

– Pode fazer isso, meu bem?
– Mamãe, eu te ajudo.
– Então conseguiremos.

Abraço Chloe e uma lágrima escapa. Seus olhos estão extremamente azuis, como se fosse um recado de Paul dizendo que sempre estará por perto.

A noite passou sem me deixar fechar os olhos por um segundo. O dia já está amanhecendo quando, exausta, adormeço sentada em uma espreguiçadeira da varanda.

No outro dia, Philip chega, e seu abraço traz algum conforto. Conto toda a história e ele também estranha.

– Nada disso combina com o Paul.

– Pois é, tem algo estranho.
– O que você acha que pode ter acontecido?

Penso por alguns instantes. Quase posso ver Paul sendo levado para outro carro. Decido que não devo mentir se quiser sua ajuda.

– Tenho uma intuição fortíssima me dizendo que alguém o levou, que tudo isso não passa de cena.

– Um sequestro? Normalmente isso acontece por dinheiro. Então para que se preocupariam em montar uma cena?

– Não sei, mas sinto que tem algo errado. Lá no fundo tenho certeza de que Paul está vivo e precisando de ajuda.

– Ah, meu irmão, no que se meteu? – Philip não controla a emoção e seus olhos brilham de desespero.

– Com sua ajuda, tenho esperança de que o encontraremos.

Ele puxa a mesa de centro e se senta na minha frente, segura minhas mãos e diz com firmeza:

– Elisa, sou testemunha do amor de vocês e só consigo imaginar a dor que deve estar sentindo. Prometo que farei tudo para descobrir o que aconteceu. Vamos investigar cada segundo daquele dia. Enquanto houver o mínimo de chance de Paul estar vivo, vamos procurá-lo. Mas eu preciso saber se você está pronta para deixá-lo de lado, se for o caso.

– Não. Nunca deixarei. Mas esse não é o problema, a questão é ser assim, sem adeus, sem um último abraço em Chloe e sem saber do nosso filho.

– Você está...

– Estou! Descobri no dia em que tudo aconteceu, e isso não pode ser coincidência. Como se já não bastasse a força do sentimento que dividimos, agora carrego um pedaço dele dentro de mim. Paul não pode simplesmente desaparecer. Preciso encontrá-lo. Ele nem sabe que será pai novamente.

– Meu Deus, Elisa...

– Não vamos perder tempo tendo pena de mim. Estou bem e o bebê também. Paul é quem precisa de nós.

– Tudo bem. Acho que precisamos ir até a produtora procurar algo que nos dê um rumo.

– É, eu fui, mas estava tão nervosa que não consegui ficar lá muito tempo. Mas faremos isso depois, primeiro quero olhar o carro, que logo chegará.

– O carro? Está louca? Mandou trazer o carro para cá?

– Mandei. Temos que fazer direito, e ali é onde começa o mistério.

– Está certo.

– Ligue para seus pais e, se puder, para os meus também. Não consigo ainda...

– Tudo bem. Tente descansar. Quando o carro chegar eu aviso.

Concordo, mas não vou para o quarto. Deito no sofá pensando nas loucuras que estou fazendo e nas que eu estou disposta a fazer. Fecho os olhos e tento me acalmar. Meu bebê precisa da minha paz de espírito para crescer saudável. Coloco as mãos sobre a barriga com carinho. Sempre fui ligada ao Paul como se houvesse um fio imaginário entre nós, mas agora há mais um laço real e físico.

Levanto e vou para o jardim. Sento no gazebo que serviu de altar em nosso casamento. Fecho os olhos e abro minha alma. Sei que não tenho seu espírito puro e livre, mas, de todas as insanidades que eu faria por ele, esta é a menor. Lembro-me de Paul me dizendo que, de alguma maneira, me viu doente. Respiro fundo e digo:

– Paul, sem querer eu te procurei e te encontrei na vida. Farei novamente. Não importa em que parte do mundo você estiver, eu te encontrarei, mas preciso da sua ajuda, mostre-me algo. Preciso de um norte...

Paro de falar me sentindo ridícula. Começo a chorar de tanta impotência. Não posso simplesmente apreender a sensibilidade de

Paul, suas intuições, ou seja lá o nome que damos para o que não conseguimos explicar.

Ouço o som do portão abrindo e corro para a frente da casa. O carro está coberto por uma lona, e eu agradeço a discrição do serviço de guincho, visto que a calçada está cheia de fotógrafos e jornalistas.

Depois que deixam o carro, fico parada olhando a lona disforme sem conseguir me mover. Philip coloca a mão no meu ombro e ficamos em silêncio por um instante.

– Tem certeza de que quer fazer isso? – alerta.
– Eu preciso.
– Então vamos lá – ele começa a tirar a lona.

O carro tem a frente distorcida, o para-brisa quebrado e um pouco de sangue no vidro. Apesar da imagem não me agradar, confesso que esperava coisa pior.

– Não deveria estar mais amassado? – indago.
– É – Philip anda em volta do carro analisando cada pedaço. – Bom, não sou perito, mas já vi carros mais amassados abrigarem sobreviventes.

Crio coragem e puxo a porta do passageiro. Dentro, a cena é bem pior. O banco está manchado de sangue, há estilhaços de vidro por toda parte e as coisas de Paul estão espalhadas por todo o interior. Abro o porta-luvas, olho embaixo do banco, puxo os tapetes procurando alguma coisa que possa ajudar. Philip começa a recolher os papéis, colocando tudo dentro de um plástico transparente.

– Isso deveria estar bagunçado assim? – ele estranha.
– Vai ver nem passou por perícia. A polícia tem certeza de que Paul sofreu um acidente enquanto levava a amante para casa – desabafo.

Passo para o lado do motorista e a vontade de chorar volta. Aguento firme e, mais uma vez, penso em Paul. Isso me ajuda a não esquecer do que preciso fazer. Puxo o tapete e junto com ele vem um cupom fiscal. Sento no chão desamassando o papel.

– Philip, encontrei uma nota fiscal. Veja, é do dia do acidente. – Estico o papel para ele.

– Sugar Lovers?

– É nossa doceria favorita. Ele costumava passar lá e comprar tortas para sobremesa. Viu o horário? Ele devia estar vindo para casa.

– Mas não tem nenhum vestígio de bolo no carro.

– Eu sei. – Meu peito se enche de esperança.

– Vamos à delegacia!

– O delegado não nos dará ouvidos. É capaz de dizer que caiu do meu bolso ou coisa do tipo. Além disso, o carro e nada que esteja nele servem mais como prova. Estamos por nossa conta.

– O.k., então vamos até a doceria. Com certeza se lembrarão que Paul esteve lá.

Penso em chamar os seguranças, infelizmente, depois do que aconteceu, é impossível sair sem eles. Todos estão atrás de mim à espera de alguma palavra que eu não tenho. Pela primeira vez, prefiro me esconder.

Poucos minutos depois, já estamos na porta da Sugar Lovers. É estranho como tudo me traz um flashback agora. Lembro-me de Chloe correndo porta adentro, de Paul rindo e dizendo que ela poderia escolher o que quisesse desde que conseguisse me convencer que comeria apenas depois do jantar. Entro e, no mesmo instante, a jovem proprietária vem em minha direção.

– Sinto muito por tudo o que aconteceu. A polícia veio até aqui, mas não aconteceu nada que chamasse nossa atenção.

– Mesmo assim preciso de ajuda. Consegue lembrar se aconteceu algo diferente quando Paul esteve aqui?

– Algo estranho? – Ela franze o cenho.

– Qualquer coisa, um pequeno detalhe.

– Não me lembro. Eu disse para o detetive que Paul esteve aqui por poucos minutos e que não aconteceu nada fora do habitual.

– O.k. Então pode me contar tudo de que se lembra?
– Sim. Ele ligou na parte da manhã encomendando a torta de maçã que você gosta e os cookies coloridos da Chloe. Assim que o vi entrar, fui até a cozinha buscar o pacote, quando voltei, ele estava do lado de fora conversando com uma moça.
– Moça? Aquela que foi encontrada no carro dele? – Philip interrompe.
– Não. Era mais alta, mais velha e bem magra.
– Lembra-se da cor do cabelo dela?
– Estavam presos dentro da boina. Além disso, ficou a maior parte do tempo de costas. Só me lembro porque achei a moça alta demais. Todo mundo parece pequeno perto dele e ela batia na altura do seu nariz.
– Tem certeza de que era mulher? – Estranho.
– Sim, sua figura era bem feminina.
– Desculpe por tantas perguntas.
– Não se preocupe, adoraria ter visto algo que pudesse ajudar, Elisa.
– E depois?
– Eles conversaram por alguns instantes, depois ela ficou esperando e ele entrou, pegou a encomenda e foi embora. Saíram andando juntos.
– Entraram no carro dele?
– Não vi. O estacionamento estava cheio, não tinha vaga aqui em frente. Desculpe não poder ajudar mais. Como disse, nada fora do habitual, Paul sempre era reconhecido por alguém.
– Obrigada por ter tentado.
Despedimo-nos e saímos desapontados. Entramos no carro e eu quebro o silêncio:
– Ótimo. Agora, apareceu outra mulher.
– Acha mesmo que esse é um bom momento para ter ciúmes?
– Philip me olha tentando me passar segurança.

– Muitas mulheres em um espaço tão curto de tempo.

– De repente era uma fã.

– Não, as fãs não esperam. Ela pegaria um autógrafo, tiraria uma foto, daria um abraço e depois iria embora. Eles se conheciam, tenho certeza.

– Talvez ela fosse uma conhecida, não é raro cruzar com alguém em Santa Monica. Conversaram e depois seguiram cada um para o seu carro.

– É verdade. – De repente vejo Paul seguindo para uma armadilha. – Espera um minuto. Ela não comprou nada? O normal seria ter entrado com ele, comprado alguma coisa, aquilo que a trouxera até a doceria, e só depois ter saído. A não ser que...

– A não ser o quê, Elisa?

– A não ser que ela estivesse ali apenas para encontrá-lo.

– Está deixando o ciúme falar por você.

– Não é nada disso. Talvez ela soubesse que ele estaria lá.

– Como?

– Foi minha culpa... – lamento.

– O que foi? – diz, aflito.

– Coloquei uma foto nas redes sociais do jantar que eu e Chloe estávamos preparando. Escrevi uma brincadeira, disse que a sobremesa ficaria por conta dele.

– Mas quem poderia saber que ele a compraria naquele lugar?

– Qualquer pessoa que estivesse interessada. Já fomos fotografados lá um zilhão de vezes. No meu aniversário, ganhei uma cesta imensa e postei uma foto com a legenda "Sugar Lovers sempre me fazendo feliz". Qualquer um pode descobrir que é a nossa doceria favorita.

– Tudo bem, mas se você estiver certa, essa pessoa estava pensando em sequestrá-lo havia algum tempo.

– Talvez...

– Não faz sentido, você acabou de dizer que eles deviam se conhecer.

– É, nada faz sentido. Vamos para casa? Preciso pensar melhor. Iremos à produtora amanhã, está bem?

– Claro. Você precisa mesmo descansar. Quantas horas dormiu na noite passada?

– Nenhuma.

– Então, precisa cuidar desse meu sobrinho.

– Obrigada.

Philip nada diz, apenas me olha com carinho e compreensão. Fecho os olhos procurando organizar meus pensamentos, mas não consigo encontrar lógica alguma, nenhuma peça se encaixa e, a cada hora, Paul fica um pouco mais distante. A hipótese de ele realmente não ter sobrevivido martela sem parar, me tirando a paz.

Na angústia de perdê-lo para sempre, adormeço. O cansaço toma conta de mim e entorpece cada parte do meu corpo. Apenas minha cabeça luta para se manter acordada. Imagens minhas com Paul povoam minha mente, preenchendo todo o vazio que eu sinto. Cada momento que passamos juntos passa como uma retrospectiva acelerada, e eu luto para acompanhar sem perder nada. De repente, passo a ver Paul sozinho. Primeiro, o vejo no escritório ligando para casa, seu olhar apaixonado enquanto conversa comigo, seu sorriso debochado ao fazer brincadeiras obscenas e seu rosto invadido de ternura ao dizer que chegaria a tempo para jantar com Chloe. Depois, aparece seu andar apressado, a pausa para uma conversa, as caixas da Sugar Lovers e neblina. A imagem fica turva e só desanuvia quando mostra Paul deitado em uma cama, aparentemente dormindo, e uma mão de mulher o amarrando na cabeceira.

Sinto meu corpo sacudir e a voz de Philip ao longe tentando me arrancar do sono. Acordo como se estivesse emergindo de um profundo mergulho. Ele continua me sacudindo de leve, tentando me reanimar. Eu me esforço para acordar, mas o ar parece pouco, e eu não tenho forças. Com muito custo, abro os olhos e sussurro:

– Ele está vivo. Eu o vi.

19
One Day at Time
Um dia de cada vez

(Elton John)

Acordo no meu quarto com a cabeça de Chloe repousada em meu colo. Por alguns instantes, acredito estar despertando de um pesadelo louco. Olho em volta e desejo ver Paul em um dos cantos da suíte ou escutar o som do violão, acompanhado de sua voz grave. Nada disso acontece. Tiro devagar a cabeça da pequena do meu colo e saio do quarto. Desço a escada e, quando vejo Philip sentado no sofá, volto à realidade. Percebo que estou de camisola e me envergonho, pois não me lembro como troquei de roupa.

– Não se preocupe, a Luzia cuidou de você. Está melhor? – diz, adivinhando meus pensamentos.

– O que aconteceu? A última coisa que me lembro é de estarmos vindo para casa.

– Você apagou. Não se lembra de nada?

– Não. – Sento em uma das poltronas, tentando lembrar.

– Você disse coisas estranhas.

– Disse? Acho que sonhei com Paul, mas minha cabeça está um borrão.

Philip passa a mão nos meus cabelos, dizendo para eu não me esforçar. Ele tem os olhos preocupados, e por isso mudo de assunto.

– Como foi a conversa com a sua família?

– Difícil. Mamãe está enlouquecida e papai naquele silêncio assustador.

– E no Brasil?

– Sua mãe e Carol estão a caminho. Chegarão amanhã.

– O que faremos, Philip?
– No momento, comer alguma coisa. Depois, pensaremos em algo.

Passamos parte do dia distraindo Chloe. Ela toca piano com o tio e preciso me controlar para não arrancá-la do banco e proibi-la de fazer isso novamente. Sinto tantas coisas absurdas e incompreensíveis. Por um lado, aprecio a presença do meu cunhado, sua ajuda e apoio. Por outro, olhar em volta e vê-lo nos lugares em que Paul deveria estar me traz revolta e irritação. Essas sensações nada têm a ver com a solicitude discreta e amiga dele, mas sim com o medo de ter que me acostumar àquela imagem.

As horas que deveria ter usado para dormir, gasto insone deitada do lado da cama onde antes havia um homem alto e loiro, dono de mim. Supor que o resto de minha existência está condenado a ser saudade me causa uma dor dilacerante. Sem ele, sou sombra, cinza e metade.

Se durante as noites me permito sentir toda a dor que a ausência de Paul me causa, ao amanhecer reúno todas as minhas forças para enfrentar o que for preciso. Aprendo a morrer e a renascer todos os dias.

Ter minha mãe, a Carolina e a Bel por perto mantém Chloe ocupada e alheia à loucura que se instalou em nossos portões. Permite também que eu e Philip possamos nos concentrar na investigação de cada segundo do dia em que Paul desapareceu.

A polícia não encontra o corpo, dá meu marido como morto e encerra as buscas. Agora, além de tudo tenho um documento que afirma sua morte. Anne insiste em encomendar missas e fazer um enterro simbólico em Londres, do qual eu me recuso a participar.

Ela acaba realizando a cerimônia e descaradamente citando meu nome em entrevistas difamatórias e telefonemas agressivos. Eu entendo que ela precisa culpar alguém por seu sofrimento, mas preciso revidar quando ela afirma que minha dificuldade em aceitar a morte dele é puro remorso. Como era de se esperar, ela acreditou na versão da polícia e me pintou de má esposa e ele de marido insatisfeito. Mesmo com Philip tentando intervir, ela vai ainda mais longe. Insinua que solicitará a guarda de Chloe, caso eu continue com a insanidade de procurar Paul. Desta vez, perco a diplomacia.

Decido deixar apenas um bilhete, pegar um avião e toda a minha fúria e ir a Londres mostrar o limite que ela insistia em não enxergar. No mesmo portão em que reencontrei o meu único amor, coloquei um basta naquela situação. Depois disso, ficamos sem nos falar. Ela liga todas as sextas-feiras no mesmo horário, Chloe atende e conversa com ela por alguns minutos, e é tudo.

As semanas se transformam em meses e não sei mais o que fazer. Minha mãe e a Carol precisam voltar ao Brasil, e insistem que eu vá com elas, mesmo sabendo que jamais irei embora deixando Paul para trás. O vazio da casa é a cada dia mais difícil, mesmo assim, é aqui que desejo estar.

Gasto boa parte da nossa fortuna pagando todo tipo de mercenário que oferece qualquer informação. Como a investigação não é oficial, tudo é muito mais difícil. Nada traz um rumo a ser seguido. Descobrimos todos os passos dele até a doceria. O que aconteceu depois permanece um mistério.

Continuo a sonhar com Paul. Vejo sua figura se transformar: os cabelos crescerem, o corpo ficar fraco e os olhos parados e sem brilho. Essas visões servem apenas para aumentar minha angústia. Por mais louco que pareça, sei que ele está preso em algum lugar, só não sei onde.

Sinto que o tempo leva Paul com ele sem que eu possa impedir. Temo dia e noite não poder trazê-lo de volta. Temo nunca mais me sentir viva.

O verão traz as contrações, o sangue, mas não as mãos seguras de Paul. Na hora do parto, perco as forças e não consigo trazer o bebê ao mundo. Ao contrário da primogênita, que nasceu no aconchego do lar, nosso segundo filho precisa nascer no hospital.

Entre as luzes da sala de cirurgia, o cheiro de medicamento e a vertigem provocada pelo anestésico, mergulho no azul dos olhos que transformaram minha vida comum em luz e não tenho vontade de sair. Somente o choro forte do nosso filho me faz voltar a mim por um breve instante. Antes da escuridão, só tenho tempo de ouvir que é um menino: Paul Robert Hendsen Junior, como faço questão de registrar.

Dias depois, com a Carol na minha cabeceira, acordo. Ela me explica as complicações do parto e a dificuldade que foi me manter viva.

– Chega de fazer loucuras, Elisa. Você precisa cuidar das crianças – diz, com carinho.

– Por que eu não consigo aceitar que ele se foi? Será que eu sou como aquelas pessoas que perdem uma perna e continuam sentindo dores porque o cérebro não se dá conta da falta daquele membro? Diz, Carol: quanto tempo vai levar para minha cabeça aceitar que parte de mim morreu e não existe mais? Quando é que minha dor vai passar? Você é médica, deve ter algum termo que explique isso – digo sem me alterar.

Os olhos dela transbordam e não é preciso responder. Nós duas sabemos que a dor não passará, que toda essa história sobre o poder do tempo amenizar tudo é mentira. A revolta se transforma em tristeza, e você sofre ao ver sua vida inteira virar apenas uma lembrança. Depois, você teme nem se lembrar, se esforça para não esquecer da voz, do jeito de olhar, do toque, do cheiro da pessoa e de como você se sentia antes com ela.

Paul passou a viver apenas nos olhos de Chloe e traços ingleses do nosso filho, todo o resto se transformou em saudade. Philip acaba se mudando para a Califórnia e está sempre presente cuidando da família do irmão. Ele é o único que não menciona a palavra desistir perto de mim. Embora estejamos parados sem saber o que mais podemos fazer, vivemos à espera de alguma informação que finalmente nos leve ao caminho certo.

Faz mais de um ano que Paul desapareceu. Na tentativa de aceitar o fim, decido ir até o local do acidente para me despedir. Colho duas rosas do jardim e vou sozinha até o penhasco. Estaciono o carro no acostamento e pulo a mureta de segurança. Apoio-me em uma pedra e fecho os olhos. Lembro-me de Paul correndo com as chaves atrás de mim em York, em Londres abrindo o portão da casa de seus pais, dançando salsa, com os cabelos molhados em nosso primeiro dia no chalé, depois no Brasil, abrindo a porta do quarto do hotel onde estava à minha espera e aqui, no nosso casamento.

– Meu querido, nunca tive medo do que pudesse me acontecer, pois sempre soube que estaria por perto cuidando de mim. Perdoe-me por não conseguir fazer o mesmo por você. Perdemos muito tempo olhando somente para mim, me descuidei de você e jamais me perdoarei.

Respiro fundo, me esforçando para dizer adeus, mas não consigo. Não consigo pronunciar a palavra. Nada em mim está pronto para seguir sem ele. Sou incapaz de dizer adeus.

– Preciso de um sinal... Qualquer coisa. Preciso de algo para renovar minhas esperanças, para voltar a acreditar que você ainda me espera. Você ainda está me esperando, querido? – As palavras custam a sair em meio às lágrimas.

Sento na pedra e apoio as rosas no chão. O vento está forte, e eu fico sentindo o frio, ouvindo o balançar das árvores e a bravura do mar. Lembro-me de que preciso voltar para casa e alimentar o pequeno. Levanto e o vento carrega minha echarpe. Tento agarrá-la, mas não consigo. Com alívio, vejo que ela se enrosca no galho de um arbusto na beirada do precipício.

Percebo que posso me apoiar na árvore ao lado. Não quero perder o presente que Paul trouxe do Egito. Problemas com o clima o tinham prendido nas gravações por mais tempo que o previsto e a viagem tinha se tornando a mais longa de todas.

Ando com cuidado até a beirada do abismo, seguro no tronco da árvore, me abaixo e alcanço o arbusto. Agarro um dos galhos e, me certificando de que está firme, me solto. Desenrosco o tecido fino da madeira áspera e percebo que uma parte está presa à raiz.

A custo consigo tirá-la e, quando baixo o olhar para puxá-la da base da árvore, noto um pequeno brilho em meio à terra e lembro da história da estrela que inventei para Carol no dia em que contei a ela sobre Paul. Revolvo a terra e, para minha surpresa, encontro a aliança dele. O meu coração se enche de uma alegria intensa e renovadora. Isso pode não significar nada, mas também pode ser o sinal que pedi, e prefiro acreditar que é.

Penduro a aliança no meu cordão, pego a echarpe e vou embora. Entro no carro, olho uma vez mais o anel de ouro e o beijo antes de guardá-lo dentro da blusa, repetindo:

– Obrigada, obrigada.

Minha felicidade fica completa ao chegar em casa e ver nossos dois filhos juntos. Chloe canta uma canção para o Junior, que olha atento para a irmã. O pequeno é um garotinho calmo, mas cheio de personalidade, sempre deixa bem claro quando está incomodado, com fome ou dor. Também solta risinhos e balbucios felizes quando está bem.

Diferente da irmã, que sempre foi a delicadeza em pessoa, ele se mostra forte e robusto. Junior tem os cabelos escuros como os meus, e me enche de orgulho vê-lo ao lado de sua irmã com cabelos cor de sol. Eles são o retrato perfeito de como eu me sinto em relação ao Paul: metades de um todo, cada um com suas peculiaridades, mas ainda assim complementares.

Perdida em meus devaneios de mãe, quase não noto a presença de Philip, que pigarreia para chamar a atenção. Ele está acompanhado de uma moça de cabelos ruivos, olhos cor de avelã e sorriso infantil.

– Esta é a Rachel Smith. Ela tem novidades para nós – apresenta.

– Olá, Rachel, vamos ao escritório.

Seguimos em silêncio e, assim que chegamos, ela é a primeira a falar:

– Desculpe aparecer assim, mas devido às circunstâncias, achei que não se importaria.

– Ela é filha de um dos jornalistas investigativos mais famosos que conheço. Nós trabalhamos um tempo no mesmo jornal, por isso ele ainda tinha meu telefone – Philip explica.

Permaneço em silêncio, esperando entender o que aquela garota poderia ter descoberto.

– Eu cresci vendo meu pai investigar, conversar com fontes e tentar resolver casos. Talvez seja por isso que estranhei o acidente do seu marido desde o primeiro instante.

– Você não foi a única – declaro.

– Sim, eu sei. Tenho visto que não desiste de procurar Paul.

– É, mas temos andado em círculos.

– Pois é, foi por isso que só vim agora. Eu também não tinha nada de concreto antes. Na verdade, de concreto mesmo eu não tenho nada, só uma teoria e um plano.

Olho para Rachel e tenho vontade de rir. Sua pureza e inocência são tão grandes que me fazem apreciar sua atitude, mas não posso me deixar iludir.

– Quanto você quer por sua teoria e por seu plano?

– A senhora entendeu errado, não estou aqui por dinheiro. Quero ajudar, de verdade.

Seus olhos brilham de tão francos e eu me sinto envergonhada.

– Desculpe, é que depois de tantos oportunistas batendo na minha porta, quase me esqueci de que ainda existe gente boa no mundo.

Ela sorri iluminando tudo ao redor.

– A senhora não precisa se desculpar, entendo perfeitamente.

– Não me chame de senhora, não devo ser tão mais velha assim que você.

– Realmente não, é que você me intimida mesmo.

Acho graça em sua sinceridade, mas ela tem razão, e isso não me deixa satisfeita. A vida nos transforma, nos torna o que nem ousaríamos imaginar. Cada estrada que me vi obrigada a percorrer me fez conhecer pedaços obscuros de mim mesma. Precisei me redescobrir, me reinventar tantas vezes que mal sei quem eu sou.

– Não se intimide. Sou apenas uma mulher com um problema imenso que parece não ter solução, e isso tem custado parte da minha simpatia. – Sorrio, tentando desfazer a má impressão.

– Pode parecer estranho, mas é por isso que estou aqui. Nunca vi um amor tão bonito. Tanto tempo e a senhora, quer dizer, você ainda o procura. Ficarei feliz se conseguir ajudar a solucionar seu imenso problema.

– Eu também, Rachel. Conte o que descobriu.

– Bem, comecei pesquisando antigos sequestros e assassinatos de famosos e cheguei à conclusão de que a maior parte deles teve o envolvimento de fãs. Passei a acompanhar os sites de fã-clubes e quase desisti, pois não encontrava nada de anormal. A maioria das pessoas se mostrava amistosa e simpática não somente em relação ao Paul, mas também ao casal. Foi quando decidi dar uma olhada nos integrantes de cada grupo e me dei conta de que alguns apelidos se repetiam, mas não tanto quanto um deles. Veja. – Ela retira de uma pasta uma pilha de papel com algumas palavras destacadas com caneta marca-texto.

– Está vendo esse nome de usuário grifado? – Rachel aponta uma sequência de letras e números que se repetem ao longo das páginas.

– Sim, estou. O que quer dizer?

– Quer dizer que essa é a única pessoa que está cadastrada em todos os sites que diz respeito a vocês. Consultei alguns dados e consegui saber qual era o usuário que mais acessou o seu site na época do acidente. Adivinha quem foi? – Arregalo os olhos para mostrar que estou seguindo sua linha de raciocínio. – Meio obsessivo, não acha? – ela emenda.

Olho para Philip espantada e ele retribui com um sorriso confiante.

– Tem mais! – Os olhos da garota cintilam de prazer ao listar seus avanços.

– Mais? Fala tudo.

– Esse usuário usou várias vezes uma sala de bate-papo de um dos fã-clubes. Conversou com muitas meninas diariamente, inclusive com a moça que foi encontrada com seu marido. Eu consegui ter acesso a essas conversas, não havia nada demais a não ser o fato de ela ter iniciado todas da mesma maneira: se mostrando uma fã ciumenta, protetora, e julgando Paul grandioso demais para você. Não deu muito certo com as outras, mas com Julie sim. Elas marcaram um encontro e depois disso nunca mais entraram na sala de bate-papo. O mais estranho é que elas participavam dos fóruns, deixavam comentários nas fotos e essa rotina foi diminuindo até cessar de vez. Olha a data da última participação, é de um dia antes do tal acidente e a mensagem é, no mínimo, estranha.

Pego o papel e leio a única linha escrita embaixo de uma foto nossa, qualquer coisa sobre ilusão e afinidades, mas não está coeso, o que dificulta a compreensão. Encosto na cadeira, coloco o papel na mesa e olho para Rachel, que espera ansiosa.

– Agora eu também tenho uma teoria, mas quero ouvir de você que se empenhou tanto para chegar até aqui – digo.

Ela respira fundo e fala sem hesitar:

– Parece que essa pessoa vasculhou tudo o que podia para ter o máximo de informação sobre vocês. Quando decidiu o que fazer, procurou uma cúmplice, da qual se livrou depois de obter a ajuda necessária.

– Informações que saíram da nossa própria casa, informações que eu forneci. Como pude expor minha família desse jeito? Não devia ter criado aquele site, atualizado tanto as redes sociais, Paul tinha razão em se esconder. Jamais me perdoarei – desabafo, quase em lágrimas.

Philip me dá a mão e com toda calma me pede para não deixar a culpa me envenenar.

– A gente vive como pode e torce para dar certo. Simples assim, o.k.?

Percebo que de nada adiantaria eu me afundar em remorso, preciso me concentrar em resolver tudo.

– Certo, e qual é o plano?

– Eu já tentei rastrear o acesso, mas a maioria foi feita de lugares públicos e distantes um do outro. Foi o que aumentou minhas suspeitas, afinal, um usuário comum não muda tanto de localização.

– Não me diga que podemos ter certeza de que ele foi sequestrado, mas que não podemos descobrir quem foi – lamento.

– A princípio não, mas talvez o meu plano louco dê certo. Antes devo avisar que ele é baseado em um palpite e que precisaremos de sorte.

– Não temos nada melhor. Pode dizer tudo o que está pensando – Philip a encoraja.

– O padrão de comportamento me diz que, seja lá quem for essa pessoa, não tem problemas com Paul, e sim com você, Elisa. Sequestrá-lo não é somente tê-lo, mas tirá-lo de você. É interromper o conto de fadas, entende? Isso significa que vamos ter que provocar um pouco.

– Como?

– Você vai ter que se pronunciar, dizer algo que a irrite, que a faça perder sua tranquilidade. Afinal, ela pensa que já venceu, está com ele há bastante tempo, você está sem esperanças e anda se escondendo como nunca. Vai ter que provocá-la, fazê-la vir atrás de você. Quando ela sair da toca, estaremos esperando.

– Garota, você é das minhas. Deixa comigo.

– Estão malucas? Elisa, você tem dois filhos, não pode se arriscar assim. Essa pessoa é perigosa.

– Faremos tudo com prudência, Philip. – Puxo o cordão de dentro da blusa e mostro a aliança, contando tudo o que aconteceu horas antes. – Precisamos tentar. Será a nossa última cartada, se ainda há esperança, temos que arriscar.

Ele toma minhas mãos aceitando o desafio. Rachel coloca suas mãos miúdas sobre as nossas em sinal de cumplicidade e otimismo. Por fim temos uma direção, que até pode ser meio tortuosa, mas poderá nos levar até Paul, e isso basta para inundar cada centímetro do meu ser de esperança.

À noite, consigo dormir e sonho mais uma vez com Paul. Desta vez, me sento na beirada da cama em que ele está, acaricio seus cabelos e falo: "Aguente firme, querido, estou chegando. Não desista, está bem? Por nós." Ele abre os olhos por um instante e parece sentir minha presença. Sussurra meu nome e volta a adormecer.

Depois disso, acordo certa de que o tempo está se esgotando e, se algum dia duvidei da minha força de continuar, não duvido mais. Reencontro o mesmo amor incondicional e forte dentro de mim, capaz de me mover e me fazer lutar. Sei que farei tudo para tirá-lo daquela situação. Tudo! E começarei pelo plano louco de Rachel.

20
You Better Move On
É melhor você seguir em frente

(The Rolling Stones)

Na verdade, o plano parece simples demais. Só tenho que chamar a imprensa e mandar um recado. Já sei o que direi. Passei algumas horas escrevendo e ensaiando para dar veracidade. Philip e Rachel aprovam o texto e prometem estar por perto.

Avisamos a imprensa que me pronunciarei sobre o desaparecimento de Paul no dia seguinte. Embora deseje acabar logo com tudo isso, preciso concordar que um dia de espera e anúncios aumentará as chances de ser vista por quem queremos.

O meu rosto está na maioria dos jornais. Finalmente, a viúva falará. É a festa que a mídia queria, e me sinto satisfeita em ver o tamanho da repercussão. É quase impossível não acertar o alvo. Depois, só nos restará esperar.

Minha mãe não aprova nada disso. Às vezes acredita que só estou me machucando mais até conseguir aceitar de vez que Paul não voltará, ou teme que eu esteja me envolvendo com bandidos e também acabe perdida pelo mundo. Das indas e vindas do Brasil para cá, vejo que as duas se preocupam com a minha sanidade. Carol, como boa amiga e médica, me oferece seu apoio em silêncio. Elas se dividem entre suas vidas e a minha, e não existe maior demonstração de afeto.

As duas me veem fazer um coque, me maquiar, colocar um vestido sóbrio e respirar fundo em frente ao espelho.

– Não me olhem assim. Sem julgamentos ou condenações, está bem? – imploro.

– Você está indo por um caminho que pode não ter volta. Deixou de viver para se prender a uma ilusão, minha filha.

– E se ele estiver vivo? Não se sente mal sabendo que seu genro pode estar sofrendo e nós não estamos fazendo nada para ajudar? Paul não merece pelo menos nossa dúvida?

– Se essa teoria estiver certa, você está arriscando a segurança da sua família, Liz – Carol arrisca.

– Não. Faremos como combinamos. As crianças não saem de casa. Aqui ninguém entra. Eles estarão seguros com vocês.

– Por quanto tempo, minha amiga?

– O tempo necessário. Posso contar com a ajuda de vocês?

– Sempre. Embora eu não concorde com toda essa loucura, estarei sempre aqui e tenho certeza de que sua mãe também.

– Obrigada. É só disso que preciso.

Meus passos são tão firmes que o salto do sapato parece querer perfurar o piso. A cada degrau que desço, penso em Paul, nos meus filhos, na vida que eu tinha e que alguém transformou em álbum de fotografia. Um nó aperta minha garganta e me faz parar. Sinto-me frágil ao pensar neles. Presto atenção à minha respiração e vou me acalmando. Vejo meu reflexo no espelho e decido que não é hora de vacilar.

Lembro-me de Paul dizendo não me reconhecer quando me via defender as pessoas que amo. O lado ferino que ele também amava. Decido que concentrarei minha raiva nessa pessoa que transformou minha vida em uma imensidão vazia. Usaria toda minha ira e sede de justiça para me sustentar neste momento.

Rachel aperta minha mão e me olha com firmeza. Percebo que ela pensa como eu. Philip toma a frente, avisa que eu apenas darei meu pronunciamento e não responderei a nenhuma pergunta.

Saio, e os flashes e a multidão que repete meu nome me causam náuseas. Aguento firme, não posso fraquejar. Devo ser convincente e só tenho esta chance. Fixo um ponto, respiro fundo e falo:

– Agradeço por todas as manifestações de carinho que eu e minha família recebemos. Espero que todos aqueles que realmente se importam perdoem e entendam o tempo em que permaneci em silêncio.

Todos se calam e me sinto mais forte e segura.

– Não me pronunciei antes justamente por não saber o que dizer. Não viria aqui apenas chorar meu marido, defender sua imagem ou falar sobre minhas esperanças. Fiz tudo isso inúmeras vezes sozinha. Confesso que me perdi sem ele.

Meus olhos se enchem d'água e me arrependo de ter fugido do texto original.

– A polícia seguiu o protocolo e precisei gastar muito do meu tempo, grande parte do nosso dinheiro e toda a minha paz para entender o que de fato aconteceu naquele dia. Paul não morreu naquele acidente estranho. Não contarei detalhes, pois o principal ainda não foi feito: trazê-lo de volta para casa. Mas estamos perto.

A plateia se agita em burburinhos e eu continuo:

– Paul foi sequestrado em frente à doceria Sugar Lovers, está incomunicável e talvez com a saúde debilitada, por isso tenho pressa. Eu chegaria a ele sem ajuda, mas levaria mais tempo. Preciso de todos os olhos possíveis. Sei que muitos devem estar me achando louca ou coisa do tipo. Não é com essas pessoas que estou falando. Falo com aqueles que já perderam alguém e que fariam tudo para trazer essa pessoa de volta, com aqueles que sofrem por medo de perder ou simplesmente com os que acreditam em mim. Fiquem atentos, por favor.

Algumas pessoas choram, outras cochicham e fazem cara de espanto.

– Só mais uma coisa. Peço licença a vocês para falar apenas com a pessoa que sequestrou Paul: estou indo buscar o meu marido e não importa em que buraco você o tenha escondido. Vou encontrá-lo! E, quando isso acontecer, não queira estar no meu caminho.

Viro as costas e sou praticamente carregada para dentro.

– O que foi aquilo? Você não falou nada do que combinamos. Que ameaça foi aquela? – Philip diz aflito.

– Não sei o que me deu, Philip. Não lembrava de nada, acabei me deixando levar, fui instintiva. Por quê? Foi tão ruim assim, Rachel?

– Não, fique calma, você foi ótima. Se a intenção era provocar, com certeza você conseguiu.

– Nunca deveria ter permitido que colocassem esse plano absurdo em prática. Era pra você dizer que as investigações evoluíram e que estávamos perto. Você convocou a imprensa e falou como uma justiceira. O que é isso? – ele diz com as mãos na cabeça.

Não sei se por nervosismo ou por vergonha, mas tenho uma crise de riso. Os dois ficam me olhando sem entender minha reação, e eu mal posso me mover.

– Que cena ridícula. Então eu estraguei tudo? Acabei com a única chance que tínhamos.

Ouvir minha voz pronunciando aquelas palavras estanca meu riso. Sento em um dos bancos do jardim e solto os cabelos. Rachel se agacha na minha frente e lança um olhar manso.

– Não fique assim. Eu, que não sequestrei Paul e estou do seu lado da história, estremeci com seu tom de voz. Era isso o que queríamos.

– Você não conta. Sente-se intimidada por mim tomando chá no escritório. – Sorrio tentando deixá-la menos preocupada.

– É verdade. Mesmo assim, é cedo demais para se sentir derrotada. Você mostrou que não tem medo e que não desistirá. Isso é motivo suficiente para irritá-la e fazê-la sair do conforto em que estava.

– Tem razão. Talvez minha loucura não tenha arruinado tudo. Se estivermos certos e essa pessoa for uma mulher, ela sentirá seu orgulho ferido.

– E virá atrás de você.

– Eu não menti, Rachel. Não sei do que sou capaz.

— Calma, o objetivo é trazê-lo de volta. Ela fica por conta da polícia. Seu objetivo é o Paul, não se esqueça.

— Está certa. Só quero tê-lo de volta. Não gosto do que sou sem ele, você vai perceber a diferença. O som do violão ou do piano pela casa é a trilha sonora da minha vida. O dia é cheio de surpresas, abraços inesperados, olhares apaixonados, até o ar tem perfume doce quando ele está por perto. Paul desperta o melhor de mim e eu me perco com sua ausência.

— Eu sei. Quero muito ver isso, Elisa.

— Longe dele tenho que ser forte o tempo todo, ele é meu porto, minha paz.

— Está cansada, não é?

— Demais. Nunca imaginei suportar tantas coisas. Mas ficarei bem, desde que dê certo. Precisamos encontrá-lo. Se conseguirmos, dane-se o resto.

— Nós conseguiremos. Tenho fé.

— Obrigada, Rachel. Você foi um presente em meio ao caos, jamais me esquecerei.

Suspiro resignada, pois sei que agora só me resta esperar. Os segundos passam e algo me diz que o Paul está em seu limite. O fato de eu não poder acelerar as coisas traz uma angústia sufocante. Decido tomar um banho e colocar uma roupa mais confortável.

Assim que entro no quarto e vejo Chloe sentada no meio da cama com os olhos chorosos, percebo que o dia será ainda mais difícil.

— O que foi, pequena?

— Mamãe, o que eu fiz de errado?

— Nada, meu bem. Por quê?

— Papai ainda não voltou. Faz tanto tempo... Ele nem me ajudou a assoprar as velinhas do meu bolo de aniversário! Você disse que, se eu ajudasse, logo ele estaria em casa, mas todos dizem que ele não vai voltar.

– Minha linda, desculpe. Jamais deveria ter dito isso. Não sabia que se sentiria assim.

– Você mentiu, mommy? Onde está o papai? Ele não vai mais voltar? Ele nem conhece o Junior. Todo mundo diz que ele morreu.

– Chloe, preste muita atenção no que a mamãe vai dizer: não menti pra você, tenho tentado trazer papai de volta todos os dias, certo?

– Certo.

– Papai nos ama mais do que qualquer outra coisa no mundo!

– Então, por que ele não está aqui?

– Porque ele não pode. Sabe histórias que a mamãe te conta?

– De princesas?

– Isso. Vamos continuar torcendo para que tudo acabe bem como nas histórias, o.k.?

– Mas o papai é o príncipe, ele deveria te salvar.

– Ele salvou, querida, pode ter certeza. Agora é minha vez.

– Eu não entendo...

– Eu sei, querida. Pra dizer a verdade, nem a mamãe entende muito bem. Mas sei que o nosso amor é maior do que qualquer maldade que existe e, por isso, ficaremos bem. Agora vem aqui. Quer tomar um banho de espuma?

Ainda bem que o universo de uma criança sempre escolhe girar para o lado feliz. Chloe assoprou bolhas na banheira até o sono chegar, depois, fechou os olhos, conversou com o papai e ganhou mais um beijo no nariz. Até quando conseguirei mantê-la longe do lado escuro da vida? A resposta me faz perder o ar.

O desespero nunca foi tão grande. O relógio se transformou em uma bomba, prestes a explodir. Tenho um compromisso com Paul, disse que não o abandonaria. Não permitirei que ele sofra até morrer. Jurei que chegaria a tempo.

Prometi aos meus filhos que traria Paul de volta, para que Chloe tenha absoluta certeza de que é imensamente amada e para que Junior sinta o calor dos braços do pai. E tenho o forte desejo de tê-lo, de voltar a ser dois e poder dar a ele todo o amor que já é dele.

A minha vontade é de correr, sair em disparada para qualquer lugar. Vasculhar cada casa, loja, barco e mata. Correr e só parar ao vislumbrar o azul, aquele pequeno pedaço de céu na Terra e que me pertence.

Sento na varanda do quarto e vejo o dia amanhecer. Dentro de mim, existe a certeza de que o desfecho se aproxima, só não sei qual. Luto para não perder o controle ao imaginar que o fim pode não ser o término da minha busca, e sim o fim da vida dele.

Troco de roupa e vou para a cozinha tomar café. Philip lê o jornal na sala e se espanta ao me ver pronta para sair.

— Parece disposta, animada — ele diz, sem notar meu desespero.

— É, decidi que vou até a produtora. Faz tempo que não apareço.

— Mas Bob não tem trazido tudo para você assinar?

— Sim, mas quero ver como estão as coisas. É nossa empresa, preciso voltar a me inteirar.

— Isso é muito bom, Elisa — Philip me olha esperançoso e aliviado, feliz em me ver começar a tocar a vida e aceitar que nada mais pode ser feito. — Quer que eu vá junto?

— Não. Vou só dar uma passadinha, ver como estão as coisas, depois vou ao shopping. As crianças estão crescendo, precisam de roupas novas.

— Não quer a companhia da sua mãe e da Carol?

A insistência dele começa a me irritar, mas não posso deixar que ele note que eu quero sair sozinha.

— Se eu levar uma das duas, não me deixarão trabalhar nem uma hora, ficarão me apressando, e eu quero ficar o tempo que for necessário para saber as novidades e como a produtora está indo sem os nossos cuidados.

Ele ri e me dou por satisfeita. O segurança e o motorista se apresentam assim que me veem na garagem, mas aviso que sairei sozinha. Tenho que discursar novamente sobre minha saída inocente para que não me sigam.

Entro no carro sem saber para onde ir. A inquietação arde em mim e decido apenas dirigir. Resolvo passar de verdade na produtora, justamente para ninguém estranhar, caso liguem para saber se estive lá.

Assim que chego, vou para a sala que costumava dividir com Paul. Sento na cadeira dele e passo a mão na mesa. Sorrio ao me lembrar dos dias que passamos ali: os planos e ideias virando contratos, novos roteiros, até fracassos e recomeços. A prateleira exibe estatuetas de prêmios, algumas recebidas depois do desaparecimento dele. Há fotos sobre o aparador em frente à janela: uma nossa dos tempos de Londres, outra do casamento e várias de Chloe fazendo poses e sorrindo. Abro a bolsa e tiro uma foto do Junior que guardo na carteira, levanto-me e a encosto em um dos porta-retratos.

O dia está frio e chuvoso, daqueles que anunciam tristeza e melancolia. Colorido mesmo, só os guarda-chuvas que vão e vêm sem parar pelas duas calçadas ao longo da avenida. Meus olhos seguem de um ponto a outro aleatoriamente até cruzar com uma figura alta, delicada e esguia. O guarda-chuva cinza não permite que eu veja seu rosto, mas sua altura a destaca das outras mulheres. Lembro-me imediatamente da mulher que esperou por Paul na Sugar Lovers. Fecho os olhos e balanço a cabeça, tentando não ser influenciada pelo desespero de encontrá-lo. Não posso fantasiar e sair perseguindo pessoas pelas ruas. Mesmo assim, não contenho a curiosidade e volto a procurar o cinza entre as estampas. O encontro para fora de um carro cujo interior não é possível ver. De dentro, a moça fecha o guarda-chuva, o guarda e bate a porta. Os vidros escuros impedem que eu a identifique, nem mesmo a silhueta está visível.

Fico olhando e esperando o carro partir, o que não acontece. Ele permanece parado, e meu coração começa acelerar. Aguardo alguns minutos, talvez esteja esperando alguém. Nada.

– É hoje, meu querido. É hoje que trago você de volta para casa.

Pego a bolsa e desço em disparada. Os seis andares parecem uma eternidade dentro do elevador. Assim que a porta se abre, respiro fundo, seguro a bolsa em uma mão e um calhamaço de correspondência na outra para disfarçar o tremor do meu corpo. Assumo a expressão mais natural que posso e saio do prédio a passos lentos, embora queira correr.

Entro no carro e dou a partida. Pego a direção contrária do centro para ver se o carro de vidros escuros me segue. Paro no farol e vejo que, a três carros de distância, está o alvo das minhas suspeitas. Viro na rodovia que dá acesso a minha casa. A estrada começa a ficar vazia e a perseguidora toma o cuidado de aumentar a distância, mas, entre uma curva e outra, seu carro aparece ao longe.

A certeza me invade. Preciso de um plano, mas não tenho tempo de pensar em nenhum. Não posso fazer nada que demonstre que notei a presença dela. Preciso ganhar tempo, mas não sei como. Avisto a placa da Sugar Lovers e resolvo ir até lá. Sei que é arriscado e que pode fazê-la desistir, já que se trata de um lugar conhecido, mas também pode parecer seguro, pois está localizado em uma área pouco movimentada. Não tenho outra opção, preciso arriscar.

Estaciono o carro em frente à porta, entro, peço um café e espero. O carro passa direto e me decepciono. A cozinha está movimentada, com os funcionários preparando cupcakes para os clientes em comemoração a mais um aniversário da doceria. A proprietária faz questão de me atender e eu estremeço ao ver o mesmo carro parar ao fundo do estacionamento. Tenho uma ideia que pode dar certo. Aproveito o abraço de boas-vindas e digo disfarçadamente:

– Lembra-se do dia em que me disse que gostaria de ter ajudado mais?

– Sim.

– Agora você pode. Continue sorrindo e converse como se estivesse me mostrando os doces, o.k.?

– Tudo bem.

Ela vai para trás do balcão e começa a apontar os doces, tirar pequenas amostras para eu provar.

– O que está acontecendo, Elisa?

– Estou com uma suspeita fortíssima de que estou sendo seguida pela mesma mulher que sequestrou Paul.

– Ai, meu Deus! Quer que eu chame a polícia?

– Não, não. Mantenha a simpatia, sorria. Na próxima amostra que você me der, vou colocar meu celular na sua mão.

– Certo.

– Depois vou apontar um bolo. Você sairá para pegá-lo, vai ser a desculpa para que você se ausente. Está entendendo?

– Sim, continue.

– Coloque o celular no silencioso e depois o esconda dentro de uma caixa desses doces que vocês estão dando de brinde.

– Não vai caber dentro de um cupcake. – Ela parece nervosa.

– Você pode colocar em uma fatia grande de bolo, daquelas que costumo comprar, acha que cabe?

– Acho que sim.

– Depois, peça para um dos garotos que estão distribuindo os cupcakes na calçada ficar próximo à saída do estacionamento. Mas não podemos errar: o bolo com o celular deve ser entregue para ela.

– Como isso vai ajudar?

– O sistema de rastreamento.

– Ah, pode deixar, mas e se ela não abrir a janela?

– Ela vai abrir. Eu cuido disso.

– Está certo!

– Dê um jeito de camuflá-lo embaixo do bolo, não sei...

– Deixa com a gente. Vou dar um jeito. – Ela sorri, confiante.

Faço uma concha com a mão para esconder o celular. Ela me entrega o guardanapo com um biscoitinho e, assim que o pego, deixo minha pequena tábua de salvação escorregar para as mãos dela. Provo o quitute e aponto aleatoriamente para a vitrine.

Ela segue em direção à cozinha para embrulhar o bolo e executar o plano, e eu me sento para terminar o café. Minhas mãos transpiram, o cheiro doce da loja embrulha meu estômago. O ponteiro do relógio parece não se mover, e eu não consigo construir um pensamento até o fim. Toda tentativa é interrompida pela imagem de Paul e pela pressa que tenho em ver o rastreador dentro daquele carro. Temo que ela desista e vá embora antes de eu sair, ou que recuse o brinde da doceria.

Estou tendo vertigens de tensão quando um dos garotos surge por fim com uma enorme bandeja com pequenas caixas que exibem o simpático logotipo da loja. Logo atrás dele, a jovem lhe dá instruções. Ela me entrega a sacola e deseja boa sorte. Pago, agradeço e saio.

Antes mesmo de abrir a porta do carro, noto que o garoto já distribui os bolos na saída do estacionamento. Desejo com toda a força que ele não se atrapalhe. Ligo o carro e saio. Para não criar suspeitas, o outro carro já segue em direção à saída e, num gesto cordial, me dá passagem próximo à cancela. Extremamente profissional, mas ela não sabe com quem está lidando.

Paro, abro a janela e pego sorrindo o brinde que me é oferecido. Fecho o vidro, e avanço com o olhar fixo no retrovisor. Como não noto nenhum movimento, deixo o carro morrer. O garoto bate de leve no vidro e ela se vê forçada a abrir uma pequena fresta. Seria rude e incomum não aceitar um agrado tão inocente.

Mais uma vez, não sei o que fazer, agora preciso pensar em algo que a faça parar de me seguir, depois inverterei os papéis. O problema é que eu já estou perto de casa e o tempo é curto. Não quero envolver minha família, muito menos ter o inimigo perto dos meus filhos. Chove forte e é com dificuldade que avisto uma das empregadas sob um pequeno guarda-chuva. Paro no acostamento e abro a porta.

– Entra, Joanne. Eu te levo.

– Não precisa, senhora – diz, sem jeito.

– Entra logo! – Percebo o meu tom alterado e tento disfarçar. – Vai fazer cerimônia comigo? Está chovendo demais. Pode entrar – alivio.

Joanne fecha a porta e o carro que me perseguia passa por nós. Começo a manobrar para retornar e percebo que o outro carro diminui a velocidade, mas não tem o que fazer a não ser seguir em frente.

– Não quero atrapalhar. A senhora já estava perto de casa. Além disso, eu preciso passar na farmácia antes de pegar o ônibus.

– Eu te deixo na farmácia, Joanne. Não tem problema.

– Obrigada.

Estou fervilhando de tensão e, por mais que eu tente prestar atenção na conversa de Joanne, só dou respostas evasivas e automáticas. É com alívio que vejo a farmácia e, como o ponto de ônibus fica a uma quadra, não preciso esperá-la.

A chuva se transforma em tempestade, deixando a cidade um verdadeiro caos. Os sinais estão apagados e algumas árvores que foram atingidas por raios caíram sobre a fiação, cortando a energia de alguns lugares e aumentando o engarrafamento em outros. Precisei dirigir alguns quilômetros para encontrar uma loja aberta.

– Olá, preciso de um celular com acesso à internet – solicito.

O rapaz começa a me mostrar vários modelos. Aponto um entre os que ele espalhou pelo balcão dizendo que tenho pressa.

Trinta minutos depois, já estou dentro do carro ligando para a empresa de segurança que trabalha conosco. Peço para falar com o presidente da empresa, que me atende prontamente.

– Como vai, Elisa? Como posso ajudá-la?

– Preciso de acesso ao mapa do rastreador que você vinculou ao número do meu telefone.

– Por quê? Aconteceu alguma coisa?

– Não sei ainda. Preciso do mapa para saber.

– Elisa, eu rastreio e mando averiguar.

– Averiguar o quê? Se uma das minhas empregadas me roubou? – digo, segura.

– Ah, é isso?

– É, meu celular desapareceu e eu me lembro perfeitamente que o deixei em cima da mesa do meu escritório. Tentei deixar para lá e me convencer que poderia ter esquecido em algum lugar, mas não consigo ficar em paz imaginando que há alguém capaz de me roubar dentro da minha própria casa.

– Entendo.

– Por isso pedi para falar direto com você. Sei que é uma bobagem e eu não deveria ter acesso a tanta tecnologia para uma questão como essa, mas se eu mesma der uma olhadinha, sem gastar o tempo dos seus funcionários, que certamente são muito ocupados, não haverá nenhum problema, não é?

Falo bem depressa para que ele não tenha tempo de pensar.

– Claro que não. Todo rastreamento pode ser acompanhado pela internet, você tem acesso a ele de qualquer lugar. Peço apenas a sua discrição.

– Fique tranquilo, é o meu próprio celular.

– Certo.

– Vou anotar os dados, pode dizer.

Escrevo tudo com atenção e, logo após digitar os dados indicados, aparece na tela do celular um mapa com um pequeno ponto vermelho piscando e se movimentando. Coloco o endereço no GPS e vejo que fica a muitos quilômetros daqui.

Percebo que já estou fora há tempo demais e decido ligar para casa. Aviso que sairei para jantar com uma amiga e que não tenho hora para voltar. Então, olho uma vez mais para o mapa e ligo o carro. Não tenho tempo a perder, beijo a aliança de Paul, pendurada em meu pescoço, e saio em busca do fim dos meus dias escuros.

Dirijo o mais rápido que posso, mas a chuva e os galhos que cobrem parte da rodovia não ajudam. O caminho se transforma em um verdadeiro calvário. O localizador para de se mover, olho o nome da rua e não reconheço.

Já é noite quando chego ao um portão do que parece ser uma chácara. O lugar fica em meio à mata no alto de uma montanha, bem distante da cidade. Saio do acostamento, estaciono debaixo de uma árvore, apago os faróis e o breu se faz. Aos poucos, os meus olhos se acostumam com a escuridão e consigo ver que alguém se aproxima do portão segurando um lampião. A claridade aumenta gradualmente e o meu nervosismo também. O portão se abre e é como se meu coração parasse por alguns segundos. Não posso acreditar! Pego o celular e ligo para a polícia. As palavras saem com dificuldade, meu corpo estala de ódio. Não acredito. É ela!

21
PAUL

Quase dois anos antes

Olho desanimado as pilhas de papel que se espalham pela mesa, tenho pressa. Há dias não consigo chegar a tempo para jantar com minha família. Chloe anda triste por pegá-la sempre de pijama, pronta para dormir, nem a história antes do sono está me ajudando a ganhar créditos com ela. Elisa a acompanha durante as refeições, depois me faz companhia à mesa. Sua doçura, companheirismo e gentileza fazem dela uma mãe e esposa zelosa. Toda a força de seu temperamento está canalizada para os negócios.

Pensar nela provoca em mim o sentimento de sempre: algo entre ternura, desejo e sorte. Ter seu afeto, perspicácia e cuidados ao longo dos dias e sua paixão, audácia e beleza ao longo das noites fazem com que eu me sinta o mais sortudo dos homens.

O único problema que há em se sentir tão privilegiado é o medo de perdê-la, às vezes temo que algo aconteça inesperadamente. Quando isso acontece, prefiro acreditar que esses pensamentos são lembranças do passado e nada mais, algum trauma, não sei. A vida sem as cores de Elisa ao meu redor é algo que não consigo nem ao menos supor. Seu jeito traz calor aos nossos dias e eu não consigo imaginar outros olhos, sorrisos e silêncio dividindo as horas comigo. Ela tem uma luz diferente, e mesmo seu jeito tão certinho – que me irrita profundamente – é motivo de admiração. Jamais viraria as costas para a vida que construímos juntos pelo simples fato de que ela me ama como ninguém foi capaz de amar antes. Eu a amo porque ela me faz sentir único e, assim, é como se só existisse a gente no mundo.

Sou arrancado dos meus pensamentos apaixonados pelo som do telefone. Mais negócios a serem resolvidos. Qualquer coisa sobre uma audição para o elenco do nosso próximo filme. A ligação dura quase uma hora. Olho a mesa novamente e me dou conta de que demorarei uma eternidade para ler tudo aquilo.

Respiro fundo e decido deixar tudo para o dia seguinte, não consigo tirar as duas da cabeça. Além disso, percebi que Elisa tinha um ar festivo ao dizer ao telefone que estava preparando um jantar especial. Embora ela seja mais de olhares do que de palavras, aprendi a interpretar suas inflexões para entender seus sentimentos. Os olhos ajudam, denunciam tudo o que ela cala.

Aqueles que a conhecem superficialmente diriam que estou enganado, pois ela é bem falante, e até que é, mas seu jeito comunicativo e desinibido são meros disfarces. Elisa fala o que pensa, mas não o que sente. Vez ou outra deixa escapar alguma coisa, mas sempre quando já está transbordando. Eu não me importo, basta que ela sinta, e eu sei que sente. Muito e intensamente! Essa discrepância entre sentimento e silêncio deve ser o motivo de seus olhos mudarem tanto de cor, e um dos inúmeros que me fazem amá-la tanto. Ela é um mistério que não me canso de desvendar.

Organizo os papéis, fecho as gavetas e saio. Ainda tenho que passar na Sugar Lovers e pegar os doces. Hoje estou decidido a voltar a ser o pai mais legal do mundo. Além disso, falarei com a Elisa sobre os meus planos de abrir uma filial da produtora em Londres. Há tempos venho pensando em levar uma vida mais tranquila e só durante a temporada que passamos no chalé conseguimos ter uma rotina mais simples e comum. Não disse nada antes por saber tudo que Elisa já sacrificou para ficarmos juntos. Pedir para ela se mudar de vez para um lugar sem praia e que, na maioria das vezes é frio e chuvoso, me parece exigir demais. Mas eu não paro de pensar que deveríamos nos mudar, ter uma vida mais reservada, e sei que isso só acontecerá fora da Califórnia ou, se for preciso, fora das telas.

Parece radical, sobretudo para mim que adoro o que faço, mas olho minha pequena sempre vigiada por seguranças e minha mulher estampada nas revistas mesmo quando está comprando cenouras, e isso me preocupa. Quando estamos no chalé, Chloe brinca feliz na casa dos vizinhos e isso me parece natural e seguro.

Analisando racionalmente, parece um exagero, vivemos assim há muitos anos e tudo corre bem. Aprendemos a lidar com a vida e a criar momentos simples só para nós, mas deixei de considerar apenas a lógica quando tive as visões com Elisa. Tantas coisas incompreensíveis fazem parte do meu cotidiano que seria impossível negar a existência delas. Por isso, aprendi a levar em conta também os meus instintos, e eles me dizem que é tempo de desacelerar.

Aumento o volume do rádio, que toca uma das minhas canções favoritas, e esqueço as preocupações. Só ouço a música, presto atenção na estrada e penso em chegar em casa. Quase me esqueço dos doces, mas a Sugar Lovers fica no caminho, e é quase impossível não ver uma de suas placas.

Mal coloco os pés na loja e a moça do balcão me avisa que irá buscar a encomenda, que já está pronta. O atendimento daquele lugar é tão bom quanto o sabor das tortas. Penso em me sentar e tomar alguma coisa, mas, antes que eu o faça, ouço leves batidas no vidro da porta e, por alguns segundos, penso se tratar de uma fã desconhecida. Abro a porta e olho mais de perto a moça alta, magra e com um sorriso que ocupa a metade do rosto.

– Vai dizer que não me reconhece? – ela diz, amigavelmente.

A voz e o forte sotaque são o suficiente para reconhecê-la.

– Marie? Quanto tempo. O que faz aqui?

– Vim para a "terra das oportunidades". Não é aqui que tudo acontece? Ainda não acredito que demorou tanto para me reconhecer.

– Foi o choque. Jamais passou pela minha cabeça encontrar você aqui. Demorei para acreditar.

É claro que não diria como ela está diferente. A magreza é de espantar, o rosto está envelhecido e pálido. Tenho vontade de perguntar se está doente, mas me contenho.

– Fiquei sabendo que morava por aqui, estava indo a sua casa, aí vi as placas e resolvi comprar alguma coisa para não chegar de mãos vazias. Fiquei sabendo que tem uma filha, e doce é o jeito mais fácil de se conquistar uma criança.

Prendo os lábios para não dizer que Chloe não se venderia pelo que quer que seja, mas acho que ser rude por tão pouco é desnecessário.

– Como conseguiu nosso endereço? – pergunto, impaciente.

– Ah! Qual é, Paul? Todo o mundo sabe onde você mora. "A mansão toscana no alto da montanha com vista para o mar: um presente à amada." Quem é que não viu a notícia com a foto do seu castelo, príncipe?

– É, muitas vezes me esqueço que qualquer um sabe meu endereço.

Minha resposta quase apaga seu sorriso. Não pude me controlar. A maneira como a presença dela me incomoda é novidade para mim. O tom irônico que sempre usa para falar do meu relacionamento com Elisa nunca me afetou antes. Eu o encarava como uma atitude de quem não acreditava no nosso amor, depois passei a considerar um capricho, coisa de gente manhosa e birrenta. Mas, naquele instante, a inveja e a maldade ficaram expostas como nunca e me causam um mal-estar tremendo; mais que isso, me irritam pra valer.

– Preciso pegar minha encomenda – digo, tentando despachá-la.

– Eu te espero – insiste.

– Certo – falo, tentando encontrar paciência.

Enquanto pego o dinheiro na carteira, procuro pensar em algo que a faça desistir daquela visita. Estou certo de que Elisa odiaria vê-la em casa, ainda mais em um dia reservado apenas para nós. Pego as sacolas e saio decidido a remarcar essa visita para um dia que nunca virá. Também não quero mais Marie em nossa vida, apesar de ser uma velha amiga e eu me sentir culpado pelo tempo que usei seus beijos para ferir Elisa.

– Desculpe, Marie. Elisa chega de viagem hoje com a Chloe. Como pode ver, estou me preparando para recebê-las. Prometi para nossa filha que faríamos uma festa do pijama. Importa se remarcarmos? – falo, usando todo o meu talento de ator para disfarçar minha vontade de dizer para ela crescer e me esquecer de vez.

– Claro que não. Entendo perfeitamente – diz, solícita.

A resposta foi tão doce que me enjoou. Ela está tão estranha...

– Só me acompanhe até o carro, então. Estou com a filha de uma amiga que é sua fã incondicional. Prometi que te apresentaria hoje, ela vai ficar muito decepcionada se eu não cumprir a promessa.

– Tudo bem.

Acho melhor concordar do que gritar e dizer que está proibida de aparecer na minha casa, sobretudo com uma pessoa desconhecida.

No estacionamento, noto que há apenas um carro ao fundo. A vaga é quase na rodovia, na última fileira do estacionamento.

– Por que estacionou tão longe? – questiono, vendo tantas vagas mais próximas.

– Ainda não me acostumei com o sentido de circulação invertido. Sabe que dirigir não é meu forte. Fiquei com medo de arranhar o carro de alguém.

– É, não é mesmo. Você dirige como um garoto de 13 anos bêbado.

Ela sorri de satisfação e percebo que não foi boa ideia mostrar que a conheço tão bem. Obviamente, Marie continua a confundir as coisas.

Quando estamos chegando, ela se apressa, abre a porta de trás, e puxa a moça.

– Essa é Julie – me apresenta.

– Muito prazer – digo, estendendo a mão.

A garota responde meu cumprimento e não posso deixar de notar o quanto ela treme. Seus olhos estão lacrimejantes e ela não diz uma palavra sequer.

– Tente se acalmar. Está muito nervosa, não precisa ficar assim – digo com carinho.

Ela bambeia como se fosse desmaiar e eu a seguro. Me inclino sobre ela para segurá-la e carregá-la até o banco do carro. Assim que me dobro, sinto uma picada, seguida de um ardor entre o pescoço e o ombro. Meus braços amolecem e a jovem fica de pé me olhando com terror. Sinto as mãos magras de Marie nas minhas costas e tudo escurece.

Mergulho em um sono estranho, que oscila entre a consciência e a escuridão. Abro os olhos em alguns momentos, mas as imagens parecem cenas de um sonho sem sentido. Mesmo assim, posso sentir o carro em que estou parar, e Marie se encaminhar para o meu e batê-lo contra a mureta de segurança. Julie, com as mãos trêmulas, enfia uma agulha em meu braço e enche uma bolsa de coleta de sangue. Depois, vejo Marie pegar um taco de beisebol e quebrar o para-brisa, aumentando os estragos do carro.

Vejo-a mudar de direção e atacar a jovem, mas meu espírito está preso em um corpo inerte e não consigo reagir. O desespero não tem tamanho. A loucura tinha tomado conta daquela que um dia fora minha amiga, minha namorada. Eu não a reconheço. Penso em Elisa e Chloe em casa e agradeço por estarem em segurança, longe da ira assassina de Marie. A tontura aumenta e quase desmaio antes de vê-la espalhar o sangue pelo carro. Marie arrasta Julie até o banco do passageiro e volta ao volante sem olhar para trás. A porta do carro se abre e eu caio nas profundezas novamente.

Acordo zonzo, com o estômago embrulhado e a boca amarga. Tento me sentar, mas tenho as mãos e as pernas amarradas. Forço, mas de nada adianta.

— Não se esforce, você dormiu demais. Já estava preocupada. Em nenhuma das minhas pesquisas li que alguém poderia dormir 18 horas com essa dose de sedativo. Você devia estar bem cansado, precisava disso, não é, meu querido?

— Preciso me sentar, essa tontura está me matando.

— Tudo bem, mas ainda não posso soltá-lo.

— E como vai conseguir me sentar?

Antes de responder, o colchão começa a se erguer e sinto meu tronco levantar. Estou em uma cama de hospital. A cada surpresa, percebo o tamanho da encrenca em que estou metido.

— Isso é loucura, Marie – lamento.

— Eu sei, mas você não me escutaria. Anos sem me ver e já estava me dispensando! Você precisa de tempo pra colocar a cabeça no lugar.

— O que você entende por colocar minha cabeça no lugar?

— Lembra-se da época em que montávamos nós mesmos o cenário, vendíamos os bilhetes? Parecíamos mais uma trupe de circo do que de teatro?

— Claro que lembro.

— Seu pai insistia em patrocinar, mas você nunca aceitava.

— Sim, queria ter certeza de que tínhamos talento.

— É, eu adorava te ver tocando nos bares. Sei que tinha a desculpa de ganhar um troco, mas nos divertíamos tanto... E no fim, quando o dia estava quase amanhecendo, a gente sempre ganhava umas canecas de cerveja meio quente e o café da manhã.

— Por que está dizendo tudo isso?

— Porque você se esqueceu. Como conseguiu se conformar com essa vidinha? Você não tinha parada, limites ou preocupações. A gente não sabia onde estaria na semana seguinte, não sabia nada sobre o futuro, e era essa a graça da vida.

— O tempo passou.

– Sim, mas a gente poderia estar fazendo essas coisas até hoje. Fala a verdade, não pode existir nada que você goste mais do que da aventura e da estrada.

– Há sim, Marie. Eu gosto de me aventurar no mundo de fantasia pelos olhos da minha filha. Enxergar princesas, bruxas e duendes que ela vê.

– Blá-blá-blá. Ela vai crescer e se tornar uma adolescente birrenta. Pense nos seus amigos, no pôquer e nas mulheres. Sabe que nunca me importei com suas conquistas.

– Eu tenho a única mulher no mundo que me interessa. Tenho amigos, momentos de bebedeira, cigarro e pôquer. Há uma sala na minha casa só para isso, mas, pensando bem, eu viveria sem essa parte da minha vida. Sabe por quê? Ultimamente, tenho jogado *strip poker* com a Elisa e é bem divertido, bem mais interessante – ironizo.

Sinto o rosto queimar com o tapa que Marie estanca em mim.

– Pensei que não fosse ciumenta.

– Não brinca comigo, senão te coloco pra dormir – quase grita.

– Não fale como se a minha família não existisse, pois você pode me prender para sempre, pode até me matar, mas não vai mudar o que há dentro de mim.

– Está iludido. Um tempinho comigo e você acordará.

– Não, Marie. Continuarei amando Elisa da maneira mais profunda que pode existir e Chloe será sempre minha princesinha, fruto desse amor. Você pode até mudar o meu futuro, mas não mudará o que eu vivi até hoje, nem o fato de eu te desprezar com todas as minhas forças – resolvo falar.

É óbvio que ela não me soltará, não adianta apelar para a razão. Não há razão em nenhuma das atitudes de Marie.

O ódio aparece em cada ruga de seus olhos, mas ela respira fundo e abranda a expressão.

– É o que veremos. Eu entendo que você ficou atraído pela brasileira, cheia de curvas, molejo e aquela cabeleira preta. Depois entrou em crise com a fama, sentiu o vazio da nova vida e foi procurar a paixãozinha juvenil. Ela posou de mártir, o tempo foi passando, ela arrumou a criaturinha e você, cheio de caráter, ficou preso nessa situação. Agora pense bem: quando você queria largar a carreira, eu o reergui; quando sofreu horrores por ela ter te abandonado, eu fui o seu consolo; quando se sentiu inseguro com os holofotes em cima do jovem ator, segurei a sua mão nas entrevistas. Paul, admita, ninguém foi mais importante, na sua vida do que eu.

– Você foi importante, sim, e eu agradeço, mas lamento que acredite que essas sejam as coisas mais importantes da minha vida.

– Você se perdeu sem mim.

– Não é verdade. Você quer acreditar nisso, mas sabe que não é verdade. Sabe que sou feliz, e você também seria se não estivesse obcecada.

– Tudo isso porque ela te deu uma filha? Sabe que a maioria das mulheres são capazes disso, né? Não é nada especial, Paul.

– Não é nada disso! Chloe é fruto do nosso relacionamento e nossa felicidade é ainda mais completa com ela. A gravidez nunca foi uma imposição, eu poderia passar a vida sem filhos e ainda assim seria perfeito. Porque seria com ela. Vê se entende isso!

– Parece um de seus textos.

– Você acreditaria se tivesse encontrado um amor de verdade. Quando a gente acha a pessoa certa, a vida é diferente, Marie.

– Eu também achei: você – diz, chorosa.

– Mas ela é tudo o eu preciso, tudo o que eu desejo e amo. Ela é minha mulher, minha esposa. Desista dessa loucura, por favor – aproveito seu momento de emoção.

– Desistir? Sou louca por você há quase vinte anos. Já fui longe demais para desistir agora. Tenho certeza de que você está delirando. Se acostumou tanto com o discurso de príncipe encantado que passou a acreditar nele. Você não está na frente das câmeras, meu querido. Pode sair do personagem, voltar a ser quem é. – Ela se levanta, abre um pequeno armário, tira uma das seringas de dentro e volta. – Bem, acho que precisa descansar um pouco mais. Não se preocupe, aplicarei metade da dosagem anterior, não quero matá-lo, muito pelo contrário, quero você bem vivo.

Sinto seus lábios tocarem os meus e tenho vontade de cuspir, mas sinto o corpo amolecer e as pálpebras pesarem. Estou preso em mim novamente.

A vida se transforma em um adormecer e despertar sem fim. A falta de alimentação regular e de qualidade vai me enfraquecendo, e nem os momentos acordados são nítidos. Acabo perdendo a noção do tempo, pois além de tudo estou preso em um porão sem iluminação natural. Não dá nem para saber se é dia ou noite. O cheiro de mofo é forte e prejudica minha respiração.

Penso que não resistirei por muito tempo, mas sonhar com os olhos chorosos de Elisa me faz lembrar que tenho um motivo para viver.

Aos poucos, minha aparência frágil faz Marie perceber que não tenho a menor condição de fugir, estou fraco demais até para ficar em pé, não poderia sair correndo. Ela acaba desamarrando meus pés e uma das minhas mãos.

Ela leva comida à minha boca e eu engulo sem sentir o gosto, junto ar nos pulmões e me esforço para que a voz saia:

– Marie, as injeções... Elas não são necessárias...

– Por quê, meu querido? Elas te ajudam a dormir, acabaram com sua insônia.

– Elas estão me matando, mal consigo formular uma frase. Há alguns dias, demoro a lembrar quem sou – confesso.

– Não sei... – Hesita.

– Por favor.

Ela passa a mão no meu rosto satisfeita, me ver suplicar é tudo o que ela mais queria.

– Vou pensar – fala, arrogante.

Obviamente, ela não deixa de lado as aplicações de sedativos, mas diminui a dosagem e a frequência com que os ministra. Isso me ajuda a perceber a rotina: pela manhã, ela traz uma bacia com água morna e lava meu corpo com uma esponja. Nesse momento, eu quase peço para ela me sedar novamente. Depois, me faz comer o mesmo mingau duvidoso, que parece ser de aveia. Durante a tarde, ela fica lendo sentada ao lado da cama. A refeição principal se alterna entre sopa enlatada ou pão.

Fico alheio às horas esperando o sono chegar, pois enfim veria Elisa. Por mais sofrimento que me cause ver seus olhos sempre tristes, é também um alívio poder sentir sua presença, mesmo que seja através dos sonhos. Vê-la deitada em nossa cama entre rendas e seda, ou cantando para Chloe dormir me dá forças para sobreviver aos dias que se repetem. É durante os sonhos que me sinto são, por mais estranho que pareça.

Minha cabeça não funciona direito e os meus pulmões estão cada vez piores. Respirar dói, a tosse parece quebrar minhas costelas e partir meu peito ao meio. Não sei por quanto tempo ainda suportarei. A minha vida se esvai sem que eu possa fazer nada. É desesperador esperar por ajuda sem ter certeza de que ela chegará. Torço para que Elisa não acredite que estou morto e consiga chegar antes disso acontecer de fato.

Marie me traz um pedaço de bolo em uma das refeições e isso me dá uma pista do tempo que estou aqui. Seu olhar transbordando de prazer, o meio sorriso nos lábios e o gosto de açúcar na minha boca me fazem desejar ter força para esmurrá-la.

Um ano! A essa altura, não tenho nem esperanças de ser encontrado. Eu mesmo acredito ser um milagre ainda estar vivo.

Passo a considerar que este será o fim. Nunca tive medo da morte, mas as condições é que me transtornam. Não posso aceitar ter sido arrancado da minha vida e ir embora sem poder ver uma vez mais o sorriso da minha Lisa, sem sentir seu perfume e sem garantir que Chloe saiba que é parte do maior amor do mundo.

Eu quase sufoco, mas o sono chega e um anjo de olhos incríveis se senta na beirada da cama, passa as mãos nos meus cabelos e me diz que está chegando. Eu esperarei, enquanto puder, esperarei...

Essa angústia de estar ora no inferno, ora no céu, me acompanha até o dia que Marie chega quebrando pratos e jogando cadeiras. Algo mudou. Ela tenta demonstrar naturalidade ao descer a escada e se senta no último degrau.

– Estou pensando que é hora de voltarmos para Londres. O que acha, querido?

– Por que isso agora? – digo com dificuldade.

– Uma nuvem apareceu tentando estragar meu céu azul. Mas não se preocupe, resolverei isso antes de partirmos.

Percebo que ela está disposta a fazer algo sem volta, e tudo me diz que o alvo é a Elisa. Faço um esforço sobrenatural para me ajeitar na cama e manter a voz firme. Preciso que ela acredite no que direi a ela.

– Marie, estou disposto a ficar com você. Ficar de verdade, não como prisioneiro, entende?

Ela se levanta, fica ao lado da cama e pega minha mão.

– Finalmente se deu conta. Percebeu todo meu esforço, não é? – diz, quase suplicante.

– Mas eu tenho uma condição.

– Diga, querido. Diga... – Seus olhos brilham.

– Precisa esquecer Elisa e Chloe. Seguiremos nosso caminho desde que você as deixe em paz.

Ela solta minha mão e seus olhos endurecem no mesmo momento.

– Você não a esqueceu! Todo esse tempo e ainda se preocupa com ela. Acha que sou idiota? – diz, alterada.

– O que estou dizendo é verdade. Vou para Londres com você sem pestanejar se você não chegar perto delas – negocio.

– Acontece que você não está em condições de barganhar sua vida pela delas. Eu já tenho você e não quero mais viver no mesmo mundo daquela mulher. Quanto às suas crias, fique tranquilo, deixarei que elas chorem a perda da mãe.

– Minhas crias? – Estranho.

Seu olhar vacila, mas se recompõe rapidamente.

– Preciso sondar a rotina da sua princesa e infelizmente terei que manter você dormindo por mais tempo. Pobrezinho, não soube apreciar minha bondade.

Ela se dirige a mim com a seringa em punho e eu agarro seu braço com toda a minha força.

– Não faça nada com ela. Não respondo por mim! Chega dessa loucura!

Ela alcança a chaleira com a outra mão e a bate em minha cabeça. Dor, escuridão, silêncio...

– Elisa!

22

Holding Back the Years
Querendo os anos de volta

(Simply Red)

A claridade do lampião que torna os traços de Marie nítidos para mim funciona como uma rede elétrica passando por todo o meu corpo. Sempre soube que havia mais loucura e maldade ali do que ela se permitia demonstrar, mas daí a imaginar que seria capaz de sequestrar Paul é um salto gigantesco. A minha cabeça luta com o meu coração, e fico imobilizada dentro do carro. Parte de mim não consegue acreditar que é ela, tenta me convencer de que posso ter me confundido. Mas o ódio assola minha alma e me faz ter vontade de pegá-la pelo pescoço.

Olho para o relógio ansiosa pela chegada da polícia. Estamos em um local distante, e eu me desespero ao lembrar como foi difícil chegar aqui. Decido sair do carro e dar uma olhada pelo vão do portão.

Ando a passos lentos, beirando a vegetação para não ser vista. Inclino a cabeça para alcançar o vão e posso ver Marie colocando malas no carro. Em seguida ela se encaminha para o fundo do terreno, até eu perdê-la de vista. Movida por um impulso incontrolável, pulo o portão e sigo rente ao muro em direção a uma das janelas. O medo não existe em mim.

Fico na ponta dos pés e olho pela janela. A luz fraca deixa tudo amarelado e envelhecido. A casa está quieta e parece abandonada. Percebo que não conseguirei nada se permanecer do lado de fora. Sigo sorrateira pela casa até encontrar a porta, que está trancada. Volto e tento forçar a janela. Ela parece mais emperrada do que trancada. Forço uma vez mais e consigo abri-la. Cruzo a bolsa e pulo. Lá dentro, olho em volta, ando pela casa, mas não o encontro.

Trata-se de uma residência pequena, com poucos móveis e nenhum conforto. Ando de um lado para outro sem saber onde mais procurar. Olho perdida para a sala quase vazia. Há apenas um sofá puído e um tapete barato com franjas gastas. Dou a volta no sofá e percebo que ele está em uma posição incomum, quase no centro do tapete. Levanto a parte de trás do tapete e encontro parte de uma divisão no piso de madeira que parece ser um alçapão, mas nenhuma maçaneta. Empurro o sofá e encontro uma fechadura. Meu coração salta. Sinto que estou a poucos passos de Paul. Abro a porta e desço a escada, o ar está tomado pelo cheiro de mofo.

Assim que chego ao porão, sinto medo pela primeira vez. O homem desfalecido, magro e pálido com dificuldade para respirar não pode ser o meu marido. Diminuo a velocidade dos meus passos e demoro a chegar à cama. Quero tocá-lo, mas tenho medo de machucá-lo tamanha é a fragilidade que aparenta. Tento desatar o nó da corda que amarra seu braço, mas não consigo. Mal consigo me manter de pé. Cada pedaço do meu corpo sacode como galho fino em dia de vento.

Abro as gavetas à procura de algo que possa me ajudar. Encontro uma arma, e isso me faz pensar que Marie pode ter um comparsa ou coisa do tipo. Ainda custo a acreditar no que ela se tornou. Pego a arma com cuidado e decido colocá-la na minha bolsa. Continuo a vasculhar o cômodo e encontro, no canto da escada, um prato com talheres e um copo. Pego a faca e tento cortar a corda, mas a serra está gasta, o que não facilita o meu trabalho.

– Aguente firme, meu bem. Vou tirar você daqui. Falta pouco – murmuro.

– Elisa...

O suspiro quase inaudível de Paul enche minha alma de emoção. Passo os dedos lentamente pelo seu rosto e ele se vira em direção à minha mão. Apesar de estar inconsciente, ele consegue responder ao toque, consegue me sentir.

A corda está por um fio e, assim que rompe, o silêncio é cortado:
– Onde é que estão suas boas maneiras?

Reconheço a voz ainda sem olhar e, quando me viro, me deparo com a amarga presença de Marie. Espero sentir tantas coisas, mas nada me toma, nem raiva, nem dó, nem medo. A única coisa que ela tem de mim é o vazio.

Descubro que pior do que o mais baixo dos sentimentos é a falta deles. O ódio faz as pessoas se sentirem vivas, perderem a cabeça, faz o sangue ferver. O vazio, no entanto, as deixa menos humanas, mais duras e cruéis, as congela.

– Apesar de ter entrado sem ser convidada, confesso que estou feliz em te ver aqui. Poupou meu trabalho de ir atrás de você – provoca.

– Por que não foi antes?

– Imaginar você sofrendo por ele enquanto estávamos juntos me dava mais prazer do que te imaginar morta.

– Uma pena. Morta eu te daria menos trabalho.

Falo em tom baixo, tranquilo e incomum. Marie me olha tentando encontrar uma brecha na minha armadura, mas não consegue, justamente por não existir uma. Nada na minha postura está ali apenas para me proteger ou foi colocado como disfarce. Estou fria.

– Você parece muito vulnerável daqui.

Marie estica os braços apontando um revólver em minha direção.

– Quanta loucura ainda cabe em você? – penso alto.

– Louca é você em acreditar que vai tirar o Paul daqui.

– E vou tirá-lo. Tudo isso acaba hoje.

– A sua vida acaba hoje.

– Acha mesmo que tenho medo de morrer? Olha para mim, olha o que você fez com ele! Metade de mim já morreu e a outra está ali se agarrando a um pequeno fio de vida. A morte não deve ser pior do que tenho vivido.

– Pode deixar que pensarei em algo para tornar a experiência mais aterrorizadora. Podemos esperar Paul acordar, vai ser um espetáculo ver os pombinhos se despedirem.

– Não teremos tempo para isso. Acredita mesmo que eu estaria aqui sem antes ter chamado a polícia?

A expressão que Marie tentava manter começa a desmoronar e o brilho dos seus olhos denuncia o temor que a invade. Ela permanece calada e eu acredito que pode existir uma pequena chance de sairmos ilesos daquele porão.

– Foge! Vai embora, Marie. Acabou! – incito.

Claro que quero me ver livre dela. Eu falaria qualquer coisa para que ela nos deixasse. Quanto antes ela saísse, antes poderia me concentrar em socorrer Paul.

– Não, eu não vou deixar o caminho livre. Se Paul não fica comigo, também não fica com você.

Ela aponta a arma para Paul, fazendo o sangue voltar às minhas veias.

– Mataria quem você diz que ama? Você pode arrumar uma desculpa para tudo o que você fez, mas não para um tiro. Um tiro não. Se matá-lo, terá que carregar isso – arrisco, desesperada.

Ela tem o cenho fechado, lágrimas saltam de seus olhos e a boca está trêmula. O som das sirenes fica cada vez mais forte, anunciando a chegada da polícia.

– Foge, Marie. Ainda dá tempo! Some da nossa vida. Eu vou levá-lo de volta de um jeito ou de outro. Acabou!

– Você não sabe o que é passar a vida toda esperando por uma migalha. Eu o amo desde os tempos do teatro e ele nunca me oferecia nada além de amizade. Para ele, eu era como um dos garotos – diz, amarga.

– E você arrumou um jeito de acabar até com essa amizade. Ele não vai te perdoar. Foge enquanto há tempo.

– Eu estava quase desistindo quando finalmente começamos a namorar. Minhas esperanças se renovaram. Pensei que o tempo o faria me olhar como eu queria, pensei que meu sentimento seria o suficiente para nós dois. Mas ele só tinha olhos para você! Anos se passaram e ele ainda andava com a sua foto escondida na carteira, dizia seu nome enquanto dormia e tinha os olhos perdidos. Mesmo assim, mesmo com toda essa humilhação, continuei ao seu lado, fingindo não notar que ele mal me tocava. Você não sabe o que é isso. Não pode me julgar completa, ignorando meus avisos.

– Não posso avaliar seus sentimentos, mas você também não pode se esconder atrás deles. Não pode justificar a morte de Julie, o estado em que Paul está e o que pensa em fazer comigo porque acredita ter o direito de espalhar sua amargura.

– Julie era fraca. Planejou tudo comigo e depois se amedrontou. Acabaria estragando tudo. Eu tive que tirá-la do meu caminho!

– Você não teve que matá-la, você quis. Sempre há mais de uma opção, e é isso que estou lhe oferecendo agora: a chance de ir embora. Não me faça passar por cima de você, porque eu o farei. Hoje, eu voltarei para casa com meu marido. Ele é MEU marido, Marie. Nada mudará isso.

Ela engatilha o revólver e se vira para mim.

– O único lugar para onde você vai hoje é o inferno! – grita.

Tiro a arma que escondi na bolsa sem ela notar. Sei o que fazer.

– Então a gente se encontra lá!

Fecho os olhos e tudo se mistura em um único segundo: o disparo, o cheiro de pólvora e o ardor no corpo. Continuo atirando até cair.

Você só sabe que passou dos limites quando já se vê além dele. Sinto o sangue empapuçar a minha blusa e a dor aumentar até me entorpecer. Morrer seria fácil se não implicasse deixar quem se ama para trás. A minha vida não passou diante dos meus olhos em um flash. Minha despedida é lenta e se divide entre o sorriso de Chloe, o semblante de Junior e minha imagem nos braços de Paul. Retenho cada imagem e som que surge com medo de ser a última vez.

Morrer dói! O corpo parece estar se partindo em mil e o espírito se perde entre tantos pedaços. Por um lado luta para não desistir, por outro deseja que tudo acabe logo. Espera que um anjo apareça para aliviar sua dor, depois prefere ser esquecida no sofrimento a ter que ir embora de vez. Eu não tenho medo de morrer, tenho medo de partir sozinha.

Por um minuto, imagino a vida sem a Inglaterra. Sem os dias de céu cinza e amor extremo. Uma fração de segundo na vida comum, sem a dor lacerante que sinto no peito e sem os olhos azuis de Paul. Se eu soubesse que acabaria assim, teria aberto mão do céu para não acabar no inferno? Não! Se esse é o preço, eu pago, desde que um pedaço do coração dele continue sendo meu. Paul em mim ultrapassa o amor, é a diferença entre viver e apenas passar pela vida. Não me importo em carregar meu vazio, justamente por saber que ele não é mais inexplicável.

Enquanto a minha vida se esvai, me lembro do cheiro, do toque, do beijo, do calor e da promessa que trocamos. Nenhuma sombra de arrependimento. Eu vivi. Aceitei os riscos de mergulhar sem antes conferir a profundidade e acabei me afogando. Aceito o fim sem tristeza ou revolta. Estou em paz. Paul não morrerá esquecido neste buraco, voltará para Chloe e amará Junior. Isso me basta.

Quando nos separamos depois de Londres, desejei um dia a mais com ele, mesmo que me custasse um novo adeus. Tive muito mais do que isso. Alguém se deu conta e veio cobrar. Eu pagaria...

23

Give Me Love
Dê-me amor

(Ed Sheeran)

Entrego-me sem dor por acreditar que viver menos tempo é um preço razoável a se pagar por ter vivido tão intensamente. Não ouço sinos nem vejo anjos. A morte parece uma imensidão de luz e angústia. Caio no infinito esperando não mais voltar, e quando acho que não há mais nada sinto o coração pulsar.

Acordo dias depois sem entender muito bem onde estou. Não imaginava que poderia sobreviver e, por isso, preciso de alguns minutos para acreditar que mais uma vez abro meus olhos em um quarto de hospital.

Não há ninguém por perto. Arranco o oxigênio do nariz e a agulha do braço e me levanto. A janela está fechada, abro os vidros para deixar o vento entrar. Adoraria estar acordando de um longo e terrível pesadelo, mas as lembranças e o curativo são reais. O vento chacoalha o meu cabelo e esfria a minha pele sem me incomodar. É bom sentir meu corpo depois de ter me perdido dentro dele. Ouço a maçaneta girar e num impulso imagino que Paul vai entrar no quarto, me enlaçar e fazer tudo ter sentido novamente, mas é outro Hendsen que me oferece seu sorriso amigo e sincero.

– Nem acordou e já está fazendo o que não deve. Quem mandou se levantar e ir tomar friagem?

Philip fecha a janela e me dá um abraço. Encosto minha cabeça em seu ombro e me permito sentir seu carinho.

– Nunca vi alguém com tanto talento para se meter em confusão. Por um milagre você escapou.

Olho para ele sem esconder toda a ansiedade e o cansaço que me afligem.

– Ainda bem que você acordou antes dele. Seria difícil ter que contar o que você fez. Fica por sua conta segurá-lo depois que ele souber das suas peripécias.

Ele sorri, e o alívio se instala em mim. Todas as lágrimas que represei ao longo do tempo vêm como enxurrada.

– Então ele está bem?

– Considerando tudo o que passou, sim. É claro que ainda está bastante debilitado, muito fraco e em terapia intensiva, mas o pior passou, graças a você.

– A nós. Jamais me esquecerei.

Philip me interrompe, segurando minhas mãos.

– Eu é que jamais esquecerei. Paul tem sorte, você é inacreditável. Sua fé em encontrá-lo é que o trouxe de volta.

– Mas não conseguiria sozinha, sabe disso.

– Conseguiria, sim, a força do amor que move vocês independe de fatores externos. Mas, se te deixa mais feliz, aceito a gratidão por ter estado ao seu lado nesse momento tão difícil.

Abraço-o novamente e crio coragem para perguntar sobre o desfecho da última lembrança que martela minha cabeça.

– E ela?

Ele me solta e, com seriedade, balança negativamente a cabeça. Eu continuo parada, embora esse sinal seja bem claro.

– Não sobreviveu. Sua mira foi melhor que a dela – informa.

Sento na poltrona e sinto todo o peso da vida de Marie cair sobre meus ombros. Tento não me culpar, mas a culpa me invade. O fato de ela ter feito tudo o que fez não torna menor o peso da minha atitude. Matar não muda de nome nunca, não importa o alvo, e não faz você se sentir uma heroína. Não mesmo.

– Você estava assustada, não teve tempo de pensar, apenas se defendeu.

Aceito o argumento de Philip, mesmo sabendo que não é verdadeiro. Deixarei assim, será mais fácil acreditar que agi por impulso.

– Volte para a cama. Logo a Carol, sua mãe e as crianças chegarão.

– Quero vê-lo.

– Não pode, ele está na UTI. Além disso, você ainda não recebeu alta.

Abro o armário, pego as roupas e entro no banheiro sem nada dizer. Não perderei tempo com conversas e explicações. Parece que deixei de lado toda a minha paciência e habilidade de convivência. Abro a torneira da pia e lavo o rosto, ajeito o cabelo e, com dificuldade, visto a roupa. O ferimento entre o ombro e a clavícula dói e dificulta meus movimentos. Mesmo assim, consigo terminar de me arrumar e volto ao quarto.

– Não sou sua babá e não vou ficar dizendo o que tem ou não que fazer, mas há certos detalhes que não sabe, pois estava quase morrendo. Você foi encontrada em estado crítico e foi com um dos seus filhos no colo que ouvi que seria difícil fazer algo para salvá-la. Tive que dizer isso para todas as pessoas que te amam e ver cada uma se despedaçar de tanta dor. Fiquei alguns dias sem conseguir olhar para Chloe porque não podia aceitar a ideia de que teria que vê-la crescer sem a mãe e, talvez, o pai – Philip esbraveja pela primeira vez.

Baixo os olhos e me sinto envergonhada por considerar minha dor maior do que qualquer outra.

– Só peço que espere o médico. Pense um pouco na sua saúde, nem que seja pelas pessoas que a amam e que também a esperam – abranda.

– Desculpe. Eu ainda estou no piloto automático. Não consigo raciocinar nem enxergar o todo. Parece que ainda estou tentando salvá-lo, trazê-lo de volta. Só penso em voltar para casa com ele bem.

– Eu sei. Você passou por muitas coisas, é normal, mas tenha paciência. Vou chamar o médico, está bem?

– O.k. – Sento na poltrona e sorrio. – Estarei aqui.

Depois de ouvir o sermão do médico e toda a sua explanação sobre o excelente trabalho que fez para me manter viva, recebo permissão para ver Paul.

Passo pelo procedimento de esterilização, escuto as regras da unidade de tratamento intensivo e só então entro.

Ele está de barba feita, cabelos cortados e aparência bem mais forte. Uma enfermeira segura uma prancheta e faz anotações enquanto olha para os monitores.

– Como ele está? – indago.

– Bem. Estamos esperando ele acordar.

– Ele já deveria ter acordado?

– É normal que algumas pessoas demorem um pouco mais. Não se preocupe.

– Adoraria poder controlar minhas preocupações.

– Cada um tem seu tempo para encontrar o caminho de volta. Dê a ele o tempo que precisa.

Ela sorri, passa a mão no meu ombro e sai. Ficamos apenas eu, Paul e o silêncio. Deito ao lado dele e coloco minha cabeça sobre seu peito. Fecho os olhos e me delicio escutando as batidas do seu coração. Minha alma se enche de paz com o ritmo da vida dele virando música em meus ouvidos. É em seus braços que minha jornada tem fim. Com ele, qualquer lugar se transforma em lar. Finalmente, estou em casa.

– Eu continuo te esperando, bonitão. Só não demore muito, porque a falta que você faz é maior do que eu posso aguentar. A saudade é maior do que eu imaginava, então volte logo, está bem? Por mim, por nós.

Coloco minha mão sobre a dele e assim permaneço até precisar sair. Ao chegar ao hall, sou recebida com beijos, abraços e balões. Chloe parece tão crescida, é como se eu tivesse ficado fora por meses. Penso nas loucuras que cometi e que poderiam ter me privado dessa cena. Perder dias da existência dela me causou tanta estranheza, como seria se eu perdesse tudo o que ela ainda viverá? Aperto a pequena em meus braços, ignorando a dor do ferimento, no desejo de ser perdoada. Não por ela, que mal sabe o que está acontecendo, mas por mim, que conheço a natureza dos meus sentimentos e intenções.

Depois da doçura da minha menina, é a vez dos olhares e mãos fortes do meu garotão, que, mesmo tão pequeno, já é tão altivo, como um pequeno rei nos braços da avó. Carol e mamãe nada dizem, têm os olhos felizes e aliviados. Rachel e seu sorriso de fada também estão presentes. Ela me abraça e me olha como se conhecesse minha natureza.

Philip chega com minha bolsa e percebo que é hora de voltar para casa. Eu me sinto dividida, e me sentir assim é bem mais difícil do que se pode supor.

Carol vai antes com minha mãe e as crianças. Depois de resolver toda a burocracia, eu, Philip e Rachel saímos. A rua, os carros, a luz, o barulho e o mar parecem me sufocar. Um pânico silencioso me toma e tenho medo de estar enlouquecendo. Cada curva da estrada traz a lembrança da última noite que passei por aqui a toda velocidade. O mundo é o mesmo, mas estou totalmente diferente.

As placas da Sugar Lovers, que parecem saltar em minha direção, trazem consigo a consciência de cada minuto que vivi em desespero.

– Para o carro, Philip. Para! – grito.

– O que foi, Elisa?

– Para! Eu preciso de ar... Para! – imploro, sentindo as lágrimas caírem.

Ele encosta e saio cambaleando pelo acostamento. Agacho, coloco a cabeça entre as mãos e tenho vontade de vomitar. Sou uma imensidão de coisas. Sentimentos demais, pensamentos demais, vida demais! Preciso seguir em frente mesmo sem saber como, mesmo com muito mais carga do que consigo. Como seguir nesse estado? Como seguir me sentindo assim?

Eu, que já recomecei tantas vezes, não consigo me reerguer. Sento no chão e grito o mais alto que posso na tentativa de me esvaziar. Rachel senta ao meu lado sem dizer nada. Ficamos em silêncio por alguns minutos, olhando as árvores. Ela se levanta e me dá a mão.

– Vai passar. Você consegue.

Sei que não passará, mas sei também que, de um jeito ou de outro, encontrarei um novo caminho.

Aceito a mão estendida como quem aceita um desafio, embora eu já esteja ferida demais para isso.

Assim que chego em casa, sou surpreendida por uma pequena festa de boas-vindas. Uma centelha aquece meu coração. Além daqueles que já tinha visto, estão o marido da Carol, meu pai, Bob, amigos da produtora e os empregados. Ser abraçada e estar entre os que me querem bem não alivia o peso que eu sinto sobre os ombros, mas me fortalece para suportá-lo.

A noite chega, levando o movimento da casa e trazendo de volta a antiga rotina. Coloco as crianças na cama e fico feliz em vê-las adormecer. Depois, penso em ir para o quarto ou o escritório, mas desisto. Voltarei àqueles cômodos quando Paul estiver em casa.

Deito no sofá da sala de TV e não consigo dormir. Levanto e coloco um dos nossos filmes preferidos. Assisto sem prestar muita atenção. Carol aparece, se senta ao meu lado e encosta a cabeça no meu ombro.

– Você vai ficar bem, não vai, Liz? – diz olhando para a televisão.

Seguro suas mãos e não consigo responder.

– Desculpe não ter te apoiado o suficiente.

– Do que está falando? Você esteve aqui comigo, cuidou dos meus filhos, se preocupou conosco. Não há apoio maior que esse, Carol. Você fez mais do que eu podia esperar.

– Eu não acreditei que ele realmente pudesse estar vivo – confessa.

– Ninguém acreditava. Até eu duvidei em muitos momentos.

– Não consigo nem imaginar o que vocês passaram, o susto que você deve ter levado quando ela te surpreendeu no carro e te prendeu junto com Paul.

– Como é? Que história é essa?

– A história que a polícia contou.

– E quem contou isso para a polícia?

– Eles deduziram quando encontraram a porta do seu carro escancarada, seu celular caído no chão, sabiam que você não teria entrado lá por vontade própria. – A expressão da Carolina vai mudando até chegar à conclusão. – Que foi exatamente o que você fez, não é?

– Foi, pensei que todos soubessem. Philip falou qualquer coisa sobre Paul ficar enfurecido quando soubesse de tudo o que eu tinha feito.

– Fazer aquela lunática te seguir pela cidade, colocar um GPS no carro dela, descobrir o local do cativeiro e matá-la é pouco. A gente tinha que desconfiar de que havia ainda mais?

– Por que você acha que estou assim? Não medi as consequências, eu sei. Agi na certeza, não ponderei e não tenho desculpas, pode me condenar.

Carol me olha, tentando entender a matéria de minha loucura. Suspira, toma minhas mãos e diz:

– Preste atenção: quero que saiba que você não entrou naquela casa sozinha por ser imprudente. Você esteve sozinha o tempo todo e não viu outra possibilidade a não ser esta. Quero que tenha certeza disso.

Cá está minha médica tentando me salvar mais uma vez. E eu aceito a bondade de suas palavras.

– No final das contas, não importa, minha amiga. Nós poderíamos passar a noite cogitando possibilidades, procurando razões e inventando desfechos diferentes, mas a verdade é que está feito e o que passou não pode ser mudado.

– Só não quero que se culpe e se martirize.

– Não me culpo, descobri do que sou capaz. Não sei o que é pior.

– Você é a pessoa mais corajosa, leal e amiga que existe, ponto. Essa é você, está entendendo?

Deito em seu colo e nada digo. Não adianta ela tentar me convencer da nobreza dos meus atos, também não adiantaria eu falar que ninguém sabe do que é capaz sem antes ser colocado à prova. As pessoas não pensam nisso, porque é bom não pensar. Por mais gavetas do inconsciente que você já tenha aberto, sempre haverá alguma que você não sabe o que guarda, e mesmo assim ela permanecerá ali dentro, sem que você tenha acesso até que chegue a hora. E isso é angustiante.

Carol acaricia meus cabelos até eu adormecer, mas seus carinhos não conseguem evitar os pesadelos que atormentam meu sono.

Aquela e outras noites passam sem mudanças. Paul ainda dorme e os médicos começam a cogitar que essa situação seja permanente. Eu continuo me sentindo em uma montanha-russa sem freio, lutando para levar a vida, equilibrando a ausência de Paul com a presença das crianças. Apesar de continuar indo ao hospital todos os dias, não é sempre que me permitem vê-lo. Ele continua na UTI e o acesso é muito restrito.

É durante uma dessas visitas que reencontro a sra. Hendsen. Eu sabia que ela estava na Califórnia, mas como não fez nenhum contato, não quis dar o primeiro passo. Porém, agora estamos no mesmo corredor, sem poder ignorar a presença uma da outra.

– Elisa, podemos conversar? – diz, constrangida.

– A senhora não precisa fazer isso. Pode vê-lo, volto depois.

— Eu já o vi pelo vidro, não me deixaram entrar. Estava te esperando, podemos tomar um café?

Ela pede o café e eu, uma água, mais por obrigação do que por sede.

— Quero me desculpar com você — diz com delicadeza.

— Por ter me tratado mal todos esses anos ou apenas pelos últimos episódios absurdos? — Não facilito.

— Por favor, dê uma chance para que eu possa me explicar — pede, sem jeito.

— Tudo bem — respondo, fria.

— A princípio eu realmente acreditei que você era um capricho do Paul. Apenas uma garota bonita, vibrante, que ele exibia como alma gêmea. Escolher uma mulher com origem diferente da dele era apenas um jeito de nos mostrar como ele queria ser diferente também. Quanto a você, tinha tirado a sorte grande em encontrar um homem bem-sucedido e disposto a tratá-la como seu bibelô.

— É muita tolice para uma única fala, desculpe — digo, me levantando.

— Espera — diz, e segura minha mão.

Não tenho escolha a não ser escutar.

— Paul nunca teve raízes. Mas com você, ele se estabeleceu, e isso também me assustou. Primeiro, precisei me convencer de que a essência dele era diferente da nossa, mesmo sendo parte da família, e depois tive que aprender a vê-lo vivendo em sua função. Vê-lo largar tudo, ir ao Brasil disposto a não voltar mais, só para te reconquistar... Presenciei essa loucura aumentar cada vez mais. Ele morreria por você, e nenhuma mãe gosta de chegar a essa conclusão. Tive medo.

Anne tem os olhos brilhantes e os lábios trêmulos. Permaneço em silêncio.

— Muitas vezes desejei que ele tivesse se casado com Marie, e disse isso a ela nas inúmeras visitas em que a recebi, mesmo depois de vocês estarem casados, por não querer meu filho cego de amor por aí. Por saber que ela o amava e ele não. Seria mais seguro assim, se ele fosse o objeto de adoração.

O choro insiste em interromper suas palavras, mas ela respira fundo e prossegue.

– E aqui estamos nós. No fim, você quase morreu pelo meu filho, e ela... bem, ela nos traiu, não era digna sequer de um olhar dele. Sei que não mereço o seu perdão, mas devo as desculpas que te peço ao Paul. Devo a você o agradecimento por poder vê-lo novamente.

– Anne, passamos por muitas coisas, além do que qualquer pessoa merece. Vamos deixá-las no passado, que é o lugar delas. Tudo isso ainda soa pouco perto do fato de Paul poder não acordar.

Ela segura minhas mãos, olha para a aliança do filho pendurada em meu cordão e me encara profundamente. Talvez Philip tenha contado as circunstâncias em que a encontrei.

– Elisa, se há uma pessoa que pode tirá-lo do labirinto em que ele está, é você.

– Eu não sei o que fazer – desabafo.

– Então não faça nada, mas não deixe de acreditar.

Quero dizer que ando perdida sem saber como voltar para a minha própria vida, mas é cedo para uma conversa que ainda não teria nem com uma amiga.

– Preciso ir.

– Claro.

Eu já estava de saída, mas volto.

– Não precisa ficar em um hotel, nossa casa tem espaço para todos.

– Obrigada.

– Até mais, Anne.

Assim que a porta do elevador se abre, avisto a enfermeira mais simpática do andar. Com ela, é sempre mais fácil entrar e ficar um pouco mais com Paul. Sorrio e ela vem em minha direção.

– Novidades? – indago, tentando parecer animada.

– Não, desculpe. Mas quem sabe hoje, não é mesmo?

– Sim. Posso vê-lo?

Ela hesita, olha para os lados e conclui:

– Daremos um jeito.

Logo estou à cabeceira de Paul, acariciando seus cabelos.

– Se fosse eu em seu lugar, tenho certeza de que você saberia o que fazer. Eu não sei. Ando tão perdida, a vida parece estar de cabeça para baixo e, por mais que tente e me esforce, as coisas continuam fora do lugar – digo. – Talvez você não saiba do que precisa para voltar ou também se sinta perdido, indo de um lado para outro sem encontrar a saída. Tudo bem se sentir perdido, mas tenha certeza de que a nossa história é o pedaço mais seguro da nossa vida. Parte de nós sempre saberá o caminho, porque nos leva um ao outro. Esqueça o resto, querido. Ouça seu coração e volte para mim. Não posso prometer que tudo ficará como antes, mas posso garantir que estaremos juntos. No meio dessa confusão, o mais importante não mudou, e é só isso que importa. – Beijo sua testa, sussurrando: – Volte pra mim.

Deito mais uma vez ao seu lado, torcendo para que ele acorde. Tudo o que passamos não pode ter sido em vão. Carregar um tijolo no peito para tê-lo vale a pena. Sem ele, só resta a dor.

– Continuo esperando, bonitão.

Acabo adormecendo e, pela primeira vez em muito tempo, não tenho pesadelos. A imagem de Marie não cruza meu pensamento e o medo não me possui nem por um segundo. Ouso sonhar, caminhar entre flores, sentir o calor do sol e avistar Paul do outro lado de um campo de margaridas. Ele está de costas e muito longe de mim. Mesmo assim, sorrio inebriada com sua presença. Grito seu nome e ele se vira. Não sai do lugar, mas sorri de volta. Não é preciso correr nem dizer nada. Sabemos o que significa. Há um lugar inabalável que nos pertence. Um pedaço de nós dois que só existe quando estamos juntos.

Posso ser feita de muitas sombras, mas não perdi meu recanto de luz. Enfim, reencontrei a gaveta em que guardo meu sublime amor, o lugar que apenas ele possui a chave.

Acordo sobressaltada de um cochilo e percebo que a expressão de Paul está muito mais suave e tranquila do que antes. Tudo pode ser visto de várias maneiras e, por isso, escolho acreditar que ele também esteve entre as flores. Quem pode afirmar o contrário?

Parece que o caos começa a se dissipar. Ainda há muito a ser feito, mas retomar a esperança é um bom começo. Saio confiante.

Chego ao estacionamento e vasculho a bolsa para encontrar a chave do carro. Como não a encontro, tento lembrar se subi com ela nas mãos. Devo tê-la deixado cair em algum lugar. Volto ao andar em que Paul está internado e percebo uma movimentação diferente do habitual. Ando pé ante pé, dividida entre querer chegar e não desejar saber o que está acontecendo. Fico de frente para o vidro e posso ver os médicos agitados, gesticulando, movendo os lábios com rapidez e injetando medicamentos. O corpo de Paul salta com os estímulos elétricos e depois volta a ficar imóvel. Não ouço nada além do bipe do monitor cardíaco. Rápido, muito rápido até se tornar um som ininterrupto. Salto da minha posição de pedra e disparo em direção à porta. Um enfermeiro me segura pela cintura, mas não consegue me conter. Eu me jogo em cima de Paul, gritando desesperada. Fecho os punhos e bato em seu peito.

– Nem pense em me deixar! Não cheguei até aqui para ter que continuar sozinha! Não ouse partir sem mim! Eu fiquei... Eu fiquei... Todas as vezes... Por você!

As palavras saem sem que eu tenha consciência delas. Um monte de grunhidos assustados. Sou uma fera com um enorme buraco no peito, despejando toda sua dor.

Não sei quanto tempo fico sufocada, segurando a vida de Paul nas mãos, até conseguirem me tirar de cima dele, só sei que continuo esbravejando e não sinto as pernas enquanto sou arrastada. Uma eternidade até ouvir o som, séculos perdida no limbo até um pequeno bipe me resgatar. Todos param, o silêncio impera e o coração de Paul volta a bater.

Olho para o monitor e para Paul sem parar. Os médicos voltam sua atenção para ele e eu me deixo ser levada para fora.

A doce enfermeira me senta e me oferece um copo, que seguro sem interesse em conhecer o conteúdo. Não consigo me mover, muito menos chorar. Quantos sustos ainda levaria? Quantas vezes o universo ainda me testaria? Viver é cruel demais e eu estou cansada.

– Sei que é assustador, mas muitas pessoas acordam horas depois de quase morrerem.

– É, espero que sim. Eu só queria minhas chaves e acabei naquele inferno.

– Se ficasse sabendo do que aconteceu, recebesse de casa a notícia de tudo pelo que ele passou, se sentiria melhor?

Não preciso responder. O olhar brando e o rosto sereno daquela moça que mal conheço me fazem pensar que, mais uma vez, estou exatamente onde devo estar.

– O que tenho que fazer para colocá-lo em um quarto? – pergunto sem pensar.

– Quer tirá-lo da UTI?

Sim. Quero ficar com ele o tempo todo e na UTI não posso. Não sei quanto tempo ele ainda aguentará...

– Converse com os médicos. Eles saberão o que é melhor.

Ainda penso sobre o motivo de eu ter conseguido transferir Paul para um quarto com tanta facilidade. Acredito que tenha sido por não acreditarem que ele pudesse sobreviver, mas o que me dizem é que poderiam adequar o quarto para oferecer o que ele precisa e que as visitas continuariam restritas, exceto para mim. Aceito.

Assim que Paul é instalado e ficamos apenas nós, trato de abrir as cortinas e deixar o sol entrar. O quarto tem vista para o mar e eu me lembro de Angra dos Reis, o lugar que redefiniu nossas vidas. Fecho os olhos e quase posso sentir mais uma vez as mãos frias de Paul na minha cintura, a água do mar fazendo cócegas no meu corpo e o brilho do sol refletido nos cabelos loiros dele.

O dia se arrasta e cada suspiro dele faz meu coração parar. Testemunho a luz do céu se apagar e as da cidade se acenderem. Aos poucos, a rua vai silenciando e tudo fica cinza. Encosto a poltrona à cama e minha cabeça sobre sua mão. Permaneço assim até não aguentar e quase dormir. Meus olhos estão pesados e sinto um leve afago nos cabelos. Penso estar sonhando, mas os dedos de Paul, sob meu rosto, se movem. Eu me sinto tão anestesiada que demoro a acreditar. Levanto devagar até vislumbrar a única cor que a lua não transformou em prata. Ele passa a mão pelo meu rosto e uma lágrima cai.

– Eu sabia que em algum momento um anjo chegaria para me salvar – sussurra.

Meu coração descompassa e não consigo me conter. Entre lágrimas, beijo seus lábios até fazê-lo perder o ar.

– Desculpe.

– Não é a primeira vez que me faz ficar sem fôlego, por que está se desculpando?

Alegro-me ao reconhecer seu bom humor e acaricio seus cabelos.

– Como se sente?

– Vivo.

Ele tenta se sentar, mas não consegue. Aperto o botão para chamar a enfermeira, que aparece e, ao vê-lo acordado, corre para chamar um médico.

– Espere, não se esforce.

– Sinto todas as partes do meu corpo, mas não consigo movê-las – diz, angustiado.

– Deve ser porque você está parado há muito tempo.

O médico chega, o examina e nos diz muito pouco. Pede para a enfermeira sentá-lo, diz que ele passará a fazer fisioterapia e se alimentar com refeições líquidas, depois me chama para assinar alguns papéis. Tenho a mão entrelaçada na de Paul e não quero soltá-la, mas o médico me olha com ar urgente e por isso o sigo.

– O estado dele é bem delicado. Os pulmões estão frágeis e sua reabilitação física pode levar muito tempo – diz assim que saio do quarto.

– Tempo era tudo o que eu queria, doutor.

– Ainda assim, não garanto muito. Ele ficou tempo demais preso em um lugar úmido e sem ar puro, depois ficou em coma. Talvez os pulmões não melhorem e isso comprometa sua qualidade de vida. Tudo vai depender do tratamento, e mesmo que consigamos reverter o quadro ele pode nunca mais ser o mesmo.

Olho Paul pela fresta da porta e, para mim, ele já é o mesmo.

– Obrigada, doutor. Faremos o que for preciso para que a saúde dele se restabeleça.

– Sim, deixarei as indicações com a enfermeira. Pedirei para o fisioterapeuta vir o quanto antes.

– Quanto tempo para levá-lo para casa?

– Ele acabou de acordar e, como eu disse, não está nada bem.

– Eu sei, mas temos condições de tratá-lo em casa. Diga o que é preciso, eu providenciarei.

– Vamos ver como ele reage nas primeiras 48 horas. Depois veremos, o.k.?

– Ótimo.

Volto ao quarto e Paul já está sentado e com o maior sorriso do mundo.

– Deus! Como você é bonito!

Ele solta aquela gargalhada típica e, depois, dá um tapinha no colchão me convidando a sentar ao seu lado.

– Estou muito mal, me diz? – pergunta, sério.

– Você não está mal. Está tão bem que talvez possa ir embora dentro de dois dias.

– O que você fez para conseguir isso?

– Usei todo o meu charme e graça, ora!

– Olha que sou capaz de levantar e sair correndo atrás daquele médico só de imaginá-lo se aproveitando do seu charme e graça.

Encosto meu nariz no dele, beijo-o levemente, fecho os olhos e digo:

– A ciumenta sou eu, se lembra?

Ele encosta os lábios nos meus e eu sinto um leve tremor.

– Tem ideia de como estou feliz? A vida sem você é insuportável, os dias se arrastam. Dói demais, Paul.

O silêncio dele mostra sua surpresa, e sei que seu espanto não está relacionado aos meus sentimentos, e sim às minhas palavras. Sou boa em demonstrar o meu amor, mas não em falar sobre ele.

– Senti tanto medo de te perder. Todo esse tempo longe me fez pensar muito em nós e em tudo o que vivemos. Sofri em pensar que você podia ir embora sem ter certeza do quanto eu te amo. O seu amor sempre foi tão forte, claro e presente...

– Como pôde pensar nisso? Eu sei, sempre soube. Nunca duvidei do tamanho ou da intensidade do seu amor porque eu também o sinto. O que me manteve vivo todos os dias naquele inferno foi saber que você estava me esperando.

– Não pense nisso. Precisamos encontrar um jeito de deixar todas essas lembranças no passado.

– Quais são as suas lembranças, meu bem? O que aconteceu? Como você me encontrou?

– Como sabe que fui eu?

– Não faço ideia, mas, de alguma maneira, eu sei.

– Podemos deixar essa conversa para depois, por favor?

– Tudo bem, teremos tempo.

Imaginei que quando tivesse Paul ao meu lado não pediria mais nada. Mas as pessoas renovam seus anseios e preenchem rapidamente o espaço deixado por uma necessidade que se realiza. O meu novo desejo já tem nome e lateja forte dentro de mim: tempo!

24

Little Things
Pequenas coisas

(One Direction)

Imaginar a areia deslizando docemente dentro de uma ampulheta me faz pensar em como a passagem do tempo pode ser contraditória. Às vezes, os ponteiros se arrastam e nos castigam ao prolongar momentos ruins. Outras vezes, o tempo voa como um cometa e nos faz sentir roubados por ter andado tão depressa. Eu já estive presa na infinidade das horas e já vi a noite se transformar em dia em questão de segundos.

A manhã chega trazendo a euforia da notícia. Todos querem visitar Paul e poder vê-lo bem. Porém, os médicos estão bastante cautelosos em relação à fragilidade do seu sistema imunológico e preferem reservar o dia para exames e recuperação. Peço permissão para apenas mais uma pessoa poder vê-lo: Anne. Eu jamais lutaria por sua presença, mas o fato de eu também ser mãe dá algumas vantagens a ela.

Os médicos permitem que ela veja o filho, mas por pouco tempo. Ela se emociona muito ao abraçá-lo. Preciso me conter para não chorar ao vê-la sofrer tanto ao se despedir. A equipe do hospital gostaria que eu também me afastasse, mas não o pedem, talvez por imaginar minha reação.

Enquanto Paul faz milhões de exames e exercícios para recuperar os movimentos das pernas, vou para casa cuidar das crianças. Preparo minha princesa para a volta do pai e explico que ele está um pouco diferente do que ela se lembra, pois ainda está doente. Chloe sorri e não pergunta nada. Ela também o quer de volta acima de tudo. Olho para o Junior sentado no tapete da sala e me pergunto como contarei sobre ele. Estou certa de que Paul sofrerá intensamente por não ter estado comigo ao longo da gravidez, na hora do parto e por não ter conhecido o pequeno logo em seus primeiros dias. Quis falar sobre termos outro filho desde o primeiro instante, mas não soube como iniciar a conversa. Depois, imaginei que seria melhor mostrar Junior e contar a história toda de uma vez, mas recuei por pensar que poderia ser demais. Pensarei em algo até o final da tarde quando voltar ao hospital.

O assunto se perde nos afazeres do dia que envolvem uma criança de quase 7 anos e um bebê com pouco mais de 1. Chloe está decidida a fazer Junior andar e usa todo seu encanto para convencer o irmão, que se mostra pouquíssimo interessado no projeto. Por mais que ela insista e argumente sobre as vantagens que há em caminhar, ele continua engatinhando pela casa.

Só depois de convencê-los a deixar as brincadeiras de lado e irem para a cama é que eu volto ao hospital.

— Como foi seu dia, querido? Desculpe ter demorado, mas as crianças estavam eufóricas demais hoje.

— As crianças? A Carol não precisava voltar ao Brasil? Pensei que a Bel já tivesse partido.

A opção de mentir aparece mais uma vez, mas eu não posso fazer isso. Na verdade, nem que eu desejasse mentir, não conseguiria. Os olhos de Paul transbordam inocência ao perguntar. Ele sequer desconfia que tem outro filho. Ele precisa saber.

— No dia em que tudo aconteceu, tínhamos combinado um jantar especial, lembra-se?

— Claro. Há tempos eu não conseguia chegar cedo e combinamos de jantar todos juntos naquele dia.

— Exatamente. Você falou que queria conversar e eu disse que também tinha uma novidade.

— Sim, estava tentando disfarçar a empolgação na voz.

– Então...

Paul olha para mim sem entender o motivo da pausa. Ele franze o cenho e tenta se lembrar, mas não consegue chegar à conclusão nenhuma.

– A tal empolgação é o motivo de eu precisar usar o plural hoje em dia. Chloe deixou de ser única.

A cor some de seu rosto e eu me arrependo de ter sido tão direta.

– Você estava grávida?

– Sim.

Ele abre e fecha a boca como se escolhesse o que falar primeiro.

– Elisa, sinto muito por não ter estado ao seu lado, por não ter cuidado de você. Por não ter sido o pai...

– Eu sei. É claro que eu sei.

Passo as mãos em seu rosto tentando acalmá-lo.

– Não consigo acreditar – diz, pensativo.

– Senti sua falta todos os dias. Não tem ideia de como tudo foi diferente sem você ao meu lado. Foi por isso que não contei antes, por saber que você sofreria ao descobrir que tem um filho com mais de 1 ano e que não o conhece.

– Um filho? Um menino? – A expressão dele é tomada de alegria.

– Paul Robert Hendsen Junior – digo solene.

– Você não fez isso com ele.

– Fiz sim, e tem mais.

Sorrio e ele não resiste ao meu convite em conhecer mais detalhes do filho.

– O quê?

– Ele tem o seu queixo inglês, mas já aviso logo que tem o meu temperamento. O garoto é turrão.

Passamos horas entregues à felicidade de conversar sobre nossos pequenos. Mostro fotos e conto tudo sobre Junior: o que gosta de comer, quais são suas brincadeiras favoritas e suas reações habituais. Falo também sobre como Chloe cresceu e, mesmo quando ele insiste em saber sobre a parte difícil, faço questão de contar apenas as alegrias. Todo o terror que a ausência dele havia provocado ficaria para outra hora. Sinto que o momento de desabafo chegará, não carregaremos nossas dores em silêncio para sempre. Mas antes falarei o essencial, aquilo que desejava que Paul não partisse sem saber. Todo o amor que ele ajudou a construir e é peça fundamental para que exista. Primeiro, o bem, aquilo que fortalece. Depois, quando estivermos prontos, o inevitável.

Não consigo levar Paul para casa em dois dias, embora eu insista como posso. Quase um mês depois, ele está muito melhor e mais forte. Mesmo assim, ainda não anda sozinho e está com a saúde debilitada. Ele ainda não viu as crianças, que estão resfriadas, e por isso não podem visitá-lo.

A alta só vem quando o risco de Paul permanecer no hospital começa a se tornar maior do que os benefícios. Transformo parte da casa em uma clínica para que ele possa fazer fisioterapia e tudo que for necessário para sua melhora. No dia em que o levo de volta para casa, Santa Monica volta a ter cara de paraíso.

Paul olha pela janela e me lembro do dia em que percorri aquele caminho pela primeira vez depois de tudo o que aconteceu.

– Você está bem? – pergunto.

– Sim – responde sem muita convicção.

– É complicado passar por aqui, mas não há outro caminho para nossa casa.

– Tudo bem, estamos juntos. Em algum momento conseguiremos enterrar tudo isso.

– Claro – tento ser otimista, minha afirmação é baseada em um forte desejo, mas em nenhuma certeza.

Ao cruzar o portão, vemos Chloe brincando no balanço do jardim e Junior na grama, cambaleando em seus passos de bebê. Paul se endireita no banco e estica a cabeça para poder vê-los melhor. Sua expressão é uma mistura de alegria, surpresa e dor. Ele leva as mãos à cabeça e chora. Chora muito, aos soluços. Nunca o vi tão frágil.

– Não é justo! Olha só para ela, está uma mocinha. Nem deve se lembrar de mim. E o pequeno não sabe nem que sou pai dele – diz entre as lágrimas.

– Olha para mim, querido. – Tento fazê-lo levantar a cabeça e se acalmar. – Olha para mim. Estamos aqui! Temos a vida pela frente. Você voltou para eles. É só o que importa.

Aos poucos, ele começa a se acalmar. Olha para as crianças pelo vidro da janela do carro e depois para mim, parecendo tentar encontrar uma saída.

– Chloe não se esqueceu de você. Sonhava e brincava que recebia beijos no nariz todas as noites. Acordava feliz por conseguir sentir o carinho que você enviava. Junior pode nunca ter sentido seu abraço, mas sabe que você é seu pai, porque não houve um dia sequer que eu não dissesse isso a ele. Você está de volta e é só isso que importa. Sei que não deve ser fácil ter sido arrancado da própria vida, mas temos o presente, o futuro e, muitas vezes, eu pensei que não teríamos. Então, vamos aproveitar.

– O que você disse para a Chloe? O que eu digo para ela?

Seguro suas mãos e tento sorrir, tento mostrar que para o amor não são necessárias muitas explicações, tento mostrar que ele não deve se preocupar. Ele passa os dedos no meu rosto e suspira.

– Como você pode ser tão forte?

– Eu não sou.

Depois de mais um abraço e com ajuda do fisioterapeuta, que nos aguardava, tiramos Paul do carro, o colocamos na cadeira de rodas e vamos em direção às crianças. Chloe salta do balanço e corre em nossa direção.

– Papai, papai!

É lindo e libertador vê-la sentar em seu colo, enlaçar seu pescoço e beijá-lo inúmeras vezes.

– Quem mandou você crescer tanto, hein? – ele brinca.

– Mamãe. Ela fala pra eu comer tudo e crescer.

Paul a abraça, gargalha, a admira e transborda de tanto amor. Pego Junior no colo e o levo até o pai, que não se contém ao tê-lo nos braços e volta a chorar. Enfim, a família está reunida.

Após um dia repleto de reencontros, soneca com os filhos e saudades, Paul parece muito melhor. Se não fosse a dificuldade em se locomover, eu consideraria enterrado todo dano provocado pelos últimos tempos. Quase consigo esquecer o medo, a angústia e o sentimento nebuloso que me acompanha sem ter sido convidado.

Ele está acomodado na cama lendo um livro quando termino o banho e entro no quarto. Coloco mais um travesseiro nas costas dele e o beijo.

– Vou dar uma olhadinha nas crianças e depois venho te ajudar a se trocar para dormir.

– Eu consigo fazer isso sozinho, não se preocupe. Aliás, as crianças já estão dormindo e eu acho que você deveria ficar aqui – convida.

Sinto as mãos fortes do meu marido nas minhas costas me puxando para perto dele.

– O.k., eu fico com você mais um pouco – digo e o abraço.

Ele para de beijar minha nuca e me solta com delicadeza.

– Não vai dormir aqui?

– Eu não tenho dormido bem. Você precisa de tranquilidade para descansar, se restabelecer – explico.

– Não há nada de que eu precise mais do que de você.

– Estarei aqui pela manhã.

– Não me quer mais? Sei que não sou mais o mesmo.

– Não fale isso nem de brincadeira. Você é exatamente o mesmo. É o mesmo homem lindo, loiro, forte e dono dos mais encantadores olhos que eu já vi.

– O que é então? – pressiona.

Tento me esquivar, mas Paul segura meu queixo e me encara, tentando me desvendar. Jamais consigo resistir por muito tempo àquele olhar inquisidor.

– Tem noção do pavor que sinto? Do medo que me acompanha desde o dia em que recebi a notícia que você tinha desaparecido? Tenho medo de te perder todos os segundos do meu dia. E, se não bastasse todo o peso que é não ter controle sobre a vida, ainda tenho que carregar o peso da morte da Marie.

– Você agiu por impulso, estava...

– Não diga que eu estava assustada, você não. Porque eu aguento viver sabendo que as pessoas não me conhecem, mas você não. Eu estou assustada agora! Naquele dia eu calculei cada passo, cada palavra e cada ação. Arrisquei a minha vida consciente do que estava fazendo e não atirei para derrubá-la, atirei para matá-la e poder ter paz em um mundo em que ela não existisse. Por mais que esteja arrependida, nada muda o que eu fiz. Terei que viver com isso e com o medo de não ter você de repente ao meu lado para me ajudar a suportar. Por tudo isso é que tenho medo de te beijar mais profundamente, de me lançar nos seus braços e poder atrapalhar o seu sono, porque tenho medo de te machucar, tenho medo de que não se recupere, tenho medo de te perder... Tenho medo de tudo o tempo todo!

Paul me abraça forte, cheira meus cabelos e passa a mão pelo meu rosto.

– Se eu pudesse ter poupado você de tudo isso, juro que teria feito. Não pude impedir que esse cinza tomasse seus olhos, e isso me enfurece. Mas parece que a vida sempre me poupa e exige muito de você.

– Você passou por coisas terríveis! Não diga isso.

– Não, meu bem. Passei a maior parte do tempo dopado, adormecido ou inconsciente. Quem ficou lúcida, dia e noite, tendo que enfrentar foi você.

– Não diminua o seu sofrimento. Ainda está sofrendo as sequelas da loucura dela.

– O que é ter parte dos movimentos comprometidos e alguma tosse? Logo vai passar. Estou aqui com você, com as crianças e me sinto tão sortudo por isso.

– Eu também.

– Mas sou seu marido, Lisa. E só vale a pena estar ao seu lado assim. Eu não apenas quero, mas preciso dos seus beijos profundos e apaixonados, do seu corpo junto ao meu e de te consolar depois de um pesadelo. Porque, se não for assim, não sou nada além de um estorvo, e isso eu não aguento.

– É claro que você é meu marido. Só quero cuidar de você.

– Então, me deixa cuidar de você também.

Mais uma vez Paul consegue me resgatar. A clareza com que ele enxerga as coisas transforma a vida em algo simples, quase comum, embora minhas lembranças gritem exatamente o contrário. Passo a perna sobre as dele, sento em seu colo e encosto meu nariz no seu rosto. O gesto mais inocente passa a ser tentador por se tratar dele.

– Sabe que quase perdi minha sanidade, mas me sobrou o suficiente para não negar um pedido como esse – sussurro, sentindo o desejo me invadir.

– Então vem aqui, fica comigo porque estou louco de saudade.

Nada mudou e tenho certeza de que nunca mudará. Paul tem os mesmos beijos, os mesmos toques e o mesmo ardor. Seus olhares, palavras e sussurros têm o poder de me fazer sentir nas nuvens. Todo o amor que sentimos transborda da alma, aquecendo nosso corpo e aliviando nossas dores. Meu coração acelera e meus olhos voltam a mudar de cor: verde-oliva, sua cor preferida.

Não há nada que tire das mãos dele o dom de me fazer levitar e nada que arranque de mim o amor que só ele é capaz de me dar. A cada passo da vida, aprendo que, por mais que as tragédias nos enterrem, sempre voltamos à luz quando nossos corpos se tocam. E quando é assim é para sempre, independentemente da promessa.

Estou deitada em seu peito, ele me vira, deita sobre mim e me olha profundamente. Seus dedos percorrem meu rosto, meus cabelos e meus lábios. Seus olhos não desviam dos meus e brilham como nunca. Como explicar o fascínio daquele momento? Não consigo imaginar algo que ao menos se aproxime do que sinto. Apenas sei que sou toda encantamento e que o resto se resume a nada.

Paul continua deslizando as mãos sobre minha pele e toca sua aliança pendurada em meu pescoço.

– É a minha aliança? Você a encontrou? Como?

– Longa história, mas o que importa é que no dia em que a encontrei tive certeza de que também o encontraria. Ela foi o sinal que pedi para não perder as esperanças.

– Esse tipo de coisa é que me faz ter certeza de que, não importa o que acontecer, sempre nos reencontraremos.

– Para mim não interessa o trajeto desde que o fim seja esse.

Tiro a aliança e a coloco de volta no dedo de Paul. Beijo-o uma vez mais e sinto gratidão por ter a chance de me sentir em paz novamente.

Passamos grande parte da noite conversando, falando sobre o que nos afligia e também sobre a felicidade de estarmos juntos. Imaginei que muitas lágrimas seriam derramadas e muitos traumas revisitados, mas perto dele tudo fica a uma distância infinita. Enlaçada por seus braços, sob a luz dos seus olhos e provando dos seus beijos, todo o resto volta a ficar para depois. Como sempre foi.

Os dias passam trazendo melhoras consideráveis. Não tenho pesadelos tão frequentes, embora ainda pense muito na Marie e em tudo o que aconteceu. Paul, por sua vez, nem parece ter vivido todo aquele terror. Sua expressão de paz voltou e seus olhos transparecem toda sua luz interior. A parte física nos dá um pouco mais de trabalho e a fragilidade de seu pulmão continua a me preocupar, mas ele já não precisa mais da cadeira de rodas nem de tanta ajuda.

A vida segue, e com ela recebo o maior de todos os presentes: tempo. A cada noite peço um novo dia e recebo cada amanhecer como uma dádiva. Temos tempo para ir aos recitais de Chloe e assistir aos jogos de Junior.

Escondemos ovos de Páscoa e abrimos presentes de Natal. Vemos Philip e Rachel encontrarem um no outro o amor que tanto procuravam.

Paul vê sua pequena se transformar em uma linda e amorosa moça e seu garotão em um forte rapaz. Tem tempo de me amar profundamente e ver as primeiras rugas visitarem meu rosto. Eu tenho a chance de ver meus filhos crescerem rodeados de respeito, carinho e afeto. Testemunho o dourado do cabelo de Paul ceder espaço para o prata, deixando-o ainda mais bonito. Tenho tempo de amar meu marido da única maneira que sei: intensamente.

Os anos passam com generosidade, nos fazendo dividir as dores e as alegrias. Permanecemos sempre juntos, nos apoiamos nas perdas, nas conquistas e carregamos juntos os fardos que adquirimos com as experiências. Aplaudimos o sucesso um do outro, visitamos o sol do Brasil e o frio da Inglaterra. Curamos as feridas, aprendemos a carregar as cicatrizes e continuamos sendo únicos. Paul continua sendo meu amor juvenil, o homem dos meus sonhos e, por que não, meu príncipe encantado.

Cada manhã que acordo em seus braços é como um pedaço de paraíso na Terra e sei que ninguém além de nós entende o que significa ver o outro lendo o jornal na sala ou discutindo para qual universidade nossos filhos devem ir. Ninguém, além de nós, conhece o valor que damos ao simples fato de planejar as férias de verão, escolher os filmes que produziremos ou em qual restaurante jantaremos na sexta-feira. Ninguém sabe porque ninguém amou e se perdeu tanto quanto nós. Nenhuma outra pessoa conhece o que vivemos todas as noites quando nossos corpos se tocam nem o sabor que temos nos lábios um do outro.

Desejei tempo para provar sempre todas essas pequenas coisas que juntas nos transformam em algo grandioso e não posso negar que tivemos.

Tenho tempo de ver meu marido encrencar com os primeiros namorados da filha, de curar a primeira bebedeira do filho e de, ao seu lado, vê-los crescer com sabedoria. Tenho tempo de voltar a me sentir a mulher mais desejada, privilegiada e feliz do mundo. Mas nada disso é suficiente para se despedir.

Sei que não estarei pronta. Eu sempre soube.

25
Not in that Way
Não desse jeito

(Sam Smith)

A luz do dia invade o quarto e eu o olho totalmente embevecida. Cada raio de sol parece um fio da mais pura seda pendendo sobre o teto do quarto. Ele sorri de olhos fechados. Sabe que está sendo admirado. A manhã é como outra qualquer, mas estou em um daqueles dias em que se ama além do rotineiro, um daqueles momentos em que o mundo faz uma pausa para você apreciar a vista, e eu tenho uma maravilhosa.

Chloe está em casa para o feriado e, desde que ela foi para a universidade em outro estado, os momentos em família e música com o pai se tornaram raros. Por isso, parte de nós tem pressa em acordar, aceitar o convite do cheiro de café e se juntar aos nossos filhos. Mas há também a urgência em permanecer ali, de olhá-lo um pouco mais e de sentir seus braços fortes ao meu redor.

Quando nos desvencilhamos dos lençóis, nos entregamos à delícia de dividir as horas com nossa musicista e nosso candidato a jogador de futebol americano. Ver Paul com um braço em torno de Chloe e o outro nos ombros de Junior me faz sentir presa em um sonho. É como se eu apreciasse uma cena de um dos meus filmes preferidos, daquelas que nos faz sorrir levemente com olhos lacrimejantes e que nos faz desejar estar dentro da tela. A diferença é que essa cena pertence à minha vida e não à imaginação de alguém.

Passamos o dia todo juntos. Chloe dispensa a praia para jogar videogame com o irmão e o pai. Faço o lanche favorito deles e aprecio os sorrisos, os olhares e os festejos. O meu coração palpita diferente e, por mais que eu tente, não consigo entender o porquê de tanta emoção.

A noite se aproxima e noto que Paul está mais cansado que o habitual. A saúde dele nunca voltou a ser a mesma depois do sequestro e, com a idade, a situação é ainda mais delicada.

– Acho melhor ir se deitar. O dia foi cansativo – alerto.

– Não antes da música.

Paul sorri e se senta ao piano. Chloe o acompanha e eles começam a tocar. Uma nota atrás da outra e a música se apresenta. De repente, reconheço a canção: a mesma que tocamos em Londres tantos anos antes. Impossível segurar as lágrimas. Eles se olham cúmplices e tenho certeza de que nossa filha se sente parte do maior amor do mundo, como o pai sempre diz. Chloe sabe que é fruto de um sentimento ímpar, puro e forte, tudo nela é orgulho e admiração. Seus dedos percorrem o teclado com destreza e sua expressão é angelical. Junior, agarrado à minha cintura, parece ter ajudado a preparar a surpresa e conhecer a história daquela canção. Paul fez questão de contar tudo sobre nós aos nossos filhos, que ficam muito felizes e agradecidos.

Ao nos deitarmos, vejo como Paul está cansado. A luz prata da lua ajuda a compor o cenário oposto ao da manhã. Passo a mão em sua testa e ele nota minha preocupação. Beija meus dedos e tenta sorrir.

– O que está sentindo? – indago preocupada.

– Nada demais – responde.

– Quer ir ao médico?

– Não. Quero ficar aqui ao seu lado, sentindo o seu perfume, olhando o seu sorriso e sentindo o seu calor.

Ele tosse baixo e rouco. Seus lábios estão pálidos.

– O que está havendo? Parece que está piorando a cada segundo. Vou chamar o médico – tento me levantar.

Paul segura minha mão para que eu não saia da cama.

– Meu bem, chega de médicos. Eu e você, o.k.? Apenas nós. É o bastante.

Entendo o discurso de Paul e não posso aceitar.

– Não me peça para te deixar partir.

As lágrimas invadem meus olhos e ele passa os dedos no meu rosto tentando, em vão, secá-las.

– Esse momento chegaria. Agora ou daqui a cinquenta anos, aconteceria – tenta amenizar.

– Que seja daqui a cinquenta anos então – digo com voz embargada.

– Adoraria que fosse, mas ainda assim seria breve demais.

– Por que está falando assim? Já se sentiu mal antes, fomos ao médico e você ainda está aqui. Dessa vez será igual.

– Não será. Tenho conversado com os médicos, sei que as coisas não andam bem.

– Mas...

– Ah, Lisa! Como eu queria que você não tivesse que passar por isso. Mas tem que me prometer que ficará bem.

As lágrimas silenciosas viram um choro infantil, dolorido e cheio de piedade.

– Não acredito que está se despedindo.

– Não foi isso que pedimos? Um pouquinho mais de tempo, nem que fosse para nos despedirmos? Demos à Chloe uma vida linda, repleta de ternura e música. Junior teve o pai que sonhei ter: amigo, protetor e forte. Oferecemos aos nossos filhos a certeza de que o amor vence tudo e que eles são parte fundamental disso.

– Mas eu preciso de você.

– E eu de você. Preciso que viva para nossa filha, para que ela continue tendo seu abraço e seu colo. Viva pelo Junior, ele precisa dos seus conselhos e olhares. Viva por você, para contar suas histórias e quem sabe um dia escrever sobre nós. Viva por mim, querida, para que eu permaneça vivo na lembrança de nossos filhos e dentro de você. Se eu pudesse, jamais te deixaria sozinha, mas é mais forte do que eu, querida.

– Paul, você é o grande amor... O único amor da minha vida.

– É exatamente por isso que eu sei que nos reencontraremos.

– Como pode ter tanta certeza?

– Meu bem, se não houver um paraíso esperando por nós dois, inventarei um. Fique tranquila.

Como de costume, Paul consegue arrancar um pequeno sorriso entre minhas lágrimas.

– Não parta. Eu não sei ficar, não aprendi... Sabe que não pode fazer isso comigo, não é?

– Sei. Mas você sabe que jamais te abandonaria e que enquanto nosso amor existir nós estaremos juntos. Eu prometo.

– Isso é muito abstrato para mim.

– Não será, juro! Agora, vem aqui.

Paul me abraça e sua respiração vai se acalmando, minhas lágrimas ficando menos intensas. Depois de alguns minutos de silêncio, Paul sussurra no meu ouvido:

– Para sempre, Lisa.

– Para sempre, bonitão.

O tique-taque do relógio me faz recordar a cena da areia escorrendo na ampulheta. Paul tem razão em dizer que tivemos mais tempo do que esperávamos, mas não tenho o mesmo poder de aceitação que ele. Rejeito mais uma vez a ideia de amanhecer sozinha, e, talvez por esse motivo, eu acredite que aos poucos ele parece melhorar. Seu rosto fica menos pálido e sua respiração se torna mais tranquila. Ao vê-lo dormindo, lembro-me do seu sorriso ao acordar e tenho certeza de que tudo acabará bem. Um dia como esse não poderia terminar de maneira tão trágica. Logo o sol invadirá o quarto e Paul acordará com um sorriso para mim. Ganharemos mais um dia para desfrutarmos da presença um do outro. Tem que ser assim.

Adormeço até os raios de sol voltarem a brilhar sobre nós, mas Paul não acorda.

O que acontece quando o seu maior medo se torna realidade? Desta vez eu não tenho como procurá-lo, não tenho quem enfrentar nem o que fazer. Paul parte, deixando um rastro de luz colorida e saudade. Aquela saudade que só existe em português, a que sufoca, que aperta o peito e que te faz ter certeza que não conseguirá suportar.

Nada me resta a não ser consolar meus filhos, ser consolada e aceitar que nada será como antes.

Os primeiros dias são de absoluto silêncio. O nó que fecha minha garganta me faz enfrentar calada toda a burocracia e a cerimônia de despedida. Recebo as condolências com um aceno de cabeça, um abraço ou um aperto de mão.

É inútil tentar explicar a dor que sinto. Ela toma cada pedaço do meu corpo. É uma dor física, aguda e real. Minha alma partida ao meio ainda tenta se sustentar, e desta vez eu espero desabar a qualquer instante.

Preciso quebrar o silêncio quando Chloe se recusa a voltar para a universidade. Ela diz ao padrinho que não ficará longe de mim e que está triste demais para pensar nos estudos. Entro no quarto e olho para Philip, que nos deixa a sós. Sento ao lado dela e pego suas mãos. Os olhos dela cintilam todo o azul dos olhos de Paul, e eu quase desmorono. Respiro fundo, a abraço e tento tirar alguma palavra de dentro de mim, qualquer coisa que me ajude a cumprir meu papel de mãe.

– Preste atenção, querida. Não vou falar sobre dor, porque nós a conhecemos muito bem. Nem direi que tudo isso vai passar, pois não irá. Sentiremos falta dele para sempre, e é exatamente por isso que precisamos continuar com as nossas vidas. Não podemos esperar nos sentirmos melhor ou termos vontade de prosseguir.

– Não quero ficar longe de casa nem voltar para um lugar onde terei aulas de música o dia todo.

– Faça por ele. Enquanto você tocar, ele viverá nas suas músicas e nesses lindos olhos, minha filha.

Ela me olha pouco convencida, mas disposta a tentar. Dias depois, arrumamos as malas e eu a vejo partir no carro vermelho que ganhou do pai. Lembro-me da festa que Paul fez ao escolher o modelo, a cor e ao escondê-lo na garagem. Ele passou o dia ansioso, esperando Chloe voltar da escola, e, assim que ela colocou os pés no portão, foram dar uma volta. Parece ter sido ontem que os avistei entrando em casa depois do passeio. Ela correndo escada acima, me chamando com as chaves na mão. Paul encostado na parede, assistindo a nossa menina quase me derrubar em um abraço.

Será que agora será sempre assim? Cada pedacinho de vida virá acompanhado de uma cena do passado? De uma louca tentativa de se manter em pé? Do desespero que nos faz imaginar que lembrar pode se transformar em reviver e, quem sabe, poder tocá-lo, sentir seu cheiro ou seu olhar? Mas recordar não nos permite ser parte daquilo novamente. Viramos espectadores, simples admiradores de um tempo de felicidade.

Eu não tenho escolha, então vivo. Somente por isso acordo todas as manhãs e durmo todas as noites. E os dias seguem como as páginas de um livro jogadas ao vento. O tempo passa sem levar com ele a dor, a ausência e o vazio.

Um ano passa e eu ainda não consigo transformar em palavras o que sinto. Estou sentada em frente ao computador tentando escrever o discurso que lerei na cerimônia em memória de Paul, mas não consigo. Como transformar a imensidão de sentimentos que carrego em algumas linhas? Levanto decidida a escolher um poema. Folheio vários livros de poesia até perceber que nenhuma palavra dita por outra pessoa resume o que eu não consigo dizer. Abro a caixa onde guardo todos os cartões, e-mails e bilhetes apaixonados que Paul me deu ao longo da vida. No alto da pilha, há um envelope cor-de-rosa que nunca vi antes. Abro com as mãos trêmulas e toco meu nome escrito na caligrafia reta de Paul.

Minha Lisa,

Há quanto tempo estamos longe um do outro? Sei que é tempo demais, mesmo que nossa despedida tenha sido hoje pela manhã.

Lembra-se do tempo em que eu viajava como um louco e mandava cartas, e-mails e cartões de todos os lugares por onde passava? Vamos fingir que esta é uma daquelas cartas, afinal de contas, não é porque você não consegue me ver que deixei de existir.

Como vão as coisas por aí? Espero que sinta minha falta, mas não tanta que a faça sofrer. Esteja certa de que também sinto saudades, mas quando uma estrela brilha no céu, me sinto bem perto de você.

O que anda escrevendo? De vez em quando leia em voz alta seus trechos preferidos, o que escreve é sempre a melhor maneira de saber o que anda acontecendo dentro de você.

Lembre-se de que o tempo passa independentemente da nossa vontade, mas o que fazemos com ele só depende de nós. Não gaste o seu com lamentos, está bem? Não suportaria saber que você deixou de sorrir e que seus olhos não mudam mais de cor.

E como em uma daquelas longas viagens, estou aqui pensando em como seria bom poder escutar sua voz, sentir o cheiro dos seus cabelos e beijar seus lábios. Tem ideia do quão louco sou por você? Ah, meu bem, você sempre será minha alegria, minha paz e o melhor da minha vida! Não deixe nunca de ser quem é... Preciso reconhecê-la quando a vir, jamais se esqueça disso! Você sempre manteve seu encanto, mesmo depois de tudo. Sei que desta vez não será diferente.

Aguente firme daí que eu prometo tentar daqui. Vai ficar tudo bem, afinal, sempre tivemos nosso final feliz.

Amo você muito, desesperadamente...

Seu P. R.

Mal posso acreditar que Paul deixou uma carta à minha espera. Ler essas palavras me faz senti-lo conectado a mim novamente, como se ele estivesse em algum lugar do mundo, sentindo tanta falta de mim quanto eu dele. Ele previu a dor que eu carregaria tendo que levar a vida sozinha, e que me perderia em meio a toda essa solidão. Olho no espelho e tenho dúvidas se Paul me reconheceria se cruzasse comigo em um canto qualquer. Não escrevi uma linha sequer neste ano, ando muito calada e sem energia. Sorrio ao imaginar que a carta foi deixada ali há poucas horas e não antes de tudo acontecer. A verdade é que ninguém me conhece como ele, ninguém seria capaz de falar o que preciso ouvir a não ser aquele que carrega um pedaço meu dentro de si.

Volto à escrivaninha, escrevo e, sem revisar, imprimo. Poucas horas depois, estou com meu discurso em mãos diante daqueles que também sentem falta de Paul: nossos filhos, pais, irmãos e amigos.

Depois de pigarrear e quase desistir, avisto um pássaro empoleirado em um dos galhos da imensa árvore atrás da fileira de cadeiras. Ele parece tão quieto e atento. Respiro fundo e começo a discursar.

– Paul dizia que para saber o que se passa em mim é mais fácil me entregar um papel e uma caneta do que esperar ouvir uma palavra sair da minha boca. Ele tinha razão. Sou melhor emprestando meus pensamentos aos outros do que dizendo em primeira pessoa o que tumultua minha cabeça. Desta vez, Paul não pode entrar no escritório durante a noite e olhar meus arquivos, mas gosto de acreditar que pode me ouvir. Por isso, lerei algo que escrevi essa tarde:

"Há um ano não enterrei o meu marido, enterrei metade de mim. A melhor parte do meu ser. O pedaço que guardava toda minha simplicidade, meu silêncio, minha sabedoria, minha resignação e ternura. É difícil ter que seguir em frente sem o que consideramos o melhor de nós. Olho para mim e não vejo muita coisa.

"Grande parte da vida, temi me enxergar assim. Sempre soube que sem Paul eu voltaria a ser uma sombra. Jamais me acostumarei à solidão de ser só um.

"Naquele dia, também enterrei todo o meu medo. Não há nada que me assuste ou apavore. Depois que nosso maior medo se torna real, a vida vira um dia cinza, chato e interminável.

"Mas decidi que não lamentarei os anos que não o terei por perto e que viverei com esse aperto angustiante no peito, justamente por saber que toda essa dor é a prova da existência de Paul em mim. Não lamentarei não ter uma segunda chance porque nós a tivemos. Não ficou nada por dizer ou fazer. Fomos felizes.

"Paul viverá nos olhos e canções de Chloe, no caráter e força de Junior, no coração de todos que o amam e dentro de mim. Não porque desejamos que seja assim, mas porque ele marcou cada um de nós com a pureza de seu espírito. E será assim sempre, pois não conheço outra maneira de existir a não ser com ele ou sentindo falta dele."

Olho o restante das páginas e resolvo não ler até o fim. Todo o meu discurso se resume naquela única frase. Toda minha vida se resume a essa imensa verdade.

26

Stay With Me
Fique comigo

(Sam Smith)

Hoje

Depois daquele dia, aceitei que sentiria falta dele pelo resto da minha vida. E foi exatamente assim. E é exatamente assim.

Logo, mais rápido do que imagino, Junior entra para o time de futebol americano de uma das mais renomadas universidades do país, e eu acabo deixando a América. Penso em voltar ao Brasil, mas não é mais lá que me sinto em casa. Resolvo voltar ao Reino Unido, reencontrar o local do primeiro amor que nem imaginava o que o esperava pela frente.

Revisito os dias em que eu e Paul só pensávamos em passar o tempo juntos, memorizando cada pedaço de nosso corpo e decifrando os mistérios de nossa alma. Os dias em que eu apenas sonhava em me tornar escritora e ele, um ator de cinema. Os bons dias que se multiplicaram em nossas vidas de maneira quase mágica.

Passo a viver em Londres, na mesma casa em que moramos juntos pela primeira vez. Foi na escrivaninha que ganhei do meu marido que escrevi todos os meus livros, muitos deles premiados, adaptados para o cinema e motivo de muito orgulho para mim, meus filhos e, certamente, para ele.

Quando me canso de Londres, vou para York olhar o brilho do rio, o azul daquele céu e passar parte da noite no pub em que o conheci.

O chalé continua sendo o refúgio de férias, o lugar em que reúno a família. É lá que recebo Chloe, Junior, Philip, Rachel e as crianças. Até Isabel passou uma temporada comigo depois que se formou em História da Arte, contrariando todo o desejo dos pais médicos. Até na escolha de minha afilhada, enxergo Paul e suas conversas apaixonadas sobre o assunto.

Foi na Inglaterra que aprendi a amar pequenas coisas. Detalhes insignificantes que ganharam um valor inestimável frente à ausência que carrego.

A princípio, dormir do lado da cama que pertencia a ele me causa uma dor sufocante. Sentir o cheiro dele nas roupas e encontrar um fio de cabelo seu me faz sofrer além do que eu posso suportar. Mas, aos poucos, todas essas coisas vão se transformando em companhia, é como se dividíssemos os dias.

Levo a vida esperando sinais que me ajudem a seguir em frente, e eles vêm. Aprendo a reconhecer Paul em uma flor caindo de uma árvore direto nas minhas mãos como um presente, a perceber sua companhia ao ligar a TV em uma das inúmeras madrugadas insones e ver que um dos nossos filmes preferidos está passando. Recebo suas palavras de amor por canções tocadas por jovens ingleses em pubs madrugada a dentro. Espero ansiosamente por suas visitas em meus sonhos, e ganho forças para continuar.

Em alguns momentos, me pego esperando o telefone tocar, os passos dele pela escada ou seus braços enlaçarem minha cintura. É estranho dizer essas coisas, porque, neste caso, falar é bem mais fácil do que sentir. Dias como esses lembram a morte, e não é poético querer desistir.

Nas primeiras vezes que me sinto assim, encontro outros bilhetes, cartas e mimos de Paul. Ele deixou pequenos recados em bolsos de casacos, na caixa de joias e dentro de alguns livros, todos escritos como se estivesse viajando e fosse voltar logo. Sempre dizendo que me ama, que sente minha falta e que o mundo é melhor por eu existir.

Mas esses pequenos sinais da presença dele não duram muito tempo. É uma nova despedida vasculhar a casa e não encontrar seus presentes. Mesmo assim, de vez em quando, a brisa traz seu cheiro e percebo sua presença.

Acredito que Paul continua me espreitando sempre que pode e que, em algum lugar do infinito, sente meu coração pulsar no mesmo ritmo que o seu. Se ele tiver se tornado luz, luz eu serei; se ele for chuva, chuva eu serei; e, se ele não existir mais, eu também dissiparei. Simples assim.

Cruzo o oceano duas vezes: para a formatura de Junior e para a inauguração do museu que Chloe montou na casa de Santa Monica. A princípio, reluto por não querer ver nossa vida transformada em algo morto, parte de uma história acabada, mas não posso evitar o sorriso que surge em meus lábios ao ler o convite, que informa o dia em que o museu do "maior amor do mundo" teria suas portas abertas à visitação. Como não conhecer o lugar em que Chloe quis imortalizar seus pais?

Todo o acervo sobre nossas carreiras está lá. Todos os originais dos meus livros, todas as fotos de Paul ainda muito jovem e todos os prêmios que ganhamos. Uma sala destinada aos sucessos da nossa produtora, que agora é administrada por Bob e Rachel. Os quartos de Junior e Chloe abrigam fotos da minha gravidez, a história do nascimento e da infância de cada um. Um enorme piano se destaca no quarto de Chloe e várias camisas de times de futebol americano no quarto de Junior.

A maior parte da casa tem a mobília original e fotos nossas. Na sala de TV, filmes com Paul passam sem parar, as pessoas podem sentar e assistir, um verdadeiro presente aos muitos fãs que ele ainda tem.

Nosso quarto guarda as roupas que usamos no casamento, o colete, meus sapatos vermelhos. Vejo um quadro com nossos votos e logo reconheço a letra de Chloe, tudo tão harmonioso e perfeito.

É bom ver que nossos filhos têm tanto orgulho de nós, mas é difícil demais ver minha vida virar lugar de visitação. Cada um lida com a dor de uma maneira, eu não impediria Chloe de nos transformar em super-heróis para sofrer menos. É seu jeito de dizer que também sente falta daquela vida.

Passeio pela nossa história relembrando cada foto, cada sorriso e cada sonho que tive naquela casa. Olho os carros, o jardim e a piscina. Relembro os dias vendo os slides passarem e também fico feliz em ser a moça sorrindo nas fotos. Aquela vida é minha tanto quanto a de hoje e, se lamento não tê-la mais, sou muito grata por ter vivido tanta felicidade.

Depois desse dia, nunca mais volto aos Estados Unidos. É na Europa que me sinto mais perto de Paul. Felizmente nossos filhos fazem carreira neste continente frio e podemos estar juntos o máximo de tempo possível. Chloe sempre na música, fazendo trilhas sonoras e tocando em orquestras. Junior se aventurando no rugby, depois de tanto tempo no futebol americano. Carol me visita sempre e meus pais passam seus últimos dias aqui comigo.

A vida se torna uma sequência de dias iguais na qual aprendo a viver. Sentir o peito vazio é a consequência natural da ausência dele. Nunca imagino acordar e me sentir inteira, bem ou feliz. Isso só aconteceria se Paul voltasse ou se eu o esquecesse. Como nenhuma das opções é possível, aceito levar a vida só e da melhor maneira que posso.

Hoje, meus cabelos estão brancos, meus olhos marcados pelo tempo e quase não me reconheço ao ver meu reflexo no espelho. Por fora, estou muito diferente da moça que passou a noite dançando salsa ao lado de um lindo inglês, mas por dentro sou a mesma.

Passo alguns anos sem escrever, coloquei tudo o que senti para fora e acredito que não me resta mais nada a dizer. Mas vasculhando caixas antigas à procura de um único original que Chloe notou estar faltando no museu, encontro um bilhete deixado por Paul.

Tantos anos depois e ele ainda fala comigo. Após as palavras amorosas de sempre, ele me pergunta sobre o que estou escrevendo e diz que, caso faltasse inspiração, eu deveria me lembrar que eu vivi a história mais fantástica de todas.

Resolvo voltar a me sentar em frente ao computador e transformar em palavras a confusão que acontece dentro de mim. A princípio, começo a escrever porque ele pediu, mas, ao colocar no papel a odisseia da nossa vida, me sinto curada. Paul sabia que eu só me esvaziaria quando transformasse tudo o que eu sinto em escrita. Ele mais uma vez vem me salvar.

Não digo que deixei de sofrer, mas o peso agora habita o papel e não mais meu peito.

Claro que estas linhas não são a minha vida. Vivi tantas coisas, mas não escreveria apenas sobre elas. Esta é a nossa vida, a parte que vale a pena ser contada. Toda a transformação que sofremos porque dissemos sim, toda a magia que só existiu porque, em um dia qualquer, nossos olhos se cruzaram. Comecei a vida sem acreditar em grandes amores, destino ou em alma gêmea e tive todas as minhas crenças sacudidas pelos sentimentos que me assolaram. Eu seria rasa sem a vivência que o amor por Paul me proporcionou.

Adoraria ter uma razão para o que vivemos, dizer que Paul era um anjo caído ou qualquer outro ser extraordinário perdido pela Terra e que se encantou justamente comigo. Gostaria de acreditar que tamanho sentimento existe por ser parte de algo divino, mitológico. Mas a verdade é que eu não sei. Acredito que tudo o que vivemos se deve ao fato de termos nos permitido viver.

Não tenho ideia do que as pessoas costumam fazer por amor, mas posso dizer que fiz tudo que pude. Deixei que esse sentimento sublime entrasse e ocupasse cada pedaço de mim. Entreguei-me sem medo do que pudesse acontecer. Abri mão de tê-lo, mesmo sabendo que seria insuportável. Superei todas as barreiras que construí na ausência dele e me permiti fazer parte do inimaginável.

Amei loucamente e morri. Renasci e matei por ele. É apenas esse sentimento que conheço e somente por ele fui capaz de sentir.

Talvez os céus ainda discutam como dois simples mortais conseguiram provar do néctar dos deuses. Suspeito que tenha sido por pura inocência, por simplesmente acreditar que podiam. Dois jovens que superaram a barreira geográfica e se encontraram. Um inglês e uma brasileira que viveram no mundo e cismaram em ter um amor além do amor. Escapamos das regras e ultrapassamos as leis. Roubamos anos do destino que insistia em nos separar, enganamos a morte, voltamos um para o outro contrariando todas as probabilidades e, mesmo quando a separação foi inevitável, juramos nos reencontrar.

Agora, sei que a vida está no fim. Vivo pagando a penitência de existir sem ele e estou certa de que minha jornada terminará nos braços do homem que me prometeu que nos reencontraríamos no paraíso, porque sempre foi assim e desta vez não será diferente.

Gosto de pensar que no próximo encontro Paul estará sentado de pernas e braços cruzados na beirada de algum rio, vestindo jeans e camisa xadrez. Eu, em cima da ponte, o avistarei olhando desatento o brilho do sol refletindo na água e me encantarei novamente com sua beleza. A felicidade de estar tão próxima dele me fará sorrir como nunca. Então, ele sentirá meu olhar e voltará seus olhos azuis para mim. Ficaremos parados por alguns segundos sem reação e depois correremos para nos encontrar: ele com seu All Star e eu de sapatos vermelhos. Seu corpo trará o cheiro de baunilha, a primavera, o toque e o beijo. Enlaçarei seu pescoço e sentirei seus braços em torno de mim. Um olhar brilhante e cúmplice, a paz, um novo abraço e enfim poder cumprir a promessa de ser para sempre.

27
PHILIP
Epílogo

Falar de amor não é fácil. Não é simples mostrar o quão transformador ele pode ser. Ainda penso nos dois como quem se lembra de uma prece. Paul e Elisa são como palavras bonitas proferidas em dias difíceis para nos acalmar, nos guiar e aumentar a nossa fé.

Ainda me lembro de quando ele me ligou e disse que tinha conhecido uma garota, mas que não sabia o nome dela. Lembro-me de não entender o motivo de ele mencionar que uma garota com a qual tinha cruzado num pub qualquer havia deixado a chave cair. Acho que nem ele entendeu o motivo daquela desconhecida não sair de sua cabeça. Só sua alma sabia.

A partir daquele instante, de alguma forma, eles se reconheceram e se buscaram a vida toda como a agulha busca o Norte independente da direção da bússola.

Estive com Elisa quando tudo desmoronou e testemunhei sua dor, sua transformação e sua gana de trazê-lo de volta. Por isso, digo com toda certeza: se houvesse um jeito de ter trazido Paul da morte, estou certo de que ela teria conseguido.

Falar de amor não é fácil. Tudo que digo não faz jus ao que eles realmente foram. Ainda tenho na memória os dois dançando molhados em meio ao jardim no dia do casamento, envoltos por uma aura de pura adoração, luz e paz. Isso, paz: é a palavra que melhor define Paul e Elisa juntos. Uma paz que fazia os olhos sorrirem. Mesmo em meio à dor, quando se olhavam, sorriam.

Desculpem-me se neste momento minha voz embarga e fica difícil continuar, mas lembrar do sorriso é pensar na falta que ele faz. Conviver com eles era poder vê-los renovar os votos todos os dias e pegar emprestada um pouco daquela perseverança divina. Era bonito de ver, de testemunhar e de sentir.

Sinto falta do meu irmão, do jeito que ele fazia a vida parecer sublime e agora sinto falta da Elisa, que com o tempo virou minha irmã também. Sinto falta do ar poético que ele sempre teve, do jeito silencioso e forte dela, da maneira que ela se esforçava em ser feliz só para nos deixar feliz.

Fiz tudo o que pude. Cuidei dela, dos negócios e das crianças quando Paul não pôde mais. Ele sabe que a família dele foi sempre a minha. Fiz o que pude.

Estamos velhos e o tempo se encarrega de levar uma por uma nossas histórias. É o que o tempo faz, passa e leva consigo a nossa vida, a vida de quem amamos.

A única coisa que me consola neste momento é saber que existimos com bravura, com lealdade e união. E se houve tristeza também houve alegria e aprendi que tudo bem viver algumas tragédias, desde que também sejamos intensa e desesperadamente felizes. Eles foram. Ela estava ansiosa para voltar a ser e por isso festejou os últimos dias. Elisa sabia que estava próximo e esperou calmamente o relógio badalar as últimas horas de sua solidão. Foi com alívio, gratidão e resignação que ela deu o último passo na sua estrada.

Neste último adeus, volto a pensar nas palavras que Elisa nos deixou em seu último livro, e estou certo de que, seja lá onde estiverem, estão juntos, vivendo sob a luz dos olhos um do outro. Desejo que ele esteja no auge de seus 20 anos, quando um jeans e um tênis surrado eram o suficiente para conquistar a garota do pub, e que ela esteja de sapatos vermelhos e de cabelos soltos, dançando e sonhando ao lado de seu inglês favorito.

Falar de amor é difícil, eu sei, mas não podemos deixar de falar.

Não falar é fingir que não aconteceu, mas foi real, eu vi, existiu. Existe.

Este livro foi impresso na Intergraf Ind. Gráfica Eireli.
Rua André Rosa Coppini, 90 – São Bernardo do Campo – SP
para a Editora Rocco Ltda.